姐姐，带我回家

Little Girl Lost

〔英〕普若博莱特 〔英〕里奇 著
陈果 译

北京联合出版公司
Beijing United Publishing Co.,Ltd.

图书在版编目（CIP）数据

姐姐，带我回家/(英) 普若博莱特，(英) 里奇著；陈果译. —北京：北京联合出版公司，2015.6

ISBN 978-7-5502-4792-5

Ⅰ. ①姐… Ⅱ. ①普… ②里… ③陈… Ⅲ. ①长篇小说－英国－现代
Ⅳ. ①I561.45

中国版本图书馆CIP数据核字(2015)第043652号

姐姐，带我回家

出版统筹：新华先锋
责任编辑：李　征
特约编辑：宋亚荟
封面设计：孙丽莉
版式设计：王　玥

北京联合出版公司出版
（北京市西城区德外大街83号楼9层 100088）
北京鹏润伟业印刷有限公司印刷　新华书店经销
字数160千字　620毫米×889毫米　1/16　19印张
2015年6月第1版　2015年6月第1次印刷
ISBN 978-7-5502-4792-5
定价：39.50元

本书谨献给

我亲爱的姐姐艾薇

我的丈夫雷和女儿贝比缇

以及所有因为战争而生活支离破碎的孩童

前言

一九四五年的春天，在那个充满战火与硝烟的混乱世局中，姐姐艾薇救了我一命。

第二次世界大战无情地击碎了成千上万人原本平静的生活，对于那些熬过这场战争的人们来说，虽然他们最终活了下来，可是谁也没能毫发无损地从战争中走出来。作为一个在德国长大的小孩子，我一直被家人小心地保护着，他们尽可能地让我远离那些可怕的事情。天真的我并不明白战争的本质，直到七岁那年，当德国面临着全面溃败的边缘时，再多的爱也不能保护我不受伤害了。

突然间我觉得自己被丢进了一个巨大的漩涡，和挚爱的母亲分离，与在前线打仗的父亲失去了联系，七岁的我跟随着姐姐艾薇的脚步，踏上了一段横跨德国的寻亲之路。我们穿过硝烟弥漫的战场、目睹死亡的痛苦、在火光下闪躲、忍受着寒冷和饥饿。我看到了孩子们不应该看到的残忍景象，但同时我也目睹了在危难时人与人之间的慷慨相助与仁慈的关怀。在那时我也意识到即便是敌对的双方也会因为他们共有的人性而团结在一起。我明白了什么是牺牲，也了解了在你失去原本所拥有的一切时，什么才是最重要的。

在短短的几个月里，我仿佛经历了一生中所有的磨炼，从我稚嫩纯真的世界来窥测身边的事物。多年之后我才明白当时究竟是发生了什么事情，也才了解我和艾薇究竟经历了什么。也是直到现在我才完全感念到姐姐的勇气和毅力。

现在我坐在家里舒适的客厅里，写下这个故事。桌子上放着一个破旧的本子，里面写满了六十年前一个女孩的所有梦想和记忆。本子的内页已经开始松落，里面的字迹也有的模糊不清，本子里贴满了泛黄的剪报、照片和卡片。

这是艾薇在那段时间里所写的日记，只要一有空闲的机会，艾薇就会记下发生在我们身边的事情。艾薇的这本日记是这本书的主干，也让我记忆中发生的事情有了一条主线。六十多年过去了，已经松散的内页里记满了每天发生的事情、令人难忘的诗词和佳句。一直以来这本日记都是我最珍贵的物品。是艾薇带着我从战火中走出来，同时也是她为我提供了写这本书的资料。小孩子的记忆有时像梦境一般模糊，而艾薇的日记帮我把琐碎的记忆拼凑了起来。这本书是根据艾薇的日记、我自己的记忆，以及多年后我们谈及那次徒步旅行的细节集合而成的。这本书并不是在记录一场战争——尽管在故事中有很多关于战争的细节——这只是两个小姐妹在烽火中奋力求生、渴望回家的故事。它是艾薇的故事，也是我的故事。

如今艾薇已经离开了我。我不确定如果她还在世，她会不会喜欢这本书带给她的关注——她一生谦逊、温柔又为人着想。我并不想让她听起来美好得难以置信——不过她的确是一个讨人喜欢、个性随和又富有幽默感的人。对于她曾经为别人做过的那些事情，她并不期待会得到称赞。因为对于她来说，一切都是自然而然的发生——她爱我，所以她关心保护我。没有孩子可以奢求比这个更多的了。

随着年纪的增长，每天生活的步调也越来越缓，我现在常常会回想到之前的那些岁月，感觉自己好像更贴近那段时光。

在我写这本书的时候，我的外孙女艾蜜露正在我身旁的桌边静静坐着，给她画册里的图案上色。她金色的头发美美地垂在耳际，她专注地画着画，不一会儿抬起头来，用乞求的目光看着我说："我们可以去喂鸭鸭吗？拜托了，好吗？"

她今年七岁，和这个故事中的我一样大的年纪，我无法想象她的生活如果要经历我所经历过的困难会是怎样，我不愿意她的世界会成为那样的存在。

可是世界上还有很多孩童和从前的我一样在受苦，甚至遭受更多的磨难，想到那些和我的小外孙女一样的孩子也要遭受我所经历过的惊恐和饥饿，我就心痛不已。

即便如此，我也并不为自己遭受过的磨难而遗憾。尽管我当时的年纪很小，可是那却炼就了我的决心和毅力，同时也让我看到了我一直视为理所当然的“爱”的强大力量。我们对母亲的爱支撑了我们的旅程，而艾薇对我们的爱则让我被珍惜、被保护。

我的书印证了那样的爱。

目　录

Little Girl Lost

目　录

Little Girl Lost

舒适的汉堡童年岁月

正当欧洲深处昏暗、惨烈以及阴郁的第二次世界大战煎熬中时，我度过了我两岁的生日。我成长在汉堡富裕的中产阶级区域内的一处舒适住所中，两岁才刚刚学会走路。而这场战争对于那时的我来说，显得无关紧要。这个年龄的孩子，需要的是爱护、关怀以及美味的食物，拥有这些就是最快乐的事情，而这三者我当时已经全部拥有。我的童年生活从始至终都在田园诗歌般的温馨中度过，无论外面的世界发生怎样的战乱，也丝毫不会影响到我的生活。这样的时光一直持续到了一九四三年，那一年，我的生命中出现了第一缕波澜。

在这之前的日子里，我的每一分每一秒都充满着天真与欢乐。就像大多数德国人那样，我们一家人过着与其他人一样平静、安宁、美好的生活。尽管不久之后，这种静谧的世界将被残酷的战争所占据，但是在这之前，一切依然显得是那样幸福和美好。我的家坐落在汉堡主要的道路凡贝克修斯路上，那是一栋恢弘的公寓建筑，我家就住在四楼。在这条路上，整齐地排列着同样美轮美奂的建筑物。我家的走廊又深又宽，我经常踩着滑轮在走廊上滑来滑去，家中还有一个能领略到美好街景的阳台。在我的脑海深处，印象最深刻的事情就是四岁的我，手中拿着一把钝刀，帮妈妈把一大碗醋栗去掉头和尾。我家楼下那层的阳台上有一个遮棚，我一不留神，醋栗就会从我的手中滑落下去，落在织得细密的遮棚上又弹了起来，发出“砰砰”的声音。这真是让人赞叹的音符！我会不由得再扔下一枚醋栗，所有栗子都在我的意愿驱使下溜了下去，只因为我想听到那美妙的旋律。

“我的宝贝儿，你在做什么啊？顽皮的小家伙！”妈妈看到这样的情形，总会带着责备的语气对我说道。虽然她很想小小地教训我一下，可也觉得我做的事情颇有乐趣。妈妈跟我说，以后我只能乖乖地坐在房间里给醋栗去掉头尾，再也不准抱着它们待在阳台上了。

我的两个姐姐比我大很多，我出生的时候，露西十四岁，艾薇十二岁。她们跟妈妈一样，总是喜欢对我管来管去。虽然我享受着富裕的生活，但是我的耳边总不会缺少教育我要“有礼貌、守规矩”的训诫。即便如此，身边所有人对我的关注和怜爱都是近乎完美的，家人把所有的爱都倾注在了我的身上，好像我们所居住的公寓中的一切也都在围绕我而运转。家人都叫我“娃娃”，有时也叫我“小不点儿”。而我的真实名字是叫“芭贝尔”（Bärbel），直到现在，我的德国亲人和朋友还是这样称呼我。但是到了一九五七年，当我迁居到英国的时候，当地人似乎认为我的这个名字很难念也很难记，所以就直接叫我“芭比”（Barbie）

了。童年的我，总喜欢踮着脚尖哼着歌在公寓里疯跑。那时，我在一所幼稚园里学唱歌，这所幼稚园由一位慈爱的女士经营，我们在这里发明了一些好玩的游戏，并做一些简单的劳动。当我们外出的时候，会排成一列，像一条鳄鱼一样，伙伴们手拉着手，一起漫步在运河边的大道上。我们有时候也会出演一些短剧，有时我会扮演雪花或是小兔子。有一年的母亲节，我还送给了妈妈一束五颜六色的手工折叠纸花，每一朵都是我亲手折的。

当地有一家运动俱乐部，里面有很多小孩子专用的运动器材，我的家人有时候陪我一起去俱乐部，这样我就可以和最要好的伙伴一起玩耍。在那里我有一个最要好的朋友名叫英格，她还有个双胞胎姐姐，和我在同一所幼稚园上学。

战争在这个时候已经成为必然趋势，对此，我却毫无感觉。在遥远的地方，德国军队风卷残云般吞噬着整个欧洲，而这一切，似乎并没有改变我的生活。我的家人把忧虑都隐藏在心底，无论我们深爱的国家发生着怎样的变动，无论我的家人对战争有着怎样的恐惧和忧虑，他们都丝毫不会在我面前表现出来。我就这样在家人的庇护下成长着。

我的父亲叫瓦尔德马，昵称瓦迪。在他四十岁的时候，母亲生下了我，当时父亲已经超过被征召入伍的年龄，至少那时是这样的。父亲参加过第一次世界大战，因为他所搭乘的飞机经过英吉利海峡上方时惨遭敌军击落，致使他有一只手造成了终生的伤残，此外还有其他不同程度的伤害。我父亲当时的职务是铁道高层管理人员，主要负责侦测和治理铁路交通状况以及发生在火车上的犯罪行为。由于父亲的年龄、参加战争的纪录以及实际担任重要职务的关系，他获得了在家中与家人待在一起的权利。

战争初始，父亲被派往瓦尔特纳区，也就是波兰走廊。第一次世界大战末期，这个地区被迫从德国分割出去，成为了波兰的殖民地。当一九三九年德国入侵波兰的时候，那些波兰人则大都迁移到波兰南部，他们的土地和工作则由德国接管。而“一战”前就世代定居在那里的波兰人大多数都留了下来，但是他们必须要为德国人工作而不是富裕的波兰人。我父亲的职责就是尽一切力量铲除那一地区猖獗的走私活动。父亲虽然在外地工作，但还是能够定期回到汉堡看望我们，那是我童年记忆中再熟悉不过的身影。

父亲在外地工作的时候，在波森租了一所公寓，我们有时候会去看望他，并和他住上一段时间。因为我那时还没有上小学，相对于两个姐姐来说更加容易跟着母亲一起去看望父亲。不过露西和艾薇有时候也会在周末跟我们团聚，我们一家会一起出去散步、在公园里玩耍，或者去采摘野生的草莓。

当我和父亲在一起时，我总喜欢去森德曼家拜访。他们和父亲是多年的挚友，居住在亚若钦附近的庄园里，拥有一大片农场。我们顺着引道到达森德曼家富丽堂皇的庄园大宅，在前门的喷泉边停下，赫曼伯伯和芙瑞达婶婶便会出来迎接我们。之后，男人们可能会去狩猎，或者一群人围坐着喝茶、聊天，我则和森德曼家的男孩们一起玩耍。汉斯比我大一岁，弗列兹比我小一岁，他们和我是特别要好的朋友，大人们打牌的时候，我们三个就会聚在一起做各种游戏。

森德曼家拥有丰厚的产业，因此赫曼伯伯每天都要顺着庄园环绕一周来监督工人们的工作。他驾驶一辆华丽的二轮马车，而我偶尔会被批准当个小跟班，每到那时，我便会快乐得像吃了蜜糖一样。当马车在崎岖的田野里飞速前进的时候，我总会担心自己会被甩出车外，但是我从来没跟别人提起过，因为我怕他们不让我再跟随前往。他们家饲养了几匹马，那些马看起来很结实且难以驯服，让人望而却步，不过它们都是些体态优雅的好马。

大宅旁边有一潭碧湖，天气晴朗的时候，我们会带上野餐盒坐着小船到湖的对岸玩耍。他们养了很多鸽子，有一座大型鸽子笼，而且被设计成小屋的样子。我喜欢看那些洁白优美的鸽子昂首阔步地在小门里进进出出。在小孩子的脑海里，总会留下一些稀奇古怪的记忆。我在他们家中见到过最早的英式抽水马桶，这让我印象深刻。德国的马桶与英国的马桶看着不太一样，德式的马桶里面会有一个平台，与向下冲水的管道形成一个近似直角的弧度；而英国式的冲水管道是倾斜向下的，上厕所的时候会听到水溅落的声音，我们称这种英式马桶为简陋的茅坑。这一切都让我感到惊奇不已。

那时候的生活恬适、安逸，在汉堡的城市生活和在瓦尔特纳区的乡间生活，都是我记忆中最美妙的日子。

§

我的父亲白手起家，最终凭借着自身努力获得了成功。他从小就失去父母，在一个照顾儿童的天主教关怀之家中长大并获得了教育。父亲有个妹妹叫艾尔丝，居住在柏林附近，除此之外没有任何其他亲人。我母亲的家庭与父亲完全不同，她拥有一个大家庭。外公和外婆总共有三个女儿，分别为诺玛（也就是我的母亲）、希达和意玛。我的两位阿姨和外公、外婆都住在汉堡。因为离得不远，所以我们常去看望他们。外公是一位工程师，长期在船上工作，穿行于各个大洋之间，他到过很多地方，也见过很多有趣的事情。有一次，一个吉普赛人预言外公将会行大运，结果当外公返回家乡的时候，预言竟然变成了现实，外公中了德国政府发行的乐透奖，得到了一笔巨额的奖金。不过当时我还没有出生，所以不知道具体的金额，但是我知道在当时那绝对是一笔巨款。就像很多童话书中的父亲一样，外公允诺送给三个女儿每人一份礼物，让她们选择自己喜爱的东西。我的母亲选择了精美别致的银质餐具和非常有名的梅森瓷器；意玛阿姨选择了珠宝，因为她没有想到其他想要的东西；而希达阿姨则像童话书中那些聪明的女儿一样向外公要了一块地，直到后来我们发现这才是最明智的选择。

外公总是对我说我会和他一样幸运，因此直到今天我都还保持着买乐透彩券的习惯，没准什么时候我也能中个大奖。

我在汉堡生活的那几年，外婆开了一间午餐餐馆，专门为商务人士服务，每个工作日那些商务人士都会来外婆的餐馆吃午餐。其实这里和其他餐馆没有什么不同，只不过这里只在工作日提供午餐。我的母亲、希达阿姨和意玛阿姨经常过去帮忙，有时我也跟着一起去。我仍然记得，外婆总会准备一张小桌子和几把小椅子给我和表哥弗克。弗克是希达阿姨的小儿子，他比我大四周，我俩就像双胞胎一样亲密。因为那些商务人士喜欢在用餐时商讨一些事情，他们也不想被小孩子打扰，所以我们只能静静地坐在那里。意玛阿姨的独生子名叫汉宁，他有时也会在餐馆里，但他比我和弗克小四岁，当时他还是个小宝宝。家里流传着一件关于汉宁的趣事，之前意玛阿姨一直想要生个孩子却很长时间都没有好消息，最后当外婆听说意玛阿姨在四十岁终于怀孕的时候，她难以置信地说："别做梦了，别听她乱说，这可是一辈子的大事，一个重大的转折呀！"意玛阿姨的生命确实从此发生了变化，而这个令人高兴的转变就是汉宁的降生。

凡贝克修斯路上的那间公寓，记录了我们生活的点点滴滴，我至今仍然难以忘怀。那间公寓的一楼是维德麦尔家经营的面包店，每天一早店里烘烤面包的香气就会四处飘散、弥漫开来，它总能把我引领到那里。我们的公寓楼是一栋大型的建筑，一个环形阶梯把上下楼连接在一起。有时妈妈会打电话给面包店告诉他们需要买的东西，有时也会允许我下楼把面包取上来。这个时候我会快速地跑下楼，再慢慢地走回楼上，细细地品着怀里刚出炉的面包所散发出来的香气。我们的公寓里也有电梯，但我需要在大人的陪同下才能搭乘。

我们家的客厅很宽敞，客厅的另一端有一扇门通向另一个房间，那里是吸烟室，但事实上它是父亲的书房。这里是父亲的地盘，孩子们一般不能去那里玩。父亲把所有的藏书都放置在这里，当他想要一个人安静一会儿时，就会来这里抽根烟。对于我这个小孩来说，客厅里的几张皮革沙发实在是太庞大了，而且每次我穿着短裙、伸出两只没穿袜子的小脚，轻轻触碰到沙发的皮革时，总是感觉很凉，不过等我将整个脚底与沙发紧紧地贴合在一起后，一会儿就能感觉到它的温暖。

当圣诞节来临时，大人们会将装饰好的圣诞树偷偷地运到吸烟室里，之后把礼物摆放在树下。一切都安排妥当后，就会将门牢牢地锁起来，直到圣诞节的前一日才会打开。平安夜是德国诸多节日中最为重要的一个。这一天的傍晚我们得去教堂，等我们回到家里时，会发现大门已经打开，而父亲会摇着铃铛迎接我们。我们总是兴奋地冲进屋里想看看里面到底有些什么。我们惊喜地发现，圣诞树被蜡烛装点之后晶莹闪亮，礼物在树下被堆成小山的模样。接下来是大家共用晚餐的时间，父亲朗诵耶稣诞生的故事给孩子们听，我们也得表演唱歌、吟诗等节目。最后，我们全家会一起合唱《平安夜》这首优美的圣诞歌曲。在这种环境下，我从小就学会了和姐姐们一起合唱。那时的圣诞节是多么令人怀念。直到现在，每当看到松树，我的思绪仍然还是会受松树针叶香气的引领，返回到汉堡那间温馨的小屋之中。

§

然而，疾病和死亡地相继到来，让我所处的小世界的轴心发生了改变。

一九四三年，我刚满五岁，却感染了猩红热。为了防止家里其他人被传染，母亲在我的房间门口加了一道门。可是十七岁的艾薇也染上了同样的病，但她已经渡过了危险期，安然地回到家里进行调养。幸运的是，露西没被传染，逃过了一劫。

我们的大姐露西正值十九岁的年华，美丽而又迷人，她是城里的一位摄影师，也是社交圈中的活跃分子。她参加自行车社，还十分喜爱戏剧。一天晚上，她原本计划和朋友一起去剧院看戏，临出发时却突然取消了，原因是她的喉咙突然开始发痛，以至于她不得不回房休息。没过多长时间，她就变得虚弱无力。家人担心她也染上了猩红热，于是赶紧叫来了医生。但是检查结果表明，露西并没有感染猩红热，而是染上了其他的疾病。我们都很担心，家里突然之间变得紧张、肃静，被焦虑、恐惧的气氛笼罩着。

露西病了三天，家里每个人都很担心她。最后大人们决定把她送到医院去，救护车已经停在了楼下。就在这时，她忽然坐了起来，紧紧地搂住母亲，气若游丝地说："喔，我亲爱的妈妈……"可没等她说完，她的喉咙就变得越来越紧，呼吸也随之停止了。

当时我正倚着自家的门口，心中忐忑不安，不知究竟发生了什么事情，接着就听到了母亲悲痛的哭声。我那美丽的姐姐就这样离开了我们，而当时距离她二十岁的生日只有三个星期。当时年幼的我，甚至还无法体会其中的悲痛。直到很久很久之后，我才意识到我再也没有办法见到姐姐露西，原本安全和快乐的世界也已经不复存在。

当时父亲还在外地工作，但他很快就赶了回来，像是受到了不祥的梦境地指引。他感觉有什么事情不对，于是就打电话回家，可是全都无法接通，母亲也无法与他取得联系。虽然他并不知道究竟发生了怎样可怕的事情，但心中的不安驱使他在第一时间赶了回来。在三个女儿中，露西最像他，而我和艾薇都比较像妈妈，因此他和露西非常亲近。但等他回来后，才发现他最爱的大女儿已经永远离开了。

后来，我从妈妈写给艾尔丝姑姑的信中知道了一些露西去世的细节。

艾尔丝姑姑和亚瑟叔叔结婚之后，就住在了柏林附近。她生了个女儿也叫露西，所以她叫我的大姐为“大露西”，管自己的女儿叫“小露西”。小露西和我同年出生，仅比我大三周。我们都是母亲意外怀孕而生出的孩子，我们出生时，家中的兄长和姐姐已经都快要成年了。

亲爱的艾尔丝及全家：

虽然这场突如其来的变故已经过去好几天了，但我们还是难以接受大露西已经离开我们的事实。她的死毫无征兆，是如此突然。瓦迪必须回到他的工作岗位上，而且要被派到更远的地方去。可以想象，他以后要想回来是多么得困难。

亲爱的艾尔丝，听说你也遇到了一些问题。希望你能尽快将葛云特的情况告诉我，我一直都很想念你们。

芭比和艾薇也得了猩红热。芭比现在还卧病在床，不过已经渡过了危险期，应该很快就能康复。艾薇则是在上班的地方染上猩红热的，在马克兰堡医院住了六个星期，刚回到汉堡的家里疗养。露西去世时她刚好也在场。露西发病的时间非常短，只有三天。星期日晚上她突然感觉浑身乏力，第二天我请来了华格纳医生，他对大露西进行了全面地检查，最终确定露西得的并不是猩红热。星期二的夜里，露西感觉非常不舒服，于是星期三我又请来了华格纳医生，下午三点，他作出了诊断——白喉炎，并要求露西马上住院。

正当救护人员下车要把担架抬到我们四楼的住所时，躺着的露西突然坐了起来，她抱着我说了一句“亲爱的妈妈”，然后就离开了。每每想起这一瞬间，我仍无法控制自己的泪水。我那勤奋、快乐又乐于助人的露西啊！竟被白喉夺去了生命，这实在是太悲惨了。我们在欧斯村买了一块景色宜人的墓地，我们全家人以后也都将安息于此。

大露西的离去让我们非常痛心，丧礼很隆重，我们把她喜爱的东西都整理好同她一起埋葬。如果她真能从天堂看到人间，她就会看到有那么多的人陪她走完了最后一程，并且每个人都送上了满满的爱。前来吊唁的人实在太多，教堂根本容纳不下。里面到处是鲜花——露西生前总爱送人鲜花，这次大家似乎想将所有的花一起回赠给她。

四月八日，也就是两天前，是露西二十岁的生日。我们的大露西啊，她现在躺在冰冷的地下，我想我的泪水永远都无法停止。

请尽快给我回信吧，亲爱的艾尔丝和亚瑟，告诉我你们的情况，希望每个人都安好。

你万分心痛的诺玛、艾薇和芭比

因为露西的离去，我们家失去了以往的快乐，成为了一个伤心地。我当时身患重病，年龄也还太小，所以没有参加丧礼。期间有一位陌生人来到我家专门照看我，她是我父母的朋友，对于我而言她是一个完全陌生的人，她的到来也加深了我这个年龄还未能理解的亲人离散的悲恸。之后有人对公寓进行了消毒，为了清除那些可能仍然存活着的传染病菌。

我知道，发生在我们家庭中的不幸，只是这世间千万种不幸中的一种。在那个时代，每天都有成千上万的人在更悲惨的境遇中生活、失去自己所爱的人。所以虽然露西离开了我们，但我们仍然要像大多数人一样努力而又坚强地走下去。尽管我们都明白这个道理，但无尽的哀痛还是笼罩在我们每个人的心头。

女儿的离去成为母亲心中无法磨灭的伤痛，她只能通过对我和艾薇无微不至地照顾来暂时忘却悲伤。我和艾薇从疾病的侵袭中渐渐康复，但健康状况依然不佳，妈妈付出全部的心血，只想让我们早日恢复健康。也许是她害怕剩下的两个女儿也会遭遇其他的不测，也许因为露西的死让她极度缺乏安全感，所以她每时每刻都在关注我们的身体状况，细心地照料我们的生活，从不在意自己的身体能否承受得住。等我和艾薇的健康状况完全好转，并最终康复时，妈妈却因为体力透支而累倒了。她被送进了医院，每天都只能卧躺在病床上，甚至无法开口说话。医生找不出她病倒的原因，但认为她有可能以后再也不能直立行走了。妈妈在医院的日子，我觉得家不像家，生活失去了依靠，而这样的状况似乎还要持续好几个月。

在这段期间，艾薇开始了战时服役工作，这是国家规定她们那个年纪的女孩必须履行的义务。以前，她曾经参加过“德意志女青团”。这个组织的性质与男性组成的“希特勒青年团”性质相同。当时，每个十岁至十八岁的人都有义务参加这两个组织。“希特勒青年团”成立于三十年代初期，开始时这个组织会召集“童子军”到野外进行探险活动，因此吸引来了许多男孩子的加入。德意志女青团则不同，自愿入团的女孩少之又少。但是在其他青年组织被希特勒废除之后，很多人开始加入到这个团体之中，加之战前德国的纳粹统治，加入这样的团体似乎成为了必然的趋势。除了提供给成员规律的社交生活之外，这类组织还举行诸如远足、歌唱、篝火晚会等有趣的活动，成员们还能学会跳舞、烹饪以及缝纫等技艺。这些有趣的娱乐活动自然有其目的，它们都涵盖在纳粹的教义之中，以一种委婉和含蓄的形式出现，以至于当时大部分的父母和儿童对此都没有察觉。后来形势发生了改变，一九三六年起加入青年团，成为每个人必须履行的义务。一九三九年则通过立法，开始了强制执行。

和艾薇一样大的女孩从一九四三年起则开始面临更严峻的挑战。她们必须参加战争工作，有的成为军队或政府机关的秘书，有的则到防空炮兵连工作，有的甚至要像男人一样成为士兵战死疆场。被送到农场工作的女孩，已经算是最幸运的了。还有些女青年因为比较聪明，又接受过一定程度的教育，所以被任命为教员，负责管理那些生活在德意志女青团之家的十岁左右的女孩子。

而年轻的艾薇，尽管没上过大学，但她还是凭借自己的聪明才智，成为了德意志女青团之家的教师，负责教导一些小女孩。

艾薇走了，妈妈仍然躺在病床上，汉堡的家中只剩下我一个人，没有人可以再来照顾我，于是父亲把我接到波森一起生活。我最快乐的童年时光就是在凡贝克修斯路上度过的，但也就此结束了。但当时的我根本不知道我将永远离开汉堡的家，我还以为不久后的某一天，我还能回到那里，与母亲、艾薇一起幸福地生活。我很庆幸自己当时的单纯，因为不用为永远的离别而伤心难过。

即便在波森，父亲也不能一直照顾我，因为他在铁路局工作，需要经常出差，而且他的公寓就只有他一个人，没有其他人可以帮忙照看我。幸运的是，父亲有很多朋友，而他们都乐意帮忙照顾我。最初我寄住在森德曼家中，因为我们之间已经非常熟悉，所以与他们一起生活的日子非常快乐。接下来我又被安排到父亲其他朋友的家中，一般情况他们家里都会有与我年龄相仿的孩子。这期间我一直都受到很好地照顾，生活倒也快乐，只是经常会想起母亲，想起其他的家人。

在那段还算快乐的日子里也穿插着一段痛苦的回忆。我与一对没有孩子、也不懂孩子的夫妻住在一起——我父亲认识他们，但我之前并没有见过他们。第一天晚上，那位太太带我上床睡觉时告诉我，假如我半夜要去上厕所，可以用她床下为我准备的夜壶，因为他们养的两只德国牧羊犬会在屋里到处走动，可能不会让我走到厕所去。婴儿时期过后我就再也没用过便盆，所以我决定无论怎样也不用它。然而到了第二天早上，我突然有了想上厕所的冲动，可我还是坚持忍着。就在这种煎熬和朦胧的睡意中，我不知不觉又睡着了，而且还梦见自己找到了一间厕所，然后走了进去，彻底地放松了一下。这感觉是多么得舒畅啊！那是一种放松的欢快和一股暖暖的感觉。当然，结果显而易见——我平生第一次尿床了。我内心满怀歉疚，但是照顾我的那位女士好像很不懂得小孩子的心，她将这件事告诉了村里的每一个人。这令我非常尴尬，也很不开心。我想回家，我强烈地想念我的妈妈。但是直到现在我都还记得那天清晨，通体瞬间舒畅的轻松感觉。

终于，在医院的病床上躺了五六个月之后，母亲转到了我和父亲住所旁边的一间护理院。她的病情稍微有点好转，但她的生活还是被突如其来的瘫痪所累，医学上对这种状况的解释是，因为心理遭受了猛烈的创伤，导致身体失衡，无法站立。我和爸爸常去看她，爸爸总是会把她抱到轮椅里，推着她到外面散散步，偶尔我们会在草地上野餐。她的病情也在慢慢好转，最后终于搬到了波森与我和父亲团聚了。

母亲的瘫痪以及离开汉堡的家，在当时看来是十分糟糕的境遇。但最终的事实却证明，我们的生命竟因此而获救。

避居波兰的平静生活

那是一个终生难忘的日子——一九四三年七月二十五日，英军和美军的炮火对准了汉堡，向汉堡发起了大规模的空袭，此次炸弹的密集度和猛烈度超过之前任何一次。汉堡之所以成为被攻击的主要目标，是因为它重要的战略地位：它是德国第二大城市，人口超过一百七十五万，并且拥有德国最大的港口。汉堡还是一座重要的工业城市，其造船厂在源源不断地制造德式潜艇，在这场突袭发生前两年，这里几乎每个星期能生产出一艘以上的潜艇。此外，汉堡还拥有生产军机组件的工厂、多间机械制造工厂以及重要的炼油厂。因为上述原因，汉堡无疑是英美联军首要攻击的目标城市。

汉堡成为被攻击的目标，事实上在我们离开这里之前就已经开始了。尽管因为当时年龄小，还不知道为何它会成为首选的攻击目标，但那时的我已经知道“空袭”的意思。当防空警报一响，我们就会立刻跑下楼躲进公寓底下的防空洞，以免被轰炸机的进攻所波及。在当时几乎每栋建筑里都有防空洞，所有居民都会在那一刻走进防空洞里，挤在一块儿，等待空袭的结束。之后有人会试着爬到上面看看有没有什么事发生。我们的大楼总能幸免于难，这对我们来说还算是比较幸运的事情。

在我六岁生日的前两个月，也就是那年的七月，我跟随父母已经到达了远方的波兰，而那时汉堡正经受着猛烈的袭击。短短几天之内，超过一万吨的弹药袭击了我们的城市，在这场突袭中有五百位联军的飞行员牺牲，并有四万四千六百名德国普通民众失去了生命。他们之中有些是直接被炸弹炸死的，更多的则是被建筑物间燃烧的大火给烧死的。汉堡有一半以上的房屋被摧毁，九十万人流离失所，无奈之下很多人逃出城去。为了照顾受难的民众，虽然随时都可能遭到袭击，但火车依然照常行运，并免除了车票。没坐上火车的人则要想别的办法逃离，有的搭乘马车，有的只能徒步前行。

后来我们收到一个消息，有一天炸弹直接命中了我们位于凡贝克修斯路的大楼，整座大楼都毁了。幸运的是父亲、母亲、艾薇和我都平安无事，但我们也为失去了所有的财产而感到遗憾。除了带在身边的财物，我们失去了一切，尤其是露西留下的每一件物品。这对于我的母亲来说，无疑比炸毁她自己所有的物品更令她心痛。

空袭过后，我们焦急地盼望着其他家人平安的消息，这个等待的过程着实令人寝食难安。幸运的是，外公、外婆、希达和意玛阿姨以及她们的孩子，当时都躲在防空洞里所以全都安然无恙。不过和其他家庭一样，他们的房子也在空袭中被炸毁，而两位去打仗的姨父也有很长一段时间没有和家人联系了。因此，他们只能去投靠那些在郊外建有房子、且没有遭受空袭的亲戚。我们家无疑是最好的选择，于是父亲开始接应那些前来投靠我们的亲戚，他们全部来到了瓦尔特纳区和我们会合。

父亲有位名叫波特斯的朋友，经营着另一间大型农场。他告诉父亲就在附近的普尼兹镇有一间空屋，那座单层楼建筑非常宽敞，一个砖块工厂的经理曾住在这里，后来砖块工厂关闭了，那间房子也就空在了那里。房子距离马路不是很近，后方有一道长五百米左右的轨道，直接通到砖块工厂。我父亲很喜欢这套房子，于是我们全家都搬到了那里。

那是间装修华美、房间众多的房子，客厅宽敞明亮，还有四间大卧室，全都与公共房间相通。外公、外婆共居一间卧室，三个姐妹与其儿女各居一室。我不记得大家是如何到达那栋房子的，但是我记得我们是同时抵达的。然后在父亲的带领下，我和母亲到了他为我们选好的卧室。每个小家庭都安静地坐在自己的卧室床上，没有人争吵谁的房间更好些。每个人都感到如释重负，因为头顶上终于有了坚固的屋顶可以保护我们的安全了，而且我们能在新的房子里再次团聚也是很难得的。

为此大家一直欢欣鼓舞，但是有一天一封电报打破了我们平静的生活。母亲拿来电报细读起来，读完之后她就哭了起来。原来电报命令父亲必须在指定时间到某个军需库报到，这意味着什么，母亲非常清楚。父亲已经上了年纪，然而他身上的残疾以及他所处的重要职位，再也不能保护他了。这些之前免服兵役的男子，在德国士兵短缺的情况下，也要跟着走上战场。很快，年轻的男孩们也在征召之列，他们也都收到军方公文，要求他们入伍，尽他们的国民义务，与敌军进行最后几轮的战斗。在所有被重新征召的人当中，我父亲的情况属于最糟糕的一个，他要到对抗苏联军队的前线去打仗。

大人向我们隐瞒着事情的真相，只是告诉我父亲要出门一段时间，不想让我知道他们的担忧。在父亲离开之前，父母带我去拜访了他们的几个朋友，其中一位朋友养了一只腊肠狗，而且刚生了一窝小狗，这让我满心欢喜。更令我激动的是，就在我们要离开时，他们送了一只狗宝宝给我。我想大人们这么做，都是为了让我开心，让我不去想父亲将要离开的事。我给那只小狗取了一个名字叫伦皮，它非常通人性，也很讨人喜爱，等稍微再大一点的时候，它就喜欢跟着我四处乱走。

送走父亲之后，我们在新家继续过着日子。这房子除了有四个侧卧之外，还有一间大客厅，客厅里面有一个大壁炉，而在壁炉的上方装着一个烤箱。打开烤箱的门，就能放入苹果或马铃薯等食物进行烘烤。木炭或煤炭等燃料则要从壁炉另一端的房间添入。壁炉一整天都在烧着，只有晚上我们才会将火调小，而里面的灰烬一天清理一次就可以了。烤箱上贴满了闪亮的绿色陶瓷，在它旁边有一个长凳，我们可以在这里坐下取暖。此外，屋子里还有一间用餐室、一间比较宽敞的厨房，后面有一间储存室以及另一间厨房，里面有可以制作乳酪和奶油的搅乳器、一个专门用来将甜菜熬煮成糖浆的锅炉，还有一个为专洗白衣服而设的洗衣台，以及一间舒适的淋浴室。

对于我们这些已经没有多少积蓄的人来说，还能住在这样一间设施齐全、装修舒适的房子里，确实是一件非常幸运的事情。我身边留下的衣服和玩具都是父亲带给我的，母亲的那只咖啡色的小皮箱，自从她住院就一直带在身边。皮箱里放着崭新的毛巾、精致的香皂、贴身的内衣裤、柔软的睡衣和睡袍，以及一套总是随身携带的纯银餐具。这是我们家的传统，每个人都有一套专属于自己的纯银餐具，握柄上刻印着主人的名字。我很小的时候就有一了套自己的餐具，不过在后来的一次搬家中丢失了。不过意玛阿姨送给我的汤匙——作为坚信礼[①]的礼物——我至今都还珍藏着。谢天谢地，我母亲的那本相簿她仍带在身边，否则我们以前生活的种种场景以及露西所有的影像早也就灰飞烟灭了。

我的外婆外公、我的两位阿姨及其她们的孩子，所有的衣物就只有他们身上穿的那一套。不过这不是问题，我们家的女人都很善于缝纫，哪怕是零碎的布料，她们也能将其缝制成一件能穿的衣服。我们这些小孩子不用担心这个问题，只要好好玩耍就可以了。

希达阿姨与我母亲有一个十分相似的地方，她有两个已经成年的孩子以及一个跟我年纪相仿的孩子。大儿子叫做乌里希，人在希特勒青年团里；另一个是女儿，名叫德克拉，和艾薇一样去了德意志女青团教书。尽管我们住的房子空间还算大，但乌里希来看我们的时候会把一间空房变成了一个大鸟笼。他会抓来不少

---

① 坚信礼，一种基督教仪式。根据基督教教义，孩子在一个月时受洗礼，十三岁时受坚信礼。孩子只有被施坚信礼之后，才能成为教会正式教徒。

麻雀和杜鹃，把树枝、食物和水都放在里面，还捉了许多喂鸟儿的虫子。我们给他起了个十分贴切的昵称——“疯子”——不过被气疯的往往是两位阿姨，当她们看到房间被乱飞的鸟儿弄得一团乱时，简直就快被气炸了。乌里希则被迫将鸟儿全部放生，当然，还要把房间清理干净。

我们在一起到处调皮捣蛋的时候，乌里希总是充当着首领的角色，他比我和弗克要大八岁，而且他当“首领”很有一套。每次他想让弗克和我顺从他的话时，他就会说：“芭比可比弗克勇敢多了呀！”我最喜欢听他这样说了，为了要证明他说得没错，我总是会按照他的游戏规则执行。而弗克因为急着证明他和我是一样的勇敢，自然也都听他的。

为了冷却刚做好并且还在发热的砖块，这间老旧的砖块工厂的旁边有几座人造的池子。工人会先把发热的砖块搬运到车厢上面，再把车厢推到小轨道上，然后再转运到大轨道上，这样砖块就会自然地滑入水中，得到冷却。这些设备至今仍然能够正常运作，而轨道和车厢都大到足以让我们全部爬进去，所以我们常常上那儿去玩，并且乐此不疲。不久，听说有人在稍远些的池子里溺水，母亲得到这个消息后便警告我们不准再靠近池子，不过在乌里希的领导下，我们依旧是我行我素。

乌里希告诉我们砖块工厂里会有狐狸出没。这座工厂本身是一栋三层高的建筑，我们没事就喜欢在里面闲逛。乌里希说得一本正经，还说我们可以像朋友一样照顾那些狐狸。不过在我看来，那里唯一会存在的生物大概就只有老鼠和蝙蝠。母亲随身携带的衣服中有一条可以围在脖子上的狐狸披肩，像项圈一样，披肩的一端是狐狸的头，另一端则是绵长细密的大尾巴，现在听起来有些吓人，但在当时确实很流行。一天，乌里希命令我要神不知鬼不觉地从卧室的衣橱中把这件狐狸披肩拿出来，我照做了。乌里希把披肩带到了砖块工厂，在一端绑上了一条长线，藏在一个角落里，一切准备就绪。他要我们在他藏有狐狸披肩的房间里坐着。接着他跑到一边，巧妙地拉动了长线，狐狸的头便突然出现了，弗克和汉宁都被吓得落荒而逃。后来，妈妈发现了这件事很不高兴，她觉得我们把她美丽的披肩给弄脏了。

即便乌里希不在，弗克、汉宁和我也是一个绝妙的三人组合，我们玩得很开心，偶尔还会惹出些小麻烦。有一天天气十分寒冷，农田附近的排水沟全都结上了冰，丢出的石头留在冰面上也都不会沉下去，于是我们三个想如果冰层够厚，并且能撑得起一颗石头的话，也就能承受得住我们的重量。而我就被光荣地选为了第一个在冰上试重的人，结果自然又是闯了大祸，我整个人直接掉进了冰冷的水沟中，冰水一直没过了脖颈。幸好附近刚好有人经过，把我拉了上来。妈妈看到我回家时的狼狈样子，十分恼火，她很担心我会溺死或者冻死，而且觉得我的行为十分愚蠢。

赶上德意志女青团休假的时候，艾薇和德克拉也会回来看我们。知道她们要来，我们总会欣喜若狂，沿路狂奔到普尼兹的转角处，挥手迎接从火车站走过来的两个人。

一家波兰人住在我们房屋旁边的小庭院里，女主人在我家做事，男主人则在我们需要外出的时候备好马车。他们也有一个儿子，名叫彼得，不过比弗克和我都小一些，所以他只能和我们一起在庭院里玩游戏，不能加入我们在砖厂里的冒险。跟他在一起玩耍时我甚至还会学了一些波兰文，但在过了这么多年之后，我只记得“牛奶”和“亲我一下”这两个词。

游戏时间虽然精彩，但毕竟是短暂的，我们还是得去上学，父母不会因为外头的战乱而让我们耽误了学业。波特斯夫妇，也就是帮我们找到这间房子的人，替他们的孩子请了位家教，所以有一段时间我们就去他们的庄园大宅里上课，学费分摊。后来不知什么原因，我们全部被带到了大约两英里外的一间小学校，或许是因为家教离职，也或许是这家人想让孩子更好地融入到当地人的生活圈子里。每天早上，都会有一辆小巧可爱的马车从大宅出发来接我和弗克，汉宁还没到上学的年龄，所以独自留在家中。能够乘坐马车上学让我觉得自己非常神气。我是一点都记不得在那间学校里到底学了些什么，只记得很喜欢上下学的这段旅程。有时候我们还会说服马车夫稍作停歇，让我们可以在回家的路上采些野蘑菇。

家中的大人们自然也会发挥所长，我母亲结婚前就当过家庭女教师，曾经是声誉卓著的弗若博学院的学生，所以她负责弗克和我的阅读学习；希达阿姨为一家大型的企业从事设计工作，她的字写得非常漂亮，所以负责教我们练字；意玛阿姨则负责教我刺绣。外婆总是习惯用对成年人说话的口吻与我交谈，尽管我还很小。她教我用棒针和钩针进行编织，我清楚地记得她有时会让我坐在她的腿上，手把手地教我如何转动棒针。不过对我而言，感触最深的还是她那套人生哲学：“不论你做了什么，都不需要每天或每个礼拜去教堂。只要你每天晚上躺在床上，入睡前都不会为白天所做的任何事感到抱歉，那你就是一个优秀的基督徒。”她的话不断浮现在我的脑海里，提醒着我：“如果你将会对你所做的事感到抱歉，那么就不要去做。”

有一次，因为我的调皮，我不得不向外婆道歉。外婆有一件很漂亮的衬衣，衣领上镶着蕾丝边，还有一整排按压式的金属扣。由于年纪大了，外婆的手指变得不太灵活，有时候她无法把所有的扣子都扣上。有一天，我坐在她腿上玩耍，调皮的我把这排扣子全都拉开了，因为那些扣子一个个弹开的样子让我感到十分新奇。结果外婆穿在里面的衬衣露了出来。那是我见过的最漂亮的衬衣，乳白色的，镶着蕾丝边，是外婆亲手缝制的，样式看起来有点像现在年轻女孩们穿的短袖衬衣。就在我欣赏着那件美丽的衬衫时，她的神情变得严肃起来。外婆是个谨守礼节和规矩的人，也十分保守。而我也意识到了自己所做的事有多么恶劣，并为此感到深深的愧疚。虽然外婆并没有真的对我生气，但我知道她不喜欢这样。我在那晚睡前的祷告中，我对自己的行为进行了忏悔。第二天我给了外婆一个深深的拥抱，并告诉她我知道错了，下次不敢了。当然，她高兴地原谅了我。

因为外公在海上工作了许多年，所以他那里有许多精彩绝伦、充满异域风情的故事。而外公的课也是我们最喜欢上的。我还记得那时家里有个地球仪，里面还装着灯泡（虽然我不清楚我们怎么会有这样的东西）。在给我们上课之前，外公就会插上地球仪的插头，顿时，一座奇妙的星球就出现在我们的眼前，大家便争先恐后地挤到他身边，围坐在客厅温暖的火炉旁。外公的开场白是：“今天我们要到哪儿去旅行呢？”一次奇妙的环球旅行便随即开始，我们都聚精会神地听着他说的每句话。

那时家中有那么多人，食物短缺是在所难免的。幸好家中的女人们都很能干，而且都烧得一手好菜。在大人们的保护下，孩子们对生活境况的严峻性并不知情，而且那时的我也确实没感到缺少任何东西，桌上好像永远都有可以吃的食物。而我也从家中的女人们那里学到了如何料理家务，以及如何能够变化出一道道美味的佳肴。我敢肯定外婆和她的三个女儿一定都有一双妙手，只是我们这些孩子都把这视为了理所当然的事情。

我们的房子还带个果园，里面长满了苹果、梨等各种水果，此外还有一个菜圃，我们在那里种植了很多蔬菜。一次，有道闪电击中了园子中那棵最美的梨树，把它劈成了两半，幸运的是，其中的一半后来还能继续结出果实。这是那几个月中让我感到最悲伤的事情，甚至比周围连天的炮火更让我难过。屋子前面长满了葡萄藤，顺着格子棚架不断往上生长，每当果实成熟，从我们卧室的窗口伸手就可以摘下美味的葡萄。

那会儿清晨六点钟的时候，大农庄的货车在去市场递送农产品的时候，都会在我们的门前停留一下（我家的大门是从来都不上锁的）。他们会卸下一只大大的木箱，里面装满了各种蔬菜：番茄、芹菜、芜菁和土豆。那新鲜的番茄被咬开时所散发出的清新香气和美妙的滋味，我至今回忆起来，仍是唇齿留香，不能忘却。

我们不用担心蔬果的问题，因为父亲在离开之前就已经把蔬果的运送工作安排妥当了，而我们也总是有钱来支付这些运送的费用，并且会酬谢隔壁的波兰家庭的帮忙。普尼兹是个可以买到大多数商品的繁荣小镇，虽然我们在镇上的银行开了账户，但因为去一趟镇里要花费挺长时间，所以我们在家中还是存放了不少现金。

父亲没离开之前，常常会给我们带回些兔子和雉鸡，那是父亲参加定期的狩猎活动的猎物，也是我们肉类供应的主要来源。

当地的一间农场会定期举办“屠宰庆典”，我们有时也会受邀参加。农场主会在一年里集中的三四天，雇用几位屠夫来宰杀那些养来食用的牛和猪。当然，我们从未亲眼目睹过屠宰现场的残忍景象，但是当地人都把这件事视为一场盛大的庆典，这里充斥着各种美味的食物：丰盛大块的煎牛排、串烧猪肉、排骨以及香肠。除此之外，桌子上还摆满了马铃薯、沙拉、面包和奶油，还有很多饮料。我们就在餐桌前大快朵颐，吃完便在农场上追逐嬉戏，一同玩耍，大声欢笑。不仅如此，农场也会借机向人们展示香肠的制作过程，此时大人们会顺便订下想购买的肉类和香肠，而这些肉制品的供应也够我们接下来坚持好几个星期的。

家里养的几只羊为我们提供了充足的羊奶，而牛奶主要是依靠大农庄送来的。我们也会自己制作奶油，大人们常常围坐在搅乳器旁，搅得手酸时就由下一个人来接替。我们还自己种些甜菜，屋子后面的那间小厨房成了甜菜加工的主要阵地，而熬制甜菜的味道则是另一个能强烈勾起我回忆的气味。大人们在那里把甜菜熬煮成糖浆，以便给其他的食物增加甜度。现在回想起来，那真是一段快乐幸福、自给自足的生活。后来，我才知道当时的我们是多么得幸运，因为在欧洲其他大都市里，食物短缺的现象十分严重，配给的限额也非常严格。当然，如果像我们一样是住在乡下的话，那事情就会变得相对简单许多，似乎吃的也都很不错。

我们住在宽敞的房子中，日子过得和往常一样平静，这样幸福舒适的日子大约持续了一年半的时间。在这期间，我的左膝上长了个肿瘤，被庄园的马车送到了离家最近的一家医院。肿瘤被切除了，幸运的是我并没有因此留下什么后遗症，只不过在相当长的一段时间里，我的腿从脚趾到大腿都套在一个貌似塑胶做的模具里，这样做是为了保证开刀处的伤口能一直保持平展，避免日后腿部永远无法伸直，这样的生活大概持续了好几周。

在这期间，我们甚至还为外公办了个八十岁的寿宴，德克拉和威利姨父（希达阿姨的丈夫）趁着放假回来了，艾薇也回到了我们中间。我们在一起度过了非常美好的一天。那天下午，波特斯一家也从他们的庄园大宅赶过来和我们一起庆祝外公的生日。对于我来说，有艾薇的陪伴让那天变得十分特别，因为我想念我的姐姐，我希望她一直在我身边。

这年的圣诞节也即将到来，为我们的生活带来了更多的欢欣与喜悦。但我从未想到过，我们这个温馨的小世界正处在崩裂的边缘。

战火逼近

外公生日过后没几天，艾薇突然接到上级命令要去魏玛报到，那是一座位于汉堡南方大约一百五十里的城市。这次她要去那里见一位女士，这位女士负责那个地区德意志女青团的女孩子们撤离的相关事宜。当然，艾薇此行是去接受下一步的行动命令。

在全家一起度过了这样一个美好的庆生会之后，想到要和艾薇再次道别，让我伤心不已。艾薇在她的日记中对外公的生日是这样评价的——“非常特别的一天”，而她也把我们在砖块工厂旁的这所房子亲切地称为了“家”，即便她并没有在那儿住很长时间，不过因为我们在汉堡的公寓被炸毁了，所以现在这座房子的确成为了我们每个人仅有的家和依靠。

按照指示，艾薇立刻到达了魏玛，而当天又被告知需要再次动身到塔巴兹报到，那是在哥达城附近的一个小村庄，需要再往南走几里路，位于以美景著称的图林几亚地区。村庄里有间照护之家，是专门为那些被送到乡下的孩子们所设立的，它相当于第二次世界大战时英军为其撤离者而设置的避难所。接到通知的艾薇立即动身，换乘了另一班火车到达塔巴兹，那里有四个需要她照顾的十岁左右的女孩，一位一直在照护之家工作的女士会在那里接应她。

艾薇在她的日记里是这样描述的：

照护之家坐落在一条美丽的街道上，在这里不仅能够远眺森林的美景，还可以看到图林几亚的乡村景致。我负责照料的是一群十岁大的女孩儿，她们年纪都很小，也很贪玩儿，要吸引她们的注意其实很简单。

艾薇在日记里详尽地记录了她在照护之家生活的每一个细节。尽管外面战乱不止，国家也因为多年的战事而元气大伤，可是孩子永远都只是孩子。艾薇负责照顾的孩子，其实和我还有我在瓦尔特纳区的表亲们一样，都被大人们全力地保护着，所以对于我们来说战争并没有改变什么，日子过得就像往常一样平静。

不久之后，我们迎来了一个特殊的节日——圣尼古拉斯节（十二月六日）。在节日的前一天晚上，孩子们会将自己的鞋子或者拖鞋摆放在卧室的门外，而基督的助手圣尼古拉斯会在这天夜间来看望孩子们，如果她们一直表现得很乖巧，他就会用糖果或巧克力作为奖赏，放在她们的鞋子上；当然，如果她们总是调皮捣蛋，那么就只能得到一根由树枝做成的小扫帚——就是那种一般用来清扫或者拍打地毯用的扫帚，以作警示之用：如果你再不乖些，就一定会被修理一顿。

艾薇还在那天的日记里记下了一段诗歌，大概是送给德意志女青年团中的干部的：

带领着孩子们昂首向前，这是我们的任务，要为这目标努力不懈。

赢得战争的胜利是我们的终极目标，我们要获得永久的和平。

另外，艾薇还在日记里写下了圣诞节的童话剧的排演情况，同时详细描述了圣马丁庆典的场景：所有的女孩儿手里都拿着火炬，站成一列在屋子里慢慢移动。因为我从未参与过这样的仪式，所以这很可能是当地一种古老的传统。

战争还在进行着，而这些节日的庆典依然照常举行，年轻的女孩子们每天仍然做着她们该做的事，喜欢做的事，日子一如既往地平静度过，虽然她们常常也会因为艾薇口中那“该死”的空袭而不得不躲在冰冷的地窖里过夜。

艾薇的日记里抄录了一首关于大城市遭受轰炸的诗歌。因为汉堡受到猛烈空袭，艾薇失去了六个和她一样在德意志女青团工作的朋友。这其中包括一位对艾薇来说很特别的好朋友，她叫玛格达，比艾薇大六岁，也已经结婚了。艾薇没能参加她们大型的葬礼，但是我们的母亲代她去了。艾薇在她的日记本里粘贴了一则关于她们葬礼的新闻剪报，上面还有我母亲的字迹：“这些人是为德国牺牲的。”

有一首名叫《一九四四的科隆》的诗也被艾薇收录在了她的

日记本里，这是一首关于德国遭受轰炸的诗，是由奥图·布鲁斯创作的，诗的开头这样写道：

如今，我们离开了我们的房屋
一砖一瓦地碎裂，终成了一片废墟
湮没了父母的骄傲
还有
孩子的幸福

诗歌的内容是写邻居们在碎石瓦砾中努力摸索、寻找自己的财物，最终却只能眼睁睁地看着他们的过去在瞬间消逝得无影无踪。

艾薇还记下了另一首叫做《梦》的诗歌，开头写着：

昨夜，找到了伟大的幸福
梦见我们平安的生活

这首诗描写的是一个幸福快乐的世界：商店里有各式各样的货物，酒吧里也摆满了饮品，街上的行人都洋溢着幸福的笑容。当然，这一切都只是个梦，无情的空袭警报把人们从梦中惊醒。

艾薇自己也会写诗，同时也收集她喜爱的诗。因为这首诗上并没有作者的名字，所以我猜想这首诗很可能是艾薇写的。我想应该是这样的，从艾薇日记的字里行间中，我相信她确实梦见过和平的到来。

§

战争的阴云笼罩着我们所有人的生活。已经是一九四四年的冬天了，战争仍在继续。尽管在德军的高层领导中，包括希特勒本人在内，不是每个人都可以接受这个事实，但是战败已成定局，德军大势已去。我的家人一直以来都不是纳粹的拥护者，但他们都是忠诚的德国公民，而我父亲和两位姨父都还身在战场，所以妈妈和两位阿姨只能祈祷战争可以快些结束，好让我们全家团聚，恢复正常的生活。她们并不是在祈求德国的胜利，她们想要的只是一个和平与安宁的世界，一个可以顺利地将孩子抚养长大的世界，至少我是这样认为的。

同盟军的队伍——英国、美国和苏联正在向德国本土一步步地逼近，而这其中苏联的军队无疑是目前为止行进速度最快的一支。我们很怕苏联军队，当然也怕其他国家的军队，我们根本无法预见自己未来的命运，不知会被如何处置。

一九四四年六月，苏联红军横扫了保加利亚、罗马尼亚、波兰和匈牙利。与此同时，美军发动了诺曼底登陆，经过荷兰和法国从两边形成了一个钳形攻势，成功地将德军围困。

灾难正在向我们袭来，我们被迫迁居波兰。对于小孩子的我们来说，生活依旧是恬适而安逸的，我们的生活并没有因为战争而受到很大的影响，虽然我经常能听到家里的女人在偷偷啜泣。偶尔我们也会听到军机在头顶盘旋的声音，它们轰隆隆地从天空划过，发出低沉而单调的嗡嗡声。每到这个时候我们就会跑出去，伸长脖子望着它们，看它们是不是朝苏联的方向飞。一次我还因为要观察它们拼命向后仰头，而失去重心跌落到了草堆上。事实上我并不在乎这些军机要飞到哪里，但大人们都这样做，所以我也就跟着做了。大人们想尽一切办法保护着我们远离体验战争残酷的现实，他们让我们去跟飞机挥挥手，仿佛这件事真的会因此而变得有趣起来了。

大人们常常围坐在家中的收音机旁边，我知道他们是在持续关注着德国新闻广播所播报的战况。当然，报道通常都是在强调德军的胜利，不过大多数时间，收音机都会被我们转到音乐台。

战败的形势已经日趋明显，大人们显然知道一些正在发生的事情。苏联军队穿过波兰正在向我们的方向前行，而我们当时落脚的地方恰恰就在苏军的行经路线上。即便是这样，大人们也未曾在我们的面前显露出一丝愁容。

一九四四年的圣诞节被大人安排得一如往常得欢乐。我们还有棵漂亮的圣诞树，上面装点着各式自制的饰品；家人们互相赠送亲手制作的礼物。外公给我们做了架小型的织布机，可以用来编织水壶的隔热垫和针线包；我们还用漂亮的印花缎带制作了一些精美的书签。因为住在乡下，所以食物对我们来说很充足，最幸运的是我们还能用传统的方式庆祝节日。我们享用了一顿丰盛的德国圣诞大餐，因为我们人多，单是鹅就准备了三只。鹅的内脏等杂碎被熬煮成了高汤和肉汁，弗克、汉宁和我则得到了煮熟的鹅心，大人们说吃心补心，吃了会让我们的心脏更加强壮。此外，我们还吃了红色的卷心菜和其他的几道附菜，还有“德国圣诞面包”以及另一种增加了罂粟籽的、口味特别的面包。

可惜艾薇不能和我们在一起，我做了张圣诞卡寄给了远方的她，在上面画了一些蜡烛和其他的装饰，里面写着："我亲爱的艾薇，祝你有一个美好的圣诞节，你的芭比上。"此时的艾薇在遥远的塔巴兹也没闲着，她正在为德意志女青团的照护之家筹办一个被她称为"一九四四之战时圣诞"的庆祝活动。艾薇将我的卡片贴在了她的日记本里，在下面写着："小不点的来信。"

艾薇在日记里记下了新年前几天的欢乐时光，同时也掺杂了她对时局的深切担忧。她带着班上的小女孩们去溜冰，读雪后和人鱼公主的故事给她们听，这些是她在日记中记下的快乐的事。而她最忧心的是我们的未来，她在日记里写着：

新年中我最大的愿望就是能够快些和家人团聚。希望今后的生活会比前些年好。让我们共同祈祷。

盼望已久的和平终于到来，我们在汉堡相聚。

她也写下了自己的梦想和希望：

我想要结婚，有一位疼爱我的丈夫和可爱的宝宝，有一间小房子和一个栽满鲜花的花园。我会做一个好太太，让我的丈夫感到自己是特别的、被需要的。世界上还有什么会比这个更美好呢？我等不及要让它快点发生，但是谁也不知道在这样艰苦的时局下会发生什么事。

和许多同龄人一样，她也拥有一个十九岁女孩的梦想，她甚至还画了一幅宝宝躺在摇篮里的画，并在她的日记里写下她最喜爱的摇篮曲，她曾唱过好多次这首曲子给我听：

睡吧，睡吧，我亲爱的小宝贝
星星高高地挂上了天空
月亮也慢慢爬上来了
我给你的摇篮轻轻地摇
睡吧，我亲爱的小宝贝
睡吧

在一九四五年一月二十日这天，邮局送来了一封母亲写给艾薇的信，因为战乱，邮局的服务时间也已经变得不定时了。母亲在信中告诉了艾薇我们的处境，让她立刻来瓦尔特纳区接我离开。

母亲在信中告诉艾薇，华沙已经被苏联的军队在一月十七日攻占了，苏军正在向我们步步逼近。母亲希望我能待在一个比较安全的地方，至少可以远离苏联军队的袭击，她觉得如果我和艾薇能一起待在塔巴兹可能会安全一些。

艾薇在日记里写道：

妈妈说苏联军队的大规模袭击已经非常猛烈了，他们现在待的地方的危险性正与日俱增，她希望我来接走娃娃。接到信时我还穿着滑雪衣，可是来不及换就立刻动身了。大约晚上十一点的时候我到达了莱比锡，但那时已经没有去德列斯登的火车了。隔天早上我才开始继续前行，终于到了在柏林附近的艾尔丝姑姑家。地上到处都是车子向西驶去的轨迹，我在路上遇到了一位可怜的女人，她的一对双胞胎孩子因为饥饿而刚刚死去，这令她哀伤不已，我为她感到伤心和遗憾。低空盘旋的军机猛烈地轰炸着地面，还有地雷在我周围频频爆炸，幸运的是我并没有受伤。但我却没有办法成功到达罗威治（位于瓦尔特纳区的一个城镇，艾薇本来可以在这里换乘火车到达普尼兹），所以我不得不回头。袭击的猛烈程度实在是超出了我的想象，我太累了，无法再走下去，最后只好在火车站的候车室里待了一晚。

回到塔巴兹让艾薇前后花费了七天的时间，对她而言，那是一段悲凄却又徒劳的旅程。

艾薇为我冒了这么大的险，现在回想起来我的心都要碎了。不过艾薇的这次冒险却有一份令人振奋的收获，在她与艾尔丝姑姑，也就是我父亲的姐姐会面时，得到了三件极为珍贵的物品，现在都由我保管着。在我们的汉堡公寓遭受空袭时，我们所拥有的每一件关于露西的东西都一起被炸毁了，不过艾尔丝姑姑还保留着我妈妈所寄出的手写讣闻，连同着母亲告知姑姑有关露西死讯的那封信，此外，还有一张露西亲手写的卡片，内容真的是再平常不过了，可是读来却让人不觉鼻酸：露西向大家问好，保证将会很快来访，同时问候艾尔丝姑姑的丈夫和小孩——葛云特、翰思、荷思特和小露西。这封信的收信人是艾尔丝姑姑和小露西，结尾处写着："千万个亲吻和祝福，露西上。"能再次看到她的笔迹并且有机会保存着曾经她所碰触过的东西，对于我们来说意义重大，而且弥足珍贵。

艾薇在她的日记里这样写道：

我一看到这些信，眼泪就不禁落下。但也许对露西来说，离开我们是最好的选择，因为这样她就不用经历这场夺去了我们一切的可怕战争，不用经历那些我们遭受的苦痛。我一直不停地问自己，我们到底做了什么，要受到这样的对待，经历这样的苦难？但是我们却无力改变，只能苦苦支撑，好好活下去。

艾薇还在回塔巴兹的路上时，我母亲、两位阿姨以及外公外婆就已经预料到艾薇没有办法到这儿来接我了，瓦尔特纳区不可避免地正在变成一个危险的地区。恬静舒适的生活终于到了崩解的边缘：我们只能从苏联军队所行经的路线逃生。

转眼间，这场战争已不仅仅是盘踞在大人心头那个诡谲莫测的东西了，此刻，它变成了赤裸裸的现实出现在我的面前。这将是我在这场战争中首次展开的大冒险，再也没有什么能够保护我们免于战争了。在接下来的几个月里，我真的变成了战火中的孩童。

逃离波兰

我始终都不知道究竟是谁决定我们必须撤出波兰走廊，穿过欧德和耐思河上的桥返回德国。这或许是柏林当局下达的命令，又或许是当地相关部门的决定。但不论是哪边做出的决定，我们都没有提前得到通知。我们突然就被告知为了阻断苏联军队前进的行程，波兰和德国之间的桥梁将要被炸掉，而如果我们想要离开，就要尽快赶路。一旦桥被真的炸毁，再想回家，就犹如登天般困难了。

波特斯夫妇住在庄园的大宅里，一听说每个人都必须离开的消息，便立刻派了位波兰马夫来通知我们，六小时后会有人来接我们，我们需要立即收拾好行李。不过事情并没有像他们希望的那样进行。马夫在得到消息之后立刻赶回家去通知了自己的家人，他并没有顾及到这三个德国姐妹和她们的孩子所处的境遇。面对苏联军队的攻击，他们和我们身处着同样的险境。因此在一切都处在动荡不安的情况下，我不能责怪他，即便这个马夫并没有及时地向我们传达消息。

但是农庄里其他一些波兰工人的行径是我绝对无法原谅的。这起突发事件引发了强烈的惊恐，一个波兰工人开枪杀死了波特斯先生。我想他们的这种行为是对那些在他们的土地上进行殖民统治的德国人的报复和抗议，因为有一些德国人对他们确实非常刻薄和残酷，只是当时我们并不知情。但波特斯先生并不是那样的人，他是个好人，而且非常照顾替他工作的波兰人，他不应该为德国军方的所作所为负责。另外一些波兰人，在知道波特斯先生遇害之后，立刻帮他太太挖了个坟坑，波斯特夫人甚至没有片刻的时间为他哀悼。她和我们一样，一分一秒的时间都不能浪费，她也需要立即展开回国的艰辛旅程。

直到一辆由波特斯太太派来的四匹马车抵达，我们才知道了关于撤退的消息，那简直犹如晴天霹雳。在这个寒风瑟瑟的一月天里，我们原本舒服地待在家里，全身上下都包裹得暖暖的，却从没想过我们需要马上为逃离作好准备。

我们八个人坐在马车的车厢上，它是那种一般用来运牛奶的大型无顶的车厢，所以上面的空间足够大，里面还铺上了一层干草。由于需要立即动身，我们只是匆匆取出了一些路上会用到的生活必需品。正是寒风刺骨的冬天，我们小孩子身上套着好多层的衣服，我穿上了外婆给我织的毛线裤袜，裤袜是与小背心外的针织紧身内衣连在一起的，外面还要穿上几件上衣，再套上很多件罩衫，此外我们还带走了成堆的毛毯。此时我想起了我亲爱的狗狗，我跑到了我们旁边的波兰家庭，亲手把狗狗交给他们的儿子彼得，又是一次令人伤感的离别，而且根本就没有逗留的时间。当时我真的觉得我很快就能回来，然后可以把狗狗接走。我们这些小孩子，虽然知道要想尽办法从苏联人的手中逃走，知道他们是敌人，是要害怕的人，但也就只知道这些而已。

装运行李的过程非常匆促，一袋袋的食物就这样被丢进了车上的干草堆里，以至于我们把一整袋的盐当成了一包干豆，而这却成了意想不到的惊喜，因为后来它被撒在路上，用来清理结冰的路面，为我们解决了很大的问题。母亲依旧是提着她那个不论到哪儿都随身带着的手提箱，也正因为如此，所以她的餐具、连同我们的相册都能够幸运地保留到今天。

我们一个个爬上了马车，开始了逃难的旅程。外婆坚持要坐在车厢的后面，她拒绝像我们其他人一样蹲坐在干草堆上，总是对着马匹屁股看，这一点让她感觉很不舒服，于是一只餐椅就被匆匆地举上了马车，摆在了后面。外婆挺坐在那儿，头戴一顶宽边的黑色草帽，看起来如皇室般高贵。这帽子也是另一个我们家中的女人们能化腐朽为神奇的例子——外婆亲手编织了这顶帽子，并且把它漆染成了黑色。遗憾的是，这顶帽子并不适合在这个冰天雪地的日子佩戴。没过多久，冰雪便落满了我们的全身，而帽子上的黑漆也开始慢慢脱落，一条条黑线沿着外婆的脸庞流了下来，但外婆依旧是静静地坐着不动，努力地维持着她的尊严。母亲帮外婆把帽子摘下，并为她围上了一条和我们一样的披肩。这一幕看起来一定有些怪异：所有的人都挤在铺满干草的马车上，并且都还撑着伞遮挡风雪。

庄园大宅里的一个雇员驾驶着这架四匹马的马车，我们很快就赶上了前面的车队，其中包括波特斯太太和她的亲属所乘坐的马车。

当时的我并没有过多地考虑波特斯先生为什么不在，而是很自然地认定他是因为需要留下来处理农庄的事宜才没走。一直到了后来才有人告诉我们这些小孩子他过世的消息。听到这个消息时，我伤心不已，他是个很慷慨的人，而且待人又和善，我非常喜欢他。父亲入伍之后，一直是他在照顾我们全家人的生活，命运如此对他实在有些不公平。

车队大约有八或十辆马车，它们一起驶向了离此地约两百里远的德国边界，同时我们还有一小队备用马匹，这让我们能够在马匹疲累的时候适时替换。于是，又一种难忘的气味飘进了我的回忆，那是装满干草和燕麦的饲料袋散发出来的，为了不让珍贵的食物撒出来，袋子被套在了马嘴上，那潮湿的气味闻起来就像是新割下来的青草一般。

运送牛奶的马车轮子的外围是橡皮圈，所以在雪地上并不太好走。由大片石板铺成的路面上也出现了不少的缝隙，这会令轮子卡住或是打滑，我们有好几次险些在雪地里翻了车。

行进中的马车队伍是不可能停下来的，如果有人想上厕所，我们只能跳下马车，快步奔向草丛，再跑回来追上马车，反复几次动作就越来越熟练了。好在队伍行进的速度还算慢，我的小短腿还是有可能比马车跑得快些的。可汉宁还太小，不能跳下车去。他戴着一顶小皮帽，帽子左右两边各有一个御寒的耳罩，看上去有点像大侦探福尔摩斯戴的那种帽子。当他说要小便的时候，外婆告诉他可以把帽子摘下来，在帽子里解决，这让他很生气，他拒绝照做。僵持到最后，只得是一个大人把他抱过车沿让他在车子外面方便。时至今日，汉宁已经是六十好几的老人家了，我们依旧是开他的玩笑，说他需要往他的帽子里头尿尿。

波特斯家有几辆十分漂亮的全罩式马车，涂着闪亮的黑漆，显得十分高雅，它曾经往返于乡野间接送我们上下学。马车的车身十分华丽，外面还挂着灯笼，里头铺着长毛坐垫，还配有上下车的阶梯。大人们很快就把一切都安排妥当了，先让外公和外婆坐进了有遮篷的马车里，而到最后我们也都坐在了这种舒服的马车里。我们之前的马车则主要用来运载我们的物品。我们昼夜兼行，为了尽可能快地赶路。夜里我们就挨着彼此的身子，再盖上毯子睡觉。车夫坐在马车的最外头，把帽檐拉得低低的，身上包裹着厚厚的毛毯。他们究竟是波兰人还是德国人，我已经记不清了，不过我记得如果外面的天气晴朗，我们这些小孩子就会获准到外面跟他们一起坐着聊天，偶尔我们还能亲手握一下缰绳，感觉十分刺激。

伴随着车轮发出低沉的转动声，我们继续前进，就这样度过了好几个漆黑的夜晚，即使偶尔经过了城镇和村庄，周围仍旧是一片漆黑：不仅没有街灯，连房子也没有开灯，我们就这样在无边而广阔的天际下无止境地走着，只有头顶上的点点繁星。如果白天的时候入城，我们会经过当地长官和社会福利团体在学校或是社区等公共场所设置的休息站，这里为过客提供汤品，有时会有韭葱马铃薯汤或是豌豆马铃薯汤可以喝，大多数的时候都是用高汤调制成的清汤，即便如此它们喝起来也很美味，我们对此都心存感激。我们自己并没有停下来煮饭的时间，而路上所带的面包也变得越来越硬了，大人嘱咐我们要细嚼慢咽，而这些汤成了最棒的佐餐，把面包泡在清汤里，之后我们就能享用那完整而温暖的一餐，那些热气从汤锅中徐徐冒出的美妙影像到现在还时时浮现在我的面前。我们会用自己带去的金属浅盘去盛汤，小心翼翼地踱步走在鹅卵石上，让脚底暖和起来，但同时也要很小心，确保我们渴望已久的热汤不要洒出来。

车队暂停休息的时候，我们会从随身带着的食物中拿出最为珍贵的苹果和萝卜来喂给那些马匹，好让它们知道我们是多么感激它们替我们拉车。记得有位大人曾教我如何把握着食物的手平展伸出，让马儿那毛茸而温湿的嘴巴在我手上嗅食食物，那种痒痒的感觉我至今还记得。

沿路上还有很多车队，但这其中并不包括汽车和货车，因为它们都已经被军队征用，更何况当时根本买不到汽车的燃油。我们时常身处一大串车流中，有时前头有马车的轮轴断了或是在雪中翻了车，车队就会被迫停下来，这时所有的车夫都会跳下来帮忙——行进中的车队组织得很好，非常有效率。一旦进入小城或是村庄，我们就会被分批带到不同的汤品供应厨房，当我们再度上路时，不同的车队就会被分配到不同的线路上，这样做是为了让我们不至于全都挤在同一座桥上。那些来为车队提供食物的志愿者有的是波兰人，其他的则是在瓦尔特纳区住了大半辈子的德国人，即使面临苏联军队的威胁他们也不愿离开。对于我们来说，毕竟只是在那儿住了十八个月，所以要决定离开还算简单，而对于这些人来说必定是生死存亡的决定，我真怕那些最终留下来的德国人有一天会后悔他们所作的决定。

车队的前行持续而稳定，尽管马匹因为长期的疲累必定会影响一些行进的速度，但我们从来没有耽搁很久。大人们依旧把我们保护得很好，即使他们对于我们是否能及时赶到目的地有过些许担心，但至少没有在我们面前显露出一丝一毫，他们依旧是带着我们唱歌、玩文字游戏，一直到我们真正抵达横跨欧德河的大桥，我们已经走了三天的时间。欧德河是形成波兰和德国之间自然分界的两条大河中的其中一条，我们在葛罗区附近过了河。后来我们在一个叫斯波诺特的小镇里停留了片刻，在那儿，妈妈给在塔巴兹的艾薇寄出了一张明信片，告诉她我们已经在路上了。

艾薇在她的日记中写道：

终于等到了她的消息，我实在太高兴了，现在我知道苏联人追不上他们了。妈妈还不知道爸爸的下落，我们只能为他祈祷，希望他会安然渡过，并能很快捎来一封信。妈妈、芭比和其他亲人都没事，这消息实在太让我高兴了。

我们终于快到家了，车队抵达第二座穿越柯特布斯的耐思河桥时已经是夜晚了。车队成功地完成了它的旅程，我们似乎安全回到了祖国。周围的德国士兵们催促我们快点过桥，因为他们已经准备好了炸弹，马上就要把桥炸掉。

每个人在抵达桥的另一端时都变得很振奋，忍不住唱起歌来，但是我们一刻都不能停下来，要尽快逃离那个区域。我们快马加鞭走了一两里后，听到了背后“轰隆”的一声巨大的爆炸声，我回过头看到天边亮起了一束巨大的、橘红色的火光，他们已经把桥炸了，我们刚过桥也就几分钟的时间。后来我们听说那些太晚到达的车队就只能搭船过河了，而那意味着他们必须把仅剩的财物全部抛弃在岸边，即便是这样也要比面对四处掠夺的苏联军队要好得多。

一月二十五日，我们抵达了德国的土地，与此同时在我们之前所住的波森那一带的街道发生了激烈的枪战，武力和人力上都占了上风的苏联军队将德国军队击败，而那些选择留下的德国人遭到了极不人道的对待。我们的逃离真可谓是千钧一发，虽然作为小孩子的我并不了解其中的惊险，但当我们逐渐远离那两条曾经帮助我们踏上故土的桥梁残骸，并能够安全前行时，那股如释重负、欢欣庆贺的喜悦感包围了整个车队，我们所有人都欢欣鼓舞。

我们这支车队继续马不停蹄地前行，在经过了那晚和隔日的一整天后，我们终于抵达了哈勒附近的小村庄唯德村。哈勒是座中古世纪的城市，同时也是德国主要的产盐城市，以注释的出生地闻名，幸运地未遭受到战争的破坏。抵达城墙之前，车队暂时停留在唯德村休息，当地的社会福利组织依旧运作得出奇得好，这个不到一千位居民的小村庄户户敞开着大门，欢迎我们这些逃难的民众。我们在极恶劣的天气里持续行进了约一百六十里，无论如何，我们最终都平安回到了德国。

从这里开始，波斯特太太和她的亲属搭乘了他们的马车分头行动了。他们在汉堡的南面有间房子，我想他们最后应该都回到了那里。我知道直到波特斯太太去世我的父母亲都还一直和她保持着联系，但是我不记得有再见到过这家人。战争期间，人与人之间原本就会更加亲近，我对他们依旧是心存感激，因为他们对我们真的是特别得好。

与波斯特一家道别后，另一户同样仁慈的家庭收留了我们，只记得主人是一位校长和他的太太，但我却不记得他们的全名了。意玛阿姨、希达阿姨和妈妈三姐妹各自带着一个孩子，被分配到了他们家，我们的外公和外婆则住在了对街的另一户家庭里。能再一次睡在一张真正的床上真是令人万分欣喜，在唯德村的第一晚我好像睡了很久很久。

艾薇连续几天都不知道我们人在哪里，她给我们的一个表亲打电话，但他们仍然没有我们的消息。艾薇在她的日记里写道：

他们会在哪里？我很不开心，希望谁能给我带来个好消息。

几天后，艾薇在日记里贴上了两张相片：一张是她穿着滑雪衣，另一张则是她坐在草地上的。

今天我贴上了我在塔巴兹这里的两张相片。照了这两张相片后，发生了很多事。我试图向东去帮助家人，但却没有办法到达那里，战况实在太激烈了，我不得不原路返回，也没有人能够再向前行进了。好在我得到了他们都安然逃出的消息。亲爱的爸爸人还在外地的某处打仗，我知道他是最忠诚的士兵。我相信战争的结束指日可待，这样优秀而勤奋的国家不会就这样沉没。

我们一安顿好，母亲就写信给艾薇，艾薇将它记下了：

终于又收到了妈妈的信，可怜的她们一路风尘仆仆终于平安

无事了。我们仍然没有爸爸的半点音信，根本不知他在哪里、在做什么，真的很担心他，希望很快就能得到他的消息。

虽然收留我们的这户人家的宅院很大，但我们这么多人一下子住进来也显得十分拥挤，我和母亲同住在一间小房间里，这次我能清楚地看到母亲时时挂在脸上的愁容，她在担心父亲的情况。我们常谈到他并一同为他祈祷，希望他并没有如同文件所指示的那样被送到了苏联前线。但我想妈妈心里头一定知道这几乎是不可改变的事实，如果真是那样的话，父亲一定会尝尽了艰难与险阻，而且很有可能从此不再回来。

食物和家的气味一直环绕在我对唯德村的那段时间的记忆中。校长和他太太的地窖里放满了苹果和梨子，都是用棉纸包裹着保存的，整齐地放在一排排的架子上。地窖里还有一大堆装满自制果酱的玻璃罐，以及用自家园子里产的蔬果制成的腌渍蔬菜和水果。我记得有一次，我们三个小孩子有幸被校长带下了地窖，他让我们各选一颗苹果和一个梨子。地窖里那满溢果香的美妙气味是我永远都无法忘怀的。

好心的主人还为我们补过了圣诞节的庆祝大餐，他们自己养了一些鸡和几只鹅，所以我们依旧吃得到德式烤鹅搭配着红色的卷心菜的传统大餐。吃大餐之前，我们小孩子还可以烤些做成星星或是月亮形状的饼干，他们家有糖粉，我们把一半饼干撒上白色的糖粉，另一半则撒上粉红色的糖粉，同时还烤了用无子葡萄干作为眼睛、坚果当成鼻子的姜饼人，一直到现在，刚出炉的姜饼人散发出来的香气依然会触动我回忆起当时的时光。

我记得当时他们让我们吃得不错，但也有可能是我的记忆有所失真，所有的记忆都像是被渲染上了一层瑰丽的玫瑰色。但我又确实知道有一次我母亲和两位阿姨准备去偷他们的鸡来煮给我们吃。这件事在后来的日子里成为了我们多年以来一直津津乐道的家庭轶事。事发当时，我们小孩子全都在梦乡中，三个姐妹成功地包围住了那只鸡，还把它赶进了屋子，结果还是抓不到它。她们越是要试，那只鸡就越在厨房里到处飞蹿，还发出“咕咕”的叫声，三姐妹怕吵醒鸡的主人，她们一度还想给这只鸡灌酒，希望它会喝醉，然后就能安静下来。直到最后，当她们认清她们当中根本没人有胆量宰了这只鸡的事实之后，她们才把鸡赶出了屋外。这件事让她们哄堂大笑，之后还给那只鸡取了个名字，叫做Mesimeco，是用我们所有人姓氏前面的几个字母组合在一起拼成的。

现在我们似乎在唯德村安顿了下来，我开始逐渐有了安全的感觉。逃离波兰的时候，不断在眼前浮现的那些暴戾的苏联人的形象，也开始从我的脑中慢慢消退。然而母亲知道这样的情势根本称不上安全，所以她还是给艾薇写了一封信，叫她过来接我，要把我带到塔巴兹。

艾薇答应了，便随即动了身。与上次相比，这次的尝试会简单得多，火车照常发车，她从哥达搭车到莱比锡，再转搭另一班车到哈勒，而且一路都很顺利。我看到她时简直欣喜若狂，她要在校长家和我们住几天，为此我十分高兴，而校长和他的太太看来也很乐于再迎接另一位家庭成员。

母亲悄悄把我带到隔壁的房间，对我说：“娃娃，现在你要离开这里，和艾薇一起去塔巴兹住一阵子，这样不是很好吗？就算是你一个美好的小假期。想想看：可以和很多像你一样的女孩儿一起玩，滑雪橇、溜冰和远足，和她们在那里会多么开心呀!你觉得怎么样？”

“哦，好呀！”我当时简直高兴得合不拢嘴，我马上就可以和我的姐姐一起出远门了，去塔巴兹和那里的女孩儿一起参加姐姐告诉过我的所有的活动。何况在校长家的日子也并非一直都很舒适，因为我们的人实在太多，因而十分拥挤，活动也比较受局限。而我们也知道无论何时都要乖乖地严守礼节，不能制造任何噪音——我不记得校长有训斥过我们，不过他看起来不怒自威，而大人也都意识到自己是在别人家作客，所以也会紧紧地盯着我们。妈妈和艾薇把塔巴兹说得这么好玩，着实让我迫不及待地想要出发。

又是离别的一刻，只是这次的我并不觉得跟妈妈说“再见”是件很难过的事情，和姐姐即将展开的这次奇妙而刺激的旅程简直让我兴奋不已。

“再见了，我的小芭比，”妈妈说着亲了亲我的脸，“这是给你的小礼物，让你看到它就能想到妈妈。”

那是一条刚好适合我用的漂亮的、粉红色的小毛毯。这下我真的开始难过了，我意识到我是真的就要离开了，我怎么能离开我的妈妈呢？我并不想走，但是她们告诉我只是离开一阵子，而在她们的描绘下，浮现在我眼前的就像是一个美妙的假期。

艾薇和我跟妈妈道别时，我们都不知道这次的分离会有多久，也不知道之后等待我们的会是什么，我们又会经历些什么。

§

我和艾薇一起坐在了行进的火车上，除了透过窗外看到的田野景色飞一般地在眼前飘过，我记不太清楚那次旅程的主要部分了，可是我却对旅程最后从哥达到塔巴兹那段路的印象很深刻。哥达是座有名的欧洲古城：一直到第一次世界大战之前，英国皇室都称呼它为萨克森·科堡·哥达，后来改了个听起来德国味不那么重的名字——温莎，而《哥达年谱》则是欧洲贵族政治统治的谱籍。这个城市并没有遭受到空袭，所以城里的建筑都保存完好，而且还有一间壮丽典雅的宫殿，只不过我们不是来观光的。艾薇之所以选择这条路线主要是考虑到要把我安全地接到塔巴兹的照护之家，所以我们要搭乘穿越图林几亚森林的那列迷你火车，这趟行程只需要花六十分钟就可以完成，这在我看来真是趟神奇的旅程。

火车缓慢地向前行驶，经过了哥达公爵的狩猎场——莱因哈兹布鲁，也是英国维多利亚女王喜欢的避暑胜地之一，火车穿过了弗列希若达，继续前往塔巴兹。这列火车上装有一个车铃，每当快要抵达一个小站时便会响起，这对我来说，就像是在坐玩具火车一样。森林里的树木都被皑皑的白雪覆盖住了，我们身边的每样东西都雪白晶亮得令人陶醉。

我远远地就听见了一阵钟声，火车最后在照护之家附近停了下来。每当有访客到来的时候，钟声就会响起，此时照护之家的女孩儿们就会奔跑着下来迎接火车。艾薇在那里很受欢迎，所以我们抵达时有很多人是来欢迎我们的，艾薇不在的时候，那里的女孩儿们和教职员都很想念她。

她们也都一直盼望着我的到来。第一次艾薇没能把我成功地接过来令她们非常失望，因为她们已经准备好了一个特别的礼物要送给我。艾薇和我一被引领进照护之家，女孩儿们就把一个由她们亲手缝制的拼布娃娃送给了我，我十分开心，并且立刻就给它取了个名字叫做夏洛蒂。它非常得漂亮，在我看来是小孩子所能得到的布娃娃中最漂亮的一个了，它的脸上还绣着一个微笑的嘴巴，大约有十二英寸高，身上穿着一件红紫相间的套装，连着一顶小帽子，内里则是细密的卷羊毛，女孩们还给它做了一个摇篮和一条柔软的包巾。我太喜欢我的夏洛蒂了，以至于去哪儿都会带着它。夏洛蒂跟我一起睡在艾薇房间的小床上，盖上我粉红色的毛毯，我会抱着它一起听艾薇说故事、唱摇篮曲，一起做睡前的祷告。

负责管理照护之家的兰洛女士还送给了我一个迷你的木制玩具小火车，它有五个车厢和一个引擎，这让我想起了我们来时所搭乘的那列迷你的森林火车，我把它小心地摆在床的一边。照护之家里有许许多多的玩具，但是只有这些是属于我自己的、特别的玩具，也是我现在仅有的宝贝。我其他所有的东西，不是在逃离波兰时来不及带出来，就是在汉堡的空袭中被烧毁了。

照护之家里大约住了五十个女孩儿，艾薇负责的那组大部分都是十岁，不过也有稍大一点儿的。女孩儿们原本都在德意志女青团，后来考虑到安全问题，她们便从大城市撤了出来。在那里我和大家一起上课，虽然我比其他女孩都要小三岁，但还是可以跟得上她们所学的东西，我很快就适应了那里的新生活。诗词、绘画以及家政都是我喜欢的课程，而数学则是我最喜欢的课程。照护之家有着非常严格的作息规定，艾薇每天六点起床，梳洗完毕之后便把女孩儿们都叫醒，检查她们的床、橱柜、手指和头发。早餐之后有朝会，我们会一起为那些战死以及仍在前线作战的人祷告，每当此时我就会将眼睛合得特别紧，心里一直想着我的父亲，希望他仍健在并且早日归来。其中的一位教职员会作简短而不失幽默的致词，轮到艾薇致词时，她谈起了德国伟大的诗人席勒的生平。在此之后我们便进入了正式的课堂学习，我想这里的生活应该跟英国寄宿学校的生活很相似吧！

除了上课之外，这里还有很多其他有趣的事情可做。有的时候真的很难让人相信，战争还在继续进行着，因为这里的生活很平静，而且无忧无虑。艾薇的日记里记满了各式各样有趣的活动，包括远足、滑雪橇、溜冰，等等。做完学校的作业，以及忙完了一些像打扫卫生、织补袜子这类的杂事之后，女孩儿们就会聚集在大荧幕前准备观赏影片，或是忙着制作短剧表演时所需要的道具。每当这里的教职员中有人过生日时，女孩儿们就会演出一场她们自己编排的特别节目。

我曾经也在她们为一位教职员的生日所准备的剧目中饰演了一个角色，艾薇是编剧，我们的演出地点则安排在了森林里一处群山环绕的小空地上。而此前的演出都是在照护之家的大厅里进行的，每次一到要演出的时候，就会引起一阵兴奋的骚动。我还记得在演出的时候自己的脸上好像被画上了胡须，所以我当时饰演的应该是兔子或是某种森林中的动物。

短剧的主角是个远方的来客，她已经走了好久的路，最后终于在这里停下了脚步。她所说的每句台词我都记得，在我们后来漫长的旅程中，艾薇和我常常引用这些话说给彼此听，尤其是当我们在户外夜宿的时候：

如果走了一整天的路，可想而知到了晚上会是多么得疲惫。我已经在森林里走了好几个小时，却始终看不见终点。但有个路标在那儿，如此我便一定能找到地方歇一下脚。路标显示往右走的城镇有三公里远，而往左走的是七公里远。哦，我可怜的双脚！可惜你们无法开口给我建议，我该怎么做？其实我也可以待在这里——我很确定没有警察会逼我继续往下走，更何况到了塔巴兹那儿，也没有人会在这么晚了还为我敞开大门。既然如此，那就晚安吧！

于是，旅人在深深地打了个哈欠之后便在森林里找了个地方倒头就睡。夜深时，精灵和小动物都来到他的身边翩然起舞。

这些都是在此地开心的经历，我很喜欢跟这些大姐姐们一起演戏。

原本这间照护之家是间庄园的大宅子，厅堂里还有个锣。一般情况下，锣声响起的时候都是在通知我们要用餐了，可一旦遇到空袭警报，锣声也会被敲得又急又重，这时我们就要全部躲到地窖里去，有的时候一个晚上我们就要下去三四次。

我非常喜欢和艾薇待在一起，这里的女孩儿们好像都很喜欢她，这让身为妹妹的我感到非常得骄傲。她已经成为了我的偶像——我希望快些长大，然后变得像她一样。露西离开的事实让我更加珍惜艾薇的存在，我们在那里一起度过了露西去世两周年的纪念日，虽然艾薇并没有在我的面前显现出她的沮丧和伤心，但我可以想象那有多难过，因为艾薇在她的日记里写着：

目前局势并没有想象中的那么好，但我们会坚定地一步步走下去。有时我真的不知道接下来该怎么办才好，会突然变得很沮丧。对不起，我不应如此脆弱，只是我再也不了解这个世界。有时候我希望我从来就没有出生过。事情要如何收场呢？

艾薇在这时已经知道美国和英国的军队正在跨越莱茵河，气势汹汹地向德国横扫而来。炸毁莱茵河上的桥只是暂时阻挡了他们，在我们展开旅程的前一个月，也就是三月七日，他们已经过了河。而到了三月的最后一个星期，他们已经完全控制了莱茵河的东岸，一直攻到了杜塞多夫，那里距离我们不到一百五十里。像以前一样，我被全力保护着而对此毫不知情，但每个大人都相信美国人会把我们活活饿死，最终包围像塔巴兹这样的村落，切断所有的供给，直到每个人都死去，对此所有人都充满了恐惧。可是这些都是纳粹分子不断灌输给我们的观念，在我们的印象中，这些外国的军队都是怪物，行为卑鄙而且对我们毫无怜悯之心。

我们所要面临的悲惨命运让艾薇作出了一个重大的决定，我想当时她很有可能以为我们将会遭遇不测，如果是这样，她希望我们俩最后能和母亲待在一起，至少这样我们可以一起离开人世。

于是一天傍晚，艾薇带我回到了我们的卧室，手里拿着一杯热巧克力，还有前一天我们和女孩儿们一起烘烤的饼干，这让我误以为是要为谁庆祝生日，可是接下来艾薇说："亲爱的，坐下来，我有件很严肃的事要问你，我想知道你的意见。"

艾薇要和我一起商讨事情，这真是太棒了。一直以来，我都当惯了"小不点儿"，做家中长辈要我做的事，现在她竟要跟我商量事情，真是太令人激动了。

"你想念妈妈吗？"艾薇问我。

"哦，当然会呀，"我老实说，"我非常想她。"这是真的，尽管艾薇非常爱我，而塔巴兹这里每个人也都很欢迎我，但我仍旧非常、非常、非常想念妈妈。

"你知道，这次战争我们已经不再占上风了，而且联军的士兵已经进入了德国。这就是说以后的日子会变得越来越艰难，甚至很危险。我想我们应该回到唯德村跟妈妈在一起，你说好吗？"

我点点头。她这么一说，我就立刻意识到这是目前我最想要的了。

"你觉得你可以坚持走到她那边吗？我们会走很多、很多、很多路哦！"艾薇认真地看着我。

"是的，当然。"我立刻说，"我可以做得到，我知道我可以的。"

我原本就会跟随着艾薇的脚步，即使是去天涯海角。但艾薇在征询我的意见，这让我觉得她把我当成大人一样对待，不论这任务显得有多么艰巨，我都是出于自愿且同意参与的。能被征询意见让我觉得自己很成熟并且十分重要。

"这不像跟女孩们一起去远足，这会是一趟真正的旅程。唯德村离这很远，我们会走好些天。你觉得你做得到吗？”

“我知道我做得到，”我回答说，“我很能走的。”我不是很清楚那意味着什么，但我知道如果艾薇想走，我想和她一起走。她绝对不会撇下我自己离开，所以如果我说不要，我们就永远不会展开那段漫长的行程。

“那么我们明天就走，”艾薇坚决地说，她微笑地望着我，“小不点儿，你很勇敢。我知道我们会安全到达妈妈那边，我敢保证。但是，今晚你一定要睡个好觉，我不知道我们何时或是在何处能再好好睡上一觉。”

我不晓得是要兴奋还是该害怕，但是我知道我期待能再见到妈妈。那晚，我上床准备睡觉，然后开始和夏洛蒂说话，说着说着就进入了梦乡，我告诉她妈妈的事，还有我们过不了多久就要跟她团聚了。

旅程开始

等待我们的是如奥德赛[①]般的漫长的旅程，艾薇在出发的前一晚摘录了一句尼采[②]的话记在她的日记里，简短却极其有力：

永远别让你灵魂里的英雄死去。

艾薇拿起了针线，手举我粉红色的小毛毯，转眼间将它改造成了一个小型的背包，隔天，我们就将我的长裤、背心、裤袜连同羊毛外套一起打包放了进去。艾薇还告诉我说不准带除夏洛蒂以外的玩具。趁着艾薇在打包她自己的东西时，我偷偷将我的木头玩具火车装进了裤子口袋。

---

① 奥德赛（Odyssey），相传是古希腊诗人荷马所写的史诗，描写英雄奥德修斯（Odysseus）在特洛伊战争后十年漂泊，最后终于返回家乡的一段漫长旅程。

② 尼采（Friedrich Wilhelm Nietzsche，1844–1990），德国著名哲学家。

我们就要出发了，一个手无寸铁的年轻女子领着一个不满十岁的小女孩儿即将步行穿过这个在生死边缘挣扎的国度，横在我们面前的是无处不在的难民、士兵、强盗以及侵略者，国家正在饱受战火的侵袭，民众们充满了绝望、畏惧以及对未来的惶恐。如果早些知道摆在我们眼前的是这样的场景，我们还会下决心踏上这次漫长而艰辛的旅程吗？

我想答案是肯定的，我们依然会出发，在与妈妈团聚的渴望面前，我们所有的恐惧都将显得微不足道，因为这种渴望将给予我们十足的勇气和力量。

我们的天真无邪说明我们着实无法预见即将发生的事情，但我们依旧乐观。艾薇并非不知道其中的风险，只是她也无法猜想我们所将遭遇的麻烦到底有多大。即使如此，她依然鼓起勇气，独立担负起了照护我、将我安全带回到妈妈身边的责任。

§

一九四五年四月七日星期六下午四点，一个值得铭记的时刻：我们的大冒险正式展开。

我和艾薇全副武装，我穿着长裤和艾薇织给我的一件红色的羊毛外套，那件外套上连着帽子，还有用圆扣扣起的双排扣子，我也因此常被唤做小红帽。我穿了双高过脚踝的浅色皮鞋，当时在德国有种说法："小孩儿应该要学习保护自己的脚踝。"艾薇则穿着她的滑雪裤、上衣以及她滑雪时穿的束腰夹克，脚上套着一双厚底的皮鞋。我俩都戴上了头巾，我的是一块红白相间的可爱头巾，这是妈妈特意为我做的，在穿夹克的时候可以搭配着戴。艾薇用这块头巾套住了我的辫子，再用美丽的发篦固定梳到我头顶的发束上，我们叫这种发式为Tolle，这在当时很流行。

我们还带了一把火炬和一些食物，包括在照护之家烘焙的黑麦面包，我们将其中一些涂上了肝酱，另一些则涂上了我最爱吃的蜂蜜。此外，还带上了两包原味的硬土司，吃起来的口感既像是饼干，又像是脆饼。时局好一些的时候，我们还可以吃到裹着巧克力或是撒上肉桂粉的硬土司。我们还拿了两个厚实的浅盘，作为盘子和杯子。照护之家的女孩们还做了一个带把手的小型木头推车来送我，这样就可以用来运载我们鼓鼓的背包和我亲爱的夏洛蒂。

艾薇在邮局里有一些自己的存款，还有一些妈妈之前给她的钱，只是在我们离开之前我并不认为她有足够的时间去把它们提出来。六年后，当我读到艾薇在日记里记录有关这笔存款的内容时，不禁失声痛哭起来，在邮局账号的旁边，艾薇加上了这样一句话：

重要信息：一旦我不幸离开，这笔钱将全部归芭比所有。

起程时的我们并不感到孤单，萝、汉娜和希德尔等四个在照护之家工作的女孩儿与我们同行，可惜第四个女孩儿的名字我记不得了，旅行的第一天晚上她们一直和我们在一起。这是个春暖花开的时节，到处散发着大自然的气息，果树绽放出洁白、淡粉色的花簇，而森林里被踩压的松树针叶所散发出的浓烈清香更让我至今难忘，还有脚下青苔和蕨类植物踩起来像地毯一样轻柔的感觉。野生番红花、水仙和小巧的紫罗兰在池边和河边随处可见，我当时的想法就是：这趟旅程其实没那么艰难，老实说，应当说还比较有趣吧！

凭着艾薇身上带着的指南针和地图，我们知道去唯德村的方向是往西北走，我们的路线与来时乘坐的小火车的轨道是一致的，不过此时小火车已经停驶了，我们只得沿着轨道前行至森林里的另一座村庄弗列希诺达。

在我们快到村庄的时候，自远方隐隐响起了低沉的嗡嗡声，随后声音迅速扩大，一架飞机瞬间出现在了我们头顶的上方，而转瞬间又好似有上百架军机在我们头顶呼啸着越过树梢，发出震耳欲聋的巨响，一路上不停地扫射、轰炸地面，一路向村庄冲去。

我可以清晰地听到子弹射击地面所发出的“砰砰”声，看到机翼周围那因为爆炸而闪出的火光，艾薇一把抓住了我的手，将我拉到了灌木丛里躺平，在接下来这令人惊恐的几分钟里，我们跟其他几个女孩子紧紧地依偎在一起。

我们四周依然响彻着如闷雷般的枪弹声，飞机的影子从我们头上掠过。子弹在房屋间穿梭，我们甚至听到了子弹撞击墙壁的声音，之后这群军机便呼啸而过，防空炮弹也停止了回击，一切仿佛安静了下来。我抖了抖身子，可是艾薇依旧要我躺好不要动，我的手脚已经越来越僵硬冰冷，但是她要我待在那儿，直到她确认我们可以继续前进。我们慢慢地从灌木丛下爬出，甚至没有谈及一丝我们所看到、所听到的东西，村子里的其他人好像都还躲在防空洞里，我们是街上唯独可见的行人。

那只是我们旅程灾难的第一站。

白天的温暖逐渐消逝而被冷凝的黑夜所替代，已经是入夜时分，我们一行人抵达了芬斯特贝恩，好在这一路上再没有遇到更多攻击，我们顺利地找到了与照护之家类似的一个青年旅馆——林德旅馆。我们知道在这里我们会受到接待的，因为我们有塔巴兹照护之家的院长兰洛女士为我们写的一封介绍信。

旅馆里头有守卫在那儿的士兵，他们身穿制服、脚上套着厚重的长靴，走起路来会发出很大的声响，他们看起来高大魁梧，而且难以亲近。开始我很畏惧他们，甚至有点害怕。但他们有时又会笑着拍拍我的头，当他们其中一个人给我饼干吃时，我才不觉得他们有那么可怕。之后他们还会慷慨地把他们的餐点分给我们吃，那餐点真的很棒：有米饭和好多好多的肉。那时的肉食很短缺，能够有这样满满的一盘简直太难得了。

我们和同行的女孩同住在一间，但晚间的几次空袭警报让我们不得不躲到地下室去。而我总是又累又困，一心只想赖在床上，这给艾薇造成了很大的困扰，她总会在我耳边说："起来了，亲爱的娃娃。"然后把我抱起，并将我摇醒。似乎在整个漫长的徒步旅程中，我们都得穿着外套睡觉。

第二天早上七点，我们准备好了要再次出发，同时也要跟我们的四个同伴道别，她们将要回到塔巴兹去。临别的时候所有的女孩都哭了。

"艾薇你确定吗？"汉娜问，"你真的要继续往前走吗？"

萝抱紧了艾薇，"回来和我们在一起吧！"话里面既有担心又有不舍。

但艾薇表现得很坚决："我们必须继续，旅程已经开始了。但还是要谢谢你们陪伴我们走了这么远。我保证我们不会有事，你们也要好好地照顾自己。”

泪水早已挂在了每个人的脸上，我们彼此祝福着，互相拥抱亲吻，然后各自上了路。

格根谷是我们的下一个行进目标，每当我们遇到十字路口或是岔路，不确定怎么走时，艾薇便会对一下指南针，选择一条往北走的路，但我们还是有好几次都偏离了原定的路线。后来我在地图上追踪我们的路线时，才发现其实我们多走了很多路，但主要的目的是为了避开交战区。这也就是说，在最初的几天我们几乎都是在原地绕圈而没有前进，就相当于我们白走了。幸运的是沿途的路标都完好无损，后来我读到，当联军攻进德国，发现完整的路标时都感到十分惊讶；在英国，为了阻碍敌军的入侵和前进，路标早已被移除。

行进于清晨的乡间，周围的景色美不胜收，今天此处已改建成了一处国家公园。树丛中由上至下弥漫着轻烟薄雾，这些在我眼中就犹如魔法一般。远处是蜿蜒起伏着的山丘，朦胧灰暗的破晓转瞬间变得清朗明媚，化为了舒朗、强劲的春季阳光。虽然人类制造了死亡、毁灭，为经历了这场恐怖战争的民众们带来了苦难和哀痛，大自然却没有受到丝毫影响，仍然用它恣意挥洒的美丽，庆祝周而复始的温暖再度降临世界。

我们开始手牵着手齐声唱起了歌，艾薇说得对，伴随着音乐的旋律行进，我们确实能走得快些，而且能够保持昂扬的精神，我们所唱的歌中有一首名为《汉堡，我的家乡》，这显然是在汉堡遭受空袭后写成的：

舒劳位于美丽的易北河

汉堡仅剩下成堆的砖瓦

大量的废墟，无数的碎石瓦砾

那儿就是我的家乡

就是我的家

轰炸机在夜空盘旋

四周被火舌包围

窗户破碎了，灯光熄灭了

那儿就是我的家乡

就是我的家

敌人屠杀着妇孺和弱小

众多的死伤等待悼念

疲惫的双眼泪盈盈

那儿就是我的家乡

就是我的家

到处听见求救的哭喊

随处可见破碎的家园

人民失去了所有

那是汉堡，我的家乡

我们用德国人的鲜血捍卫它

我记得我们还唱了一首有关空军的歌，内容大概是“如同老鹰般翱翔于天际，空军健儿在空中展雄风”，这首歌的节奏十分轻快，很适合我们的行进。德国所有的儿童都学过这些爱国歌曲，尤其是那些年纪足以加入希特勒青年团或德意志女青团的人。但对于我们来说，这些只不过是适合行军、节奏较强的音乐。大多数的时候我们唱的是德国民谣，是我在幼稚园里学到的。如果有一个人开始唱，另一个就会接着一起唱，我们俩学过合声，所以我们就边走边练习，唱错的时候就咯咯地笑。

路上我们也遇到过其他的人，但并没有时间停下来交谈或是结伴而行。大家都在赶路，朝着各自的目的地快速行进，也或许是对陌生人都有所顾忌。

我们继续向前走了不过一两里路，就有一辆军车停在了我们的旁边，车里有两名士兵和一位驾驶员，他们热心地和我们打招呼，说要载我们一程，我们就高兴地挤进了车里。他们将我们送到了当地的一处地标性建筑——史台格宅邸，那是二十世纪初为普鲁士公主所建的一所大宅，但现在早已变成了纳粹政府高级首长打猎时落脚的官邸，因为那几位士兵奉命要到此处执行任务，所以我们便在附近下了车。离开的时候，他们其中的一个人还给了我一袋点心，它是一种在表面淋上一层巧克力、味道很独特的德国姜饼，通常是在圣诞节食用的点心。看着我期待的样子，艾薇当时就准许我吃掉一块。这样的旅程对我来说还是很新鲜的，我心想：“真是太棒了！我一路上都可能会收到礼物。”

艾薇在她的日记里写着：

当他把姜饼送给她时，小不点儿瞪大了她的眼睛，开心地笑了。

“不要一次全部吃光，”艾薇说，“为了撑到最后，我们需要它们。所以我们每天晚上只能吃一块，把它当作是对于我们辛苦地走了一天的奖赏。”就这样，我会在每天太阳下山的时候把袋子递给她，我拿出一块儿，她也会拿出一块儿。但我知道她从来就没有吃过，她总是趁着我睡觉的时候偷偷把饼干放回到袋子里，只是为了能让我多吃些日子。艾薇这个无私、单纯的举动让我永远都记得她对我的爱和照顾。

我们没有在史台格宅邸多做停留，最后选择在一处交战激烈的地区搭营夜宿。艾薇在日记里写道：

我们的四面八方都被枪弹的猛烈交锋所包围，炮弹从我们的身边飞过，我们非常、非常得害怕。

我们好像进入了美军突袭德国的路线上，战争还没有结束，我们的周围随时可能会发生激烈的交战，我们缓慢地前进，尽量远离危险路线，希望在到达某个村落的时候可以找到一个藏身的地方。我们在途中的一棵树下的长凳上坐下，这里离格根谷大概只剩下一两里路了。这儿的确是个休憩的好去处，倘若没有那些零星的战火、尖锐的射击声以及手榴弹从高空呼啸而过的话。现在还只是四月天，但太阳已经烈到需要让我们脱下外套，我们很高兴可以找到树荫乘凉。

我们坐在那儿时，有个身穿绿色制服的中年男子向我们走来，他肩上扛着一把来福枪、脖子上挂着望远镜。

“他是不是军人啊？所以才穿着制服？”我轻声地向艾薇询问。

“不是，”艾薇低声回答，“他是守林人。”

“你们要去哪里？”他靠近的时候大声地问道。

“我们要去格根谷。”艾薇说。

听到这话，守林人变得严肃起来：“你们到不了那儿的。那里的村庄、路上到处都在打仗，那儿已经不安全了，美国人的军队正在往那个方向去，如果你们也往那个方向走，一定活不了。你们应该到史督茨豪斯去。”

“谢谢您，”艾薇很感激地说，还没等艾薇把接下来的话说完，那人就如同到来时一样飞快地消失了。艾薇看上去有些担忧：“我不知道如何才能到达史督茨豪斯。来吧，亲爱的，不管怎么样，我们还是快点赶路吧！”

我们刚起身，正准备继续前行，两个德国士兵突然出现在我们面前。他们戴着头盔，手里握着步枪，长裤塞在长统袜子里，他们脚上的靴子满是泥土。

“小姐们，你们这是要去哪里？”他们问道。艾薇向他们说明了我们的情况后，他们说：“我们也是要去史督茨豪斯，如果你们需要的话，我们可以带你们一起去。我们会在树林里行进，这样安全得多，美军炮弹一直在轰炸路面。你们还是跟着我们来吧！”

对于他们的帮助我们心怀感激，开始的时候我们是沿着马路走，但很快我们便开始在树林里穿行，在听到枪战声的时候，我们甚至需要在树丛中爬行。我们一直沿着田野的边缘行走，一听到任何引擎的声音，便立刻紧靠着树篱或是跳进沟里躲避。仅仅在这段旅程开始的第二天，我已经学会了要在战火声临近的时候，藏身在水沟、树篱或是地面凹陷处。我们知道如果听到手榴弹高声飞过的声音，就要立刻趴下。

当没有任何地方可以掩护我们时，艾薇告诉我要尽量在地上平躺着，不要移动身子，这样一来，即使有敌人看到我，也会以为我已经死了。

那两名士兵很老练，对路线也很熟悉，而且他们非常有耐心，因为我的步伐远不及他们，所以应该耽误了他们不少的时间，但他们并没有说什么。快到史督茨豪斯时，他们停下了脚步。

其中一个人抬起手指向城里，"那就是你们要去的地方，从这里一直走下去，你们就进城了，知道吗？"

"非常感谢你们，"艾薇说，"如果没有你们，我们绝对到不了这里的。"

"不用客气。"说着他们便消失在了树林中。

在去往城里的路上，我问艾薇："他们为什么是单独行动？不是应该和其他的士兵在一起的吗？"

"他们很有可能是侦察员，"艾薇答道，"或者是被派出来掌握美军情报的，现在正要返回总部进行报告。又或者他们只是信差，把他们所属军队的消息带到总部。"

"他们很勇敢。"我张大眼睛认真地说。

"这就是军人的天职，如果他们是奉命行动，他们就必须这么做，但你说得很对，娃娃，他们很勇敢。我想他们或许是本地人。"

"你怎么晓得？"

"这个嘛，因为他们根本不用地图就能顺利带着我们穿越田野和树林。”

像到达大部分我们会在那里过夜的城镇一样，在到达史督茨豪斯时，我们要去村公所登记。即使是在政府崩解、国家面临战败之际，德国人做事的效率还是依然值得称道的，人民仍旧有条不紊地应付着所有的问题，对此我们引以为荣。像我们这样的逃难者，需要登记好我们来自哪里、要去哪里，之后就会被指派到一个处所去住宿。我不知道艾薇是否需要对此支付费用，但我想不用。在混乱的局势里，每个人都做好了要贡献自己力量的准备。

那晚我们被安排在一家面包店里过夜，当时情景很让人感动，虽然所有的窗户都被炸碎了，面包师傅仍然照常做着面包。这也勾起了我孩童时期在汉堡生活的美好回忆，我们公寓大楼一层的那家面包店的香气瞬间全部涌现进了我的脑海：酵母发酵的香味、刚出炉的面包令人垂涎欲滴的味道、四散的面粉、温暖的大烤炉，这些都让我的心灵在这战乱之中得到了一丝的慰藉。

更重要的是我们能吃到这刚出炉的、松软的新鲜面包。

然而这几乎又是一个未眠夜，深夜里不时地传来空袭警报，那尖锐刺耳的声音每每总让我背脊发麻。有时我睡得太死，甚至连警报声也无法将我叫醒，这个时候艾薇只得硬生生地把我摇醒。我模糊地记得有几次艾薇试着不叫醒我而将我抱起，但背着已经七岁大的我，她根本走不多远，最终她还是得把我叫醒，我俩踉跄着走到地下室。我们会一直待在那里，等到警报声再次响起的时候，危机才算解除。。

在之后的一次空袭中，我们又躲到了地下室里，我对艾薇说：“我们为什么还要再回到楼上？为什么不干脆就睡在这里？”

“这里太挤了，娃娃。几乎连坐的地方都没有，我们怎么睡？”

艾薇说得没错，不是只有面包师傅一家在用地下室，其他人也知道这是藏身的好地方，所以地下室里挤满了人，空气难以流通，睡觉几乎是不可能的了。所以每次警报解除，我们就都得上楼回到自己的床上，在下次空袭前尽量抓紧时间补充睡眠。

尽管有颗炸弹击中了距我们只有几百米远的一座建筑，但空袭并不是那晚最让我难忘的事情。虽然爆炸也造成了我们所在的这栋建筑的震动，每个人都紧紧地抱住彼此，好像炸弹下一刻就会落到我们的头上，紧接着烟味向我们飘来，我们都很担心会因此而困在地下室里，遭到活埋。灭火时的喊叫声、嘈杂声不绝于耳。后来我们听说，有些居民在这次空袭中不幸丧生了。

最让我难忘的是在那之后几天发生的事。事件第一次发生的时候，虽然我并没有亲眼目睹整个过程，但这件事在我的脑海里依旧留下了不可磨灭的印记。当我们试图在房间的一扇窗户下休息一会儿时，突然听到了一阵暴乱声，因为当时所有的窗户都碎了，所以外面的动静我们能听得一清二楚。镇子里头有士兵在来回巡查，我们听到他们在大声地盘问一个人，说是要看他的证件。显然那人没有证件，或是证件不对，又或者是拒绝配合他们的审查，他们便对他开了枪，只开了一枪。虽然我已经习惯了枪击的声音，但我却从未如此近地听到过开枪的声音，一个人就这样被枪杀死了。来自远方的枪击声总是疏离的，我们并没有亲自看见或听见子弹击中目标。而这次却不同，我亲耳听见一把枪对着一个人开火，而那个人当场死亡。

艾薇在士兵一开始盘问那人的时候，就已经知道将要发生什么事情了，所以她开始给我讲童话故事，试图转移我的注意力。但那盘问时的咆哮声、含混不清的回答以及最后那令人厌恶的子弹射击声依然极为清晰地进入了我俩的耳朵。在那之后我们还听到了士兵继续前进的声音，然后一切又归于平静，好像没有人去移动那具尸体。

隔天或许会有人来为他安葬，我希望如此，但我并不知道事实是怎样的。从那时起，我便常常猜想那个人会是谁，是什么样的缘由让他来到史督茨豪斯而又如此的结束了他的生命。或许他是美国侦察员，尽管我们听到他说的是德文，而不是英文；或许他是德国军队的逃兵；或许他是从巴尔干半岛被带到德国来工作的农场工人，希望在战争结束之际也能为自己争取到自由；他也可能是意大利人：一九四三年秋季，在意大利脱离轴心国之后，意大利人便成为了德国的敌人，许多在德国的意大利人都遭到了枪杀。无论他是谁，我都为他感到遗憾，之后的岁月中，我常想想他的母亲、父亲和兄弟姊妹是否知道他发生了什么事。他结婚了吗？他有孩子吗？孩子是否在长大的过程中一直追问着“爸爸在哪里”？然而，我也很同情那些枪杀他的士兵，他们很可悲，在战争后期那样惊恐、困惑的日子里，他们还误以为自己的所作所为是正义的。在非常时期里，可怕的事情无处不在。

艾薇差点失去了我

第二天清晨六点，我们再度起程，而夜间所经历的一切依然清晰地停留在我的脑海中。走出面包店时，我并没有看到昨天被枪杀的人的尸体，或许有人已经把它移走了，但也有可能是艾薇带着我绕道而行了。她一如既往地竭尽全力想要将我与外界的危险隔绝。艾薇让我把夏洛蒂拿在手里，我当然是乐意至极，但与此同时我还要遵从一个指令，当艾薇叫一声“夏洛蒂”的时候，我就要迅速将洋娃娃举起、遮住前面的视线，同时还要低头看着地上，保证我能继续往前走。“娃娃，你不要抬头看。”艾薇一边抓紧我的手臂向前带路，一边说着，每当听到她这样说时，我就知道肯定又有不好的事情发生了。艾薇不想让我看到沿途躺在地上的尸体，不过我还是瞄过几眼，我看到了军人，也有平民百姓，根本分辨不出男女，有时还能闻到尸体的腐臭味。这又是另一个久久萦绕在我心头的气味，让人感到不悦的气味，而且任何人闻过都会终生难忘。

艾薇一路上都在不停地喊“夏洛蒂”，因为许多状况实在是始料不及。史督茨豪斯一带猛烈的交战造成了严重的人员伤亡，一路上简直是横尸遍野，几个显然经历过炮火轰炸的村庄的地面上、仍然冒着火焰的废墟里，以及成堆的碎石瓦砾中躺着更多的尸体。

我们还看到了德国的武装车队，瞥见了那些被塞进卡车后面、满面愁容的士兵，被带往远方的战场，也许永远不能再回来。

我依然只是个孩子，不明白眼前所发生的一切到底是怎么回事。我转向艾薇问道：“他们为什么不回家？”

艾薇被问得泪流满面：“他们不能那样做，娃娃。他们没得选择，还记得我跟你说过军人的天职是什么吗？他们不能回家，他们得去打仗，那是他们的义务。”

我们就这样静静地看着那一辆辆载满士兵的卡车渐渐消失在路上，那是他们的宿命，谁都无能为力。

我们继续前行，走在一条笔直的、通向克拉芬可村的大道上，五天前美国人刚刚占领了这个区域。在我们旅程开始的三天前，也就是四月四日，他们解放了欧尔杜鲁夫附近的一个强制服役的劳工营。我们经过那时，根本不知道有这样的营区。对于我的国家所犯下的深重罪恶，我知道我们无法用什么来赎罪和补偿。我是以一个孩子的身份介入了这场战争，从一个孩子的角度目睹了这场战争，大人们刻意地保护着我，但即使是姐姐和其他家人，对于纳粹分子在营区里对人类所施行的一切骇人行径也一样毫不知情。

形势变得越发地险恶起来，我们可以听到大炮持续的重击声，如不停低吼着的雷声般猛烈，紧接着又听到轻型武器所发出的“劈啪、劈啪”的响声。枪炮射击出去的尾光一路摇曳，就像是炽燃着的流星划过天空。我们的左边是一片脱离道路的、向前方延伸着的土地，由一块块的田地拼凑而成，远处还隐隐约约可以看到几个灰色教堂的尖塔；我们右边的地势十分陡峭，满山遍野都是冷杉树。我们是这路上可以看到的唯一的一对行人，这地方静得有些诡异，而且根本没有人烟。战争似乎离这里还很远，可就在我们沉浸在这清冷的气氛中时，飞机突然毫无预警地出现在了我们的头顶的上方，并开始往下俯冲，对着道路疯狂地扫射，几乎所有的飞机都在同一时间加入了其中，一场混战在我们左边的田野上空随即展开。由于路面有些倾斜，那些飞机看起来就像和路面一样高，我可以清晰地看见里面的飞行员，当然，还有德军和美军飞机机翼上的空军标志。

我们目不转睛地盯着眼前这不寻常的景象，愣在那儿一动不动。飞机在我们头顶盘旋呼啸，炮弹在我们中间来回穿梭。“趴下！”艾薇突然意识到我们已经身处险境，于是大叫起来，我俩迅速平躺在了左边路旁的小树丛里。我们就这样平躺着，听到一次又一次的爆炸声，却不敢发出任何声响，直到确认飞机已经离开。但这还远没结束：从我们下方的田野处传来了猛烈的炮火声，炮弹在我们的四周爆炸，我想它一定击中了前方的树丛，因为地面不时产生剧烈的震动。艾薇伸出手在周围摸索着，最终找到了我的手，再次告诫我不要乱动。我的左脚浸在了一个水坑里，而右脚因为没有伸展开，已经开始感到有些僵麻了，但我仍丝毫不敢移动。春季的晨光原本将大地照得暖暖的，但是现在我只感觉到一股刺骨、瘆人的沁凉。我一动不动地躺在那里，有蚂蚁开始往我的脸颊上爬，我不得不把头靠在地上磨蹭着把它们弄走。事情来得很突然以至于我们的小推车还留在马路上，我把夏洛蒂抱在怀里，开始用艾薇教给我的办法来躲避战火和硝烟带给我的恐惧，我紧闭双眼试着去想一些美好的事物，我想到了妈妈、我们在汉堡的家、在砖块工厂的玩耍，还有我的小狗伦皮；我还想到了圣诞节时，我们每个人眼睛里映着树上闪亮的烛光，还有那些用华丽的彩纸包装的节日礼物；我想起了露西，我的姐姐，她在天堂一定会有天使为伴，我祈祷着她会在那里看着我们、保护着我们。

战火一度停歇，我们听到了有个声音在叫我们："那边的两个女孩儿！过来这边，快点！"

我仍然平躺在那里，只是睁开眼睛将头慢慢地转过头去，最终看到了一名德国士兵，他正躲在马路另一边的树林里，他低低地蹲在那里，用手势比画着要我们跑到他那一边。艾薇拉起我的双脚，紧紧地抓住我的手，我跟着她低头穿过马路，并趁机抓住了我们的小推车。就快要到达另一边的时候，士兵立刻跑上前抱住了我，迅速地将我拉进丛林里躲了起来。炮弹仍在天边飞啸，有人在我们上面的小山顶开火回击，瞬间，炮弹明亮的火光拖曳着的轨迹在山丘上的松树林间划出一道道裂缝。

士兵紧紧地握着我的手臂，急忙地说："快，没时间了，我得把你们先送到山丘顶上去。"而我和艾薇还都气喘吁吁地没定下神儿。

士兵很快开始了行动，一手抓紧我，一手抓紧艾薇，艾薇还拉着放置我们所有财物的小推车。我们三个人开始一起向陡峭的丘顶爬去，坡上并没有山路小径，我们得绕过树林、在灌木丛中一直努力地往上走。我感觉很累，已经上气不接下气了，像是走了一辈子的路，但我们不能停下来，炮弹还在我们头顶盘旋。那士兵紧紧地握住我的手，将我用力往前推，让我可以继续走下去。

当我们快要到达山顶的时候，灾难降临了。我一直都依靠着士兵的力量向上爬，可是因为需要清理挡路的灌木，士兵突然把手松开了，就在那一刻，我跌落了下去，一路翻滚到了山脚下。因为不断地滚动，我撞到了树上又被弹到了灌木丛里，之后又滑下了碎石堆，感觉像是跌落了很久一样，但实际上我是一下子就滚回到了山脚下，恰恰停在了我们开始爬山的树林边缘。

我还没搞清楚发生了什么事，整个人就筋疲力尽了，身上到处是瘀伤和擦伤，我简直被吓坏了，这时我听到有人在大叫："不要动！"于是我遵照命令地躺着不动，同时想起了艾薇之前跟我说过的，假装已经死掉了，这样敌人就不会注意到我了。我努力地将我的身子尽可能地平压在地面上，右脚扭曲着被压在身体下面，疼痛感传遍全身。

我听到了炮弹呼啸而过的声音，还有它们击中我头顶上方坡地时所发出的低沉的巨响，有几次我甚至还听到了树根被炸裂、连根拔起时所发出的闷雷似的响声，我躺在地上一动也不动，这让艾薇认为我已经死了，山顶那端的她紧紧地捂住了自己的嘴，以免自己哭喊出来。

我躺在那里，时间就像是跨越了永恒那样长久，后来我听到了树枝间轻微的爆裂声，一个声音在我耳边响起："快，用力跑！"一只大手握住了我的手，我又被拉着站了起来。还是刚才的那名士兵，他再次冒着生命危险跑下山来找我。他半拖半拉地将我带到了树林间的一个隐蔽处藏了起来，微笑着说对我说："好的，小家伙，现在我们得再回到山上去，因为那里比较安全。"

当他那粗粗的手掌再次握住我的小手时，我觉得非常安心。我静静地抓着他的手，经历漫长的路途重新返回山顶，这一次他非常小心，确定自己再也没有松开紧抓着我的手。我们穿过茂密的灌木丛，沿着鹿和其他森林动物踏出的小路向上爬着，艾薇在一块靠近山顶的一小块儿空地上等着我们。在我们快要到达的时候，艾薇冲上前一把将我紧紧地抱在了怀里，然后开始帮我把身上的叶子和树枝轻轻拨开，为我重新绑上了那条套在辫子上的红白相间的头巾。"天啊！我的娃娃，我以为我失去你了。"她哽咽着说道，"我要怎么告诉妈妈？要是没有你我该怎么办，我的小不点儿？"

接着从灌木丛里走出了更多的士兵，他们急忙将我们带到了树林后面的安全地带。艾薇抱着我，小心翼翼地看护着我。我们一起背靠在木头上坐着，紧紧地握着彼此的手。

炮弹的轰炸仍在持续进行着，飞机已经离开了。最后对峙的火力总算是趋缓了，我们从藏身的地方走了出来，发现我们原来是身在一处小型的部队营地里。它利用树林作为掩护，因为地势较高，所以能俯瞰整个山谷。这里大概有十二个士兵，所有人对我们都很友善。

"嘿，小家伙你可真勇敢，经历了这样一次冒险活动！这会令你终生难忘的，不是吗？"其中一个士兵说，"让我们来瞧瞧你的伤势，看看有没有问题。"

他们仔细地检查了一下我身上的伤口和瘀青，我竟然没有大碍，俗话说小孩和喝醉酒的人才知道要如何跌倒。我想这话说得没错。不过当时我确实有点被吓着了，为了让我放松下来，他们都急着逗我开心：“来，到这里坐着，我们给你弄点好吃的东西。”

他们整理出了一块儿舒适的空间让我们坐下，开始为我们准备餐点，其实离用餐还有一段时间，但他们擅长把握零碎的休闲时间。很快，我们就吃上了涂着莓子果酱的白面包，艾薇喝茶，我喝到了热可可，是那种已经配好奶粉和糖的速溶包。这里此时简直就像一个小型的派对，我们甚至还哼起了曲子，不过声音很小，以免泄露了行踪。后来士兵们也加入了我们，和我们一起用餐、喝热饮，轻声与我们交谈。他们从口袋里拿出已经压皱、角边已经折起的儿女的照片给我们看，热切地谈着他们的家和亲人。

那名救我的士兵是他们当中最高挑、也最好看的一个，他身材清瘦，留着一头深色的头发，是个非常帅气的年轻人。之后的许多年，他一直就是我梦中的英雄、身穿闪亮盔甲的白马王子。少年时期的我还经常幻想着有一天会遇到一个像他一样的男人，坠入情网，从此过上幸福快乐的日子。我一定是将他理想化了，但对我而言，他确实具有你对男人所希望的一切特质：英俊、勇敢和魅力。虽然我不记得他的名字，但却从未忘记过他的长相，以及那天他为我所做的一切。不知道他后来怎么样了，是不是在战争中幸运地活了下来，希望是这样。

艾薇一直珍藏着关于他的回忆，而且心存感激。因为她曾一度以为我真的死了，认为是自己的过错而不停地责备自己。可是这名士兵把我救了回来。

在敌军攻击后，丘顶的那片营地已经不再安全了。不久之后，士兵们准备撤离营地继续前进，而我们这段无忧无虑的短暂情谊以及转瞬即逝的快乐时光也要画上休止符了。士兵们把我们带到了他们的车队旁，他们有几辆装有机关枪的大货车、坦克，还有载满大桶石油以及机器设备的货车。他们决定带着我们一起离开这里，于是把我们拉举到了货车里，艾薇和我便同他们一起坐在长凳上，准备去往下一个城镇。一路上，我们随着车子的行进左右摇晃，他们当中有人给了我一袋糖果。

“我们应该在哪里放你们下去呢？”他们问。

“我们可以在马霖根附近下车吗？我有一封信要在那里转交给别人。”艾薇说。塔巴兹那里有人拜托艾薇帮忙送一封信，而现在就是个好机会。

“好的，那你们多保重。”

在村庄外，我们和这些新朋友道别，并向他们表达了我们的感激之情。这些好心的士兵还给了我们一罐果酱和更多的面包。那真是漫长的一天，而且一切并未就此结束。

在艾薇的日记里，她写道：

你无法想象当时我有多么害怕，我简直无法表达当小不点儿一路滚下山时我的感觉。我想我们真的是受到了幸运之神的眷顾。

她也记下了得到果酱和面包时的喜悦。

我们的肚子该有多么欢欣和雀跃呀！

我们快到达马霖根时，艾薇的心情显得不错。“我们真是很幸运，有人、有车护送我们到达这里，省下了我们不少走路的时间，接下来应该还会有其他人来帮助我们，给我们安排个过夜的好地方。”

但接下来发生的事情显然和我们的想象相去甚远，与我们去过的大多数城镇不同，接待我们的家庭大都十分冷淡，所以，没过一会儿，我们再次上路了。艾薇在日记里写道：

我们满心希望能在这里受到很好地照顾，能好好地睡上一觉。但最终我们只得到了很少的马铃薯松饼，他们并不关心我们的窘迫处境。

大家到了战争的后期都变得很敏感，犹如惊弓之鸟，对陌生人可能也多少有些顾虑和提防。当时的我应该表现得挺开心，因为我爱吃这种马铃薯松饼，它是由磨碎的马铃薯加上鸡蛋炸制而成的，当然配上苹果酱一起吃会更加美味。但这对于艾薇来说，无处落脚对她来说是个很沉重的打击。那个村子的人竟然让一个年轻女子带着一个小孩在夜间独自上路，这或许会让人感到诧异，但在当时属于非常时期，更何况大多数的时候我们都受到了无比慷慨和友善的对待，所以我们没有什么可以抱怨的。

艾薇像往常一样把她的失望深深地掩藏了起来，我们继续向前走。我们别无选择，最终只得在一处深沟里过夜，好在天气还算温暖，我们找到了一处干燥的地方，周围有些灌木丛可以挡风。到了夜晚，气温开始下降，我们穿上了备用的外套紧紧地依偎在一起。我不知道那晚艾薇睡得好不好，但我实在是筋疲力尽，躺下之后立刻就睡着了，甚至没有等到她帮我把头发梳开、让我作睡前祷告。在野外过夜通常是一场难得的冒险经历，不过我真的是太累了，还没来得及体会它的紧张和刺激便依偎在姐姐身边进入了甜美的梦乡。

颠沛流离中的一点儿音乐

我们在破晓的时候醒来，整装待发。这已经是我们步行的第四天了，战火使我们偏离了既定的路线，我们的进度有些缓慢，所以我们早早地出发，希望能多赶一些路。幸运之神又再一次眷顾了我们。有位农夫驾着他的马车从我们身边经过，便顺道载了我们一程，大概有六七公里的路程，我们坐在马车上面，双脚在马车的边缘晃来晃去，享受着不需要走路的愉悦和奢侈。

在农夫放我们下车之后，我们接着步行。每当听到军机或是炮火的声音时我们便会扑向路边的沟渠，或是在树林的掩护之下爬行前进。记得有一次，在空袭过后我正准备挣扎着站起身来，却发现艾薇在咯咯地笑我，原来因为我太用力地伏倒在草地上，我的脸蛋儿被小草染成了淡绿色。还有一次我十分难过，在我起身后发现自己竟然压垮了整片小巧的蓝色“勿忘我”的花床。

路上的行人渐渐多了起来，其中还有一些是要和我们去同样的地方。虽然我们并不随便和陌生人攀谈，但偶尔也会和他们中的一些一起向前行进，尤其是当他们认得路的时候。城镇的附近有时会有叫做“坦克坟墓”的战壕，那是当地居民为了阻挡美国坦克的前进而专门准备的，每当我俩听到枪战声时，便会蜷缩着躲在这些战壕里。那天有场特别激烈的交战，我们俩都很害怕。艾薇在日记里写道：

敌人再次发动了攻击，我们不得不退回到树林里。攻击十分猛烈，我们真的不知道能否能活着出来。我在想：“是不是就只能这样了？这就是尽头了吗？我们会不会死在这儿？”好在最终我们毫发无损地逃过了一劫，这才让我们松了一口气，可是对于未来我依然非常担忧。

我想此时艾薇已经意识到我们的旅程有多么危险，我们要冒着多大的危险才能回到妈妈的身边。当我们从树林里走出来的时候，我看到一群士兵正在和一个外国的男子说话，那人身材高大，身上穿着深色的大衣，空气中传递着危险的信号。一名德国军官大叫着质问他的身份，“你的证件呢？”军官显然很生气，接着便从他的皮带中掏出了手枪。

艾薇迅速挪动身体想要挡住我的视线，但是已经太迟了。我看到了军官向那名男子瞄准、开枪的全部过程，听到了手枪射击的声音，看到了那人的身体慢慢垮下，并重重地跌落在了地上的全部经过，他躺在那里一动也不动，鲜血从胸口慢慢流出，最后染成了一摊血渍。艾薇牵起我的手，赶忙将我拉向她身边继续向前赶路，可是我从头到脚一直在抖个不停。“不要想它了，娃娃，忘掉你看到的，想那些高兴的事情。”她说。

我们沿路前行，渐渐远离了刚才目击可怕事件的地点。艾薇开始唱起了歌来，过了一会儿，我也试着去忘记刚才看到的可怕一幕，跟着艾薇一起唱了起来。艾薇并不是冷酷无情。几年后和她谈起了这件事，我才知道当时的她是和我一样的震惊和痛苦，但是她的任务是要带我活着回家，并且尽可能地避免我受到内心的创伤，这是支撑着她一直坚持到底的动力。

途中我们经过了一个几分钟前还是战场的地方。那一幕恐怖骇人的场景让人难以释怀。遍地都是伤亡的士兵，战地救护人员将伤者一个个抬上车；坦克和武装车辆四散在各处，有些车身上还冒着浓烟，有些则还在燃烧；救护人员提着担架到处跑，抬起受伤的士兵，空气中充斥着士兵们痛苦的呻吟声，偶尔还会传来因剧痛而引发的、尖锐的哭喊声。有些士兵蹲在那些一动也不动、好像已经死去了的士兵身边。

“他们在干什么？”我问艾薇。

“他们在确认那些人是不是依然活着。如果他们已经没有了生命迹象，他们便会拿掉这些士兵身上的姓名牌。所有的士兵都会在脖子上挂一块用链子串好的牌子，以便识别他们的身份，一旦他们遭遇了不测，就能及时地告知他们的家属。”

我的眼睛瞪得大大的。“拜托，拜托了。”我开始祈祷，请不要让我们也收到任何这样的消息，不要让爸爸躺在哪个地方让别人取下他的姓名牌，告诉我们他在这场战争中的任务已经完成了，而且将永远不会再回到我们身边。

我当时一直在想，即便是现在我也依旧在想，这些士兵会不会把他们战友的尸体和敌军士兵的尸体放置在一起，埋葬在相同的坟墓里呢？在后来的日子里，我学到了一句德国谚语：“我们悼念死去的人，而他们已经找到他们的安宁。”每当眼前出现这一幕时，我就会对自己说这句话。

我们蹒跚地走出了那片战场，离开这个伤心之地让我们的心情稍微地舒缓了一些。途中我们遇到两名军人，幸运的是他们和我们同路，而且知道应该往哪个方向走。通过他们的介绍，我知道了他们是欧斯德曼先生和史登军官。

他们带我们来到了葛拉芬那村，那是靠近欧柏利姆的一个小村庄，在这有一间军属的医院，他们说服了医院里的工作人员给我们提供一个房间过夜。之后我们被带到了一间只有两张床铺的房间，所以最后这两名军人睡一张床，我和艾薇则睡在另外一张床上。此时，我和艾薇已经非常累了，而且我们知道在这个时候能睡在床上是多么得难得，尤其是在深沟里睡过一夜之后，我们也没有多余的力气来介意这个安排，况且这两位也都是品德良好的年轻男子。睡觉的时候他们穿着所有的衣服，甚至包括靴子。他们说这很重要，因为危险无处不在，随时都要做好逃命的准备。我从来都没有和陌生人在一个房间里夜宿过，感觉一切都新奇而有趣，尤其是在听到他们其中一人的鼾声时，我想到了爸爸，我听到过爸爸的鼾声，但那好像也是很久之前的事情了。

不一会儿，医院病房里受伤士兵的啜泣和哭喊声将我吵醒，另一种记忆永久地萦绕在我的脑海中，挥之不去：糟糕的卫生情况、消毒水的味道，还有破裂的、沾满鲜血的伤口。我们的房门半开着，也许是为了在发生危险的时候可以紧急逃生，正如那两位士兵之前所说的。走廊里透进来的微弱灯光偶尔能让我看见从这里经过的医生和护士，他们在地上投射出影子，先是逐渐变大接着又填满整条走廊，再逐渐减弱直到最终消失。我虔诚地向天主祷告，感谢他没有让我们受伤或是经历任何苦痛，慢慢地我又一次进入了梦乡。

§

这里无疑要比睡在深沟里舒适得多，即使我和艾薇是挤在同一张单人床上。但我们还是让自己好好地睡了个懒觉，隔天起程准备去欧柏利姆的时候已经是早上八点钟了。史登军官和欧斯德曼先生和我们同路，我们很高兴有他们陪伴，我们都觉得和他们在一起会比较安全，虽然这也很可能是一种错觉，因为和我们俩独自走起来相比，他们的制服反而更容易引起敌军向我们开火。不过我们相信，即便我们没有和他们在一起，如果敌人发现了我们俩，还是一样会杀死我们的，所以并没有太大的差别。

这一天的路程还是很漫长的，我们依旧要努力避开战火以及头顶上的空袭，所以在小镇终于出现在我们眼前时，我们都变得极为振奋。

欧斯德曼先生对这个区域相当熟悉，“我的姐姐就住在欧柏利姆，”他说道，“我想她一定愿意帮助你们的。”

他说得没错。我们抵达小镇后，他带着我们去了他的姐姐家，她非常热心地为我们安排了过夜的地方。她家隔壁的房子被炸毁了，但储藏在地窖里的酒却奇迹般的逃过了一劫，后来她送了几瓶酒给我们。我们过夜的地方是在一间大别墅的地下室里，屋主一家人将那里打理成了一个舒适的住所。因为是在地下，所以房间里没有窗户，不过房间的布置却十分雅致。这家人是有小孩的，尽管我们抵达时家里的孩子已经入睡了，但主人还是把他们的玩具拿给我们玩。地下室里还有一个临时的、带炉灶的厨房，甚至还有一间地下的淋浴间和厕所，里面的每条毛巾上都绣着黄色的小鸭子。每个人都拿到了一个充气的营地睡垫、枕头和毛毯。我和艾薇把我们的“床”一起挪到角落里，在周围拉起帘子，这样比较有隐私。这个地方虽然空间不大，但是很温馨、很舒适，让人很有安全感。

每天晚上，艾薇都会一直陪伴着我直到我睡着，她还会给我按摩双脚，尤其是在我们走了一整天的路之后，我的脚总是会感到很沉重，难以举起，臀部也会酸痛不堪，艾薇总会在这时给我做些按摩，放松一下过度紧张的肌肉。同时，艾薇总会说些安慰我的话，她对所有事都抱有乐观的态度。“这是成长必须经历的痛苦，”她会这样说，“而且，经常做这样的运动和锻炼你会长得更高哦！”

在艾薇给我按摩后，我的疲倦以及各种酸痛总会感觉减轻了很多。即便是在极度混乱的局势下，艾薇都能想出绝佳的方法让我平静下来，并让我感到很安全。她就是我的依靠，总会在布满暗礁的恶海中紧紧地抓住我。有时晚上她帮我按摩双脚后，我也会要求帮她按摩，而她也会欣然同意。“真好，”她总会这样笑着说道，“真是舒服极了。”虽然实际上我这双小手的力道只能触及到她皮肤的表层，她也总会在这之后温柔地告诉她觉得好了很多。

艾薇很担心我的头上会长出虱子，所以每天晚上都会仔细地帮我把头发梳开，再重新绑好辫子，而且梳得很用力。这总让我想起妈妈，在家的时候她每晚都会这样帮我重新绑好辫子，一边梳还一边在嘴里咕哝说我玩得像个野孩子，头发都一团团地纠结在了一起。我好渴望妈妈能再帮我梳头发，就算同时让她念我两句也行。

那天晚上我睡着之后，艾薇和我们两位友善的军人朋友一起喝酒聊天，她在日记中记述了那个愉快的晚上。

第二天清晨，我们起身准备出发，并和史登军官与欧斯德曼先生道了别。七点半的时候，我们又上了路。已经整整两个礼拜了我们都没有换过衣服，甚至连晚上的时候都穿着衣服睡觉，好在艾薇有毛巾和香皂，也确认过我有清洁牙齿。如果有房子可以过夜，我们就可以使用那里厕所和浴室。但如果是在路上，那我们就连卫生纸都没得用，渐渐地我们变得十分善于辨识沿途中的大片软树叶，会在路上捡些这样的叶子以备不时之需。

对我们来说，步行并不十分困难，况且我们还有如此之多的强制休息时间，每当遇到空袭的时候，我们便要蹲在灌木丛下或是平躺在地上。当我真的感觉到累的时候，艾薇仍然会抱有坚定的信心，并以面对大人的方式来对待我，若不是这样，我可能早就放弃了。

我们剩下了几瓶酒，艾薇将它们装在了背包里，因为放在小手推车里实在是太重了。她在日记里记录着：

这几瓶酒真的好重，我的背疼得让我好想把它们拿出来放到

路边。幸运的是，就在我准备把酒丢掉的时候，一辆大型军用卡车停了下来，载了我们一程。

娃娃坐在了一名士兵腿上，而我则坐在两名士兵的中间。看到坐在我右边的男生时，我的背脊仿佛有一股电流通过，他有一张十分俊俏的脸庞，对小不点儿也非常好。他们给予我们的关心是我们真正需要的。

我仍旧记得我们坐在卡车里的情景。士兵们尽一切可能来让我开心，他们或是讲些好笑的故事，或是做鬼脸来逗我笑，偶尔也会问一些有关我自己和我家人的事。他们也问起了我的洋娃娃，我告诉他们它的名字叫夏洛蒂，之后他们还正式地向夏洛蒂做了自我介绍。现在回想起来，我完全可以体会到当时他们强烈的思乡之情，渴望着正常的家庭生活，渴望能有家人的陪伴。他们待我十分好，不知不觉中，我可能也算帮了他们的忙，给他们的生命带来了短暂的、孩童的纯真与笑声，希望他们真的可以从我的身上获得他们所渴望的。

卡车把我们带到了一个村庄，我们到那儿的避难者服务中心寻求帮助，他们会为我们安排夜间住宿的地方。最后我们被安排在了一间大型的社区公社过夜，里面有一间站满了妇人和士兵的厨房。很快我们就跟一位名叫哈娜的年轻女孩成为了朋友，我们找到三张连在一起的床位，其实就是三个排在墙边的垫子。

“你们是从哪儿来的，要到哪里去啊？”哈娜问我们。

“我们是从塔巴兹那边过来的，要去唯德村，”艾薇说明了我们的情况，“那你呢？”

“我之前被送去做战时的服役工作，你知道的，就是在农场里工作。但是我告诉他们，战争既然就要结束了，那么我必须回家，农场主人和他的太太同意让我离开了，现在我要回到我的家人身边。”

哈娜也是想办法要回家的人，和我们的情况一样，这样真好。

我们在睡觉前吃了一顿晚餐。艾薇在日记里写道：

一名士兵给娃娃、我和哈娜做了晚餐，我们被照顾得很好。接着我们一起享用了剩下来的最后四瓶酒，我们一起举杯祈求和平。有时能不去理会我们周遭正在发生的事情，也不去多想明天可能会遇到的事情，也是挺好的。

一位和我们同乘一辆卡车的军官向我们谈到了他有多么想念他的妻子和儿子。他们两个人是在学生时代就认识的了，但是现在他却不知道自己还能否再见到她和他的小男孩。克劳斯·鲁迪格，不知道为什么，他儿子的名字至今还一直存留在我的记忆里，我真的希望克劳斯·鲁迪格能够再见到他的父亲。艾薇被这位军官对他的家庭所付出的心力，以及他对妻子的爱意所深深感动，最后在日记里写下了这些话：

不知道我是否也能找到一个这样的人，让我能爱他就像他爱他的太太那样深。能像那样去爱和被爱是件美妙的事情，但这也一定使得分离的痛苦变得更加难以承受……

第二天，社区公社里的一些士兵警告我们不应该选择在白天行进。“情况越来越危险了，”其中一个人说，“一直都有平民因误入交战区而被杀的消息传来，没有人知道这种事情下次会在何时何地发生，如果你们真的要走，那么一定要在晚上，这样会比较安全，不容易被发现。”

“是这样的，”另一个人补充道，“在路上遇害的平民人数与日俱增。”

艾薇听得很认真，然后把我拉到了旁边，“你听到了吗，娃娃？”她问，“我们一定要更加谨慎，我们已经用掉了很多的好运，不能就这样用掉剩余的运气，你听到刚才那位士兵的话了吗？”

“也就是说我们以后要改在夜间行进了吗？”我问。

“是这样的，假如我们必须如此。刚开始可能会有些不适应，不过以后会慢慢习惯的，只是我们没有办法像白天那样走那么远，不过多花一点时间、能够活着回到妈妈身边，总比永远回不去的好。”

“嗯，是呀！”我说，心里一下子满是对妈妈的想念，想再见到妈妈的渴望是那么强烈。我们会不惜一切代价，只要能确保我们成功地回到她的身边。

其实对于能在这里作比较久的停留我还是挺高兴的，也就是说我们可以多休息几个小时——早上就不必早起，这样一来我想睡到多晚都可以。此外，我们算是得到了额外的好处，士兵们给我们煮了意大利面和一些肉食。

下午大部分的时候我们都躲在地下室里面，听着追击炮射穿我们周围的建筑物时所发出的声音。

所有人都努力保持着精神，因为我是他们中间唯一的小孩，所以他们都对我非常关心，常常轮流讲故事给我听，有时是童话，有时则是他们自己编的小故事，而主角也常常就是像我一样的小女孩儿。我们还在一起玩游戏，比如“我用我的小眼睛作侦探”①，还有一个游戏，是由一个人说出一个字，而其他人则要想出一首含有这个字的歌曲，当然，之后还得把这首歌唱出来。

我们躲在地下室的时候，听到了炮弹从我们头顶呼啸而过的声音，接着是炸弹击中墙壁所发出的沉闷声响，极为接近，感觉就在我们附近。在接下来几秒钟的时间里我们的周围一片寂静，突然就听到了砖块、泥瓦“哗哗”崩落的声音。那一刻，房间里充斥着惊慌和恐惧的情绪，我们都在担心我们所在的这栋建筑是不是也要倒塌。感谢上帝，它并没有遭到攻击！后来我们从里面走了出来，看到了隔壁紧邻的一座房子被击中了，而一位中午还和我们一同吃过午饭的士兵被炸死了，他的战友把他的尸体抬了出去，并将他埋葬。街道上有一排房子都被炸出了一个缺口，就像一排牙齿中少了一颗一样。我们感谢上帝，让这栋躲藏了那么多人的建筑没有被直接击中，而只有一个人遭遇了不测。

离开这里之前，我们在社区公社的大厅里度过了十分奇妙的半个小时。那里有一架战前用于村里表演和演奏会的钢琴，一位士兵为我们演奏了一段扣人心弦古典乐曲。

---

① I spy with my little eye. 是一种深受孩童喜爱的游戏，游戏的一方预先设定可让“孩童的小小眼睛侦测出的物件”作为谜底，其他的人则试图猜出预设的答案。

拉赫曼尼诺夫的《第二钢琴协奏曲》是我最喜欢的一首古典音乐。就是在这个村庄，我第一次听到了这首曲子，我并不很确定这是不是真的，或许是因为长久以来都如此坚信而误以为真，总之很可能是在这个地方，在这样一场充满血腥的骇人战争余烬将熄的时候，我第一次听到了这首曲子。直到现在，每当我感到悲伤时，就会播放这首曲子，它会让我感受到抚慰，仿佛将我带到了另一个宁静的世界，可以让我将所有的问题和忧愁都抛到九霄云外。

我们一群人静静地环坐在钢琴周围，听着乐符缓缓地从指尖流出，轻柔的曲调让我们沉醉在其中。我和艾薇坐在一起，她用手臂紧紧地揽着我，那一刻，我们都不由地想到了我们在汉堡的公寓，在那里我们也有一架钢琴，三代同堂的家庭聚会时，我们会一起享受着文学之夜或音乐之夜，每个人都要朗诵一首诗或是书里的片段，当然有时还要唱一首歌。这些都好像是发生在很久之前的事了，而现在的我们，不得不担心是否能再见到我们的家人，还能不能回到家中。

夜幕降临，又一次的离别到来了，哈娜要朝着另一个方向行进了。我们和她道别，收拾好东西准备动身。我们再次受到了幸运之神的眷顾，没走多久就有另一辆军用卡车愿意载我们一程，并且可以载我们好长一段路，于是我们满怀感激地爬上了车。为了避开白天战况激烈的区域，卡车选择了走小路。即使是在晚上，我们依然可以听到大炮发射时传出的低沉回声，红白相间的火光偶尔会划破夜空。远方出现一团红色的烈焰，应该是有什么东西被点着了。我蜷缩着靠在艾薇身边，坐在卡车里的黑暗角落。在到达村里或是要穿越主要道路的时候，司机会关掉前车灯，车子便会在一片漆黑中缓缓前行，最后我们到达了内克罗达村——一个离泰歇尔市不远的地方。

到达那里的时候，艾薇决定要在这儿停下来。当时已经是凌晨时分，不过即便是在这个时段避难者服务站里还是有志愿者在工作的，我们再次被安排到了排满野营床垫的村公社去过夜。我觉得非常疲惫，因为在白天其实真的很难睡着觉，所以在吃了一顿被艾薇在日记里叫做“晚早餐”的餐点之后我便很快躺下了，根本不需要任何的床边故事或是摇篮曲，我便立刻进入了梦乡。

艾薇的日记里记载了有关那天的其余部分：

有人带了一瓶由巧克力和坚果制成的甘甜烈酒。因为当时没有玻璃杯，所以我们就传着喝，每个人都可以喝到一点。由于房间里的人很多，所以我们都只是抿了一小口，虽然并没有什么酒精的效果，但那种一起分享、品尝美酒的感觉真的是很好，我们借着这个机会开始轻松地聊起天来，气氛一下子热闹、欢欣了许多。

那晚，艾薇在确定我已经安睡之后，并没有立刻睡下，她整夜都在和一位名叫汉斯的士兵促膝谈心，两人心底都暗生情愫。汉斯是个帅气的年轻人，年纪和艾薇相仿，身材修长，头发的颜色淡淡的，而且很柔软。汉斯是单身，而且又和艾薇很谈得来，但他们俩并没有互相交换地址。在他们眼里，就我们目前所处的状况来看这样做没有任何的意义，谁也不知道明天会有什么样的事情发生在自己的身上，更别说是一段时间以后！况且我们也没有住址，确切一点地说，我们没有家。而他很可能也和我们一样，如果他来自被轰炸过的大城市，那么他的家庭很有可能和我们处于同样的状况。最后，汉斯把他的幸运手表作为礼物送给了艾薇，它并不是那种昂贵的高级手表，但却是他唯一一件能够送给别人的私人物品。艾薇非常珍惜这只手表，在她死后多年，这只手表依然摆在她的首饰盒里。

那晚，艾薇在日记里写道：

感谢上帝，在我们身边所发生的这些令人害怕的事情中间，偶尔还是会有那么一点美好的时刻，给了我要坚持走下去的希望和力量。希望能有那么一天，我可以找到一个能够托付终身的人，我认为没有什么能够比爱情更加美好。

第二天，我们和那些士兵道别，他们要去往另一个方向，去找他们所属的部队。艾薇不知道汉斯是否平安渡过了接下来动荡不安的日子，我希望他是。他给予了我姐姐那么多慰藉和肯定，让她知道尽管身处无边的恐怖之中，她仍然是个美丽动人的女孩儿，让她在如此苦闷、慌乱的生活中得以喘息，而对于他而言，效果或许是同样的。他们只是两个年轻人，在恶劣的情况下分享了一段小小的浪漫，帮助彼此熬过这冰冷而寂寞的夜晚。在战乱时期，你只能希冀得到这些，而不能奢求更多。

巫 婆

到目前为止我们大概已经走了一个礼拜的路了。虽然我们之前决定过要在夜间行进，但艾薇觉得我们的速度实在很慢，所以在第二天，在我饱饱地睡了一觉之后，我们趁日落之前就动身赶往欧兰孟德村了。我们行进的速度确实很慢，只走了几里的路而已，期间有好几次我们都因为手榴弹和机关枪的轰炸而不得不趴在地上停止前进。

然后，我们就继续往前走，突然艾薇抓住了我的手臂说："你听！"

我拉长了耳朵，心想一定会听到更多远方交战的炮火声，但都不是，在寂静中我竟然听到了布谷鸟的啼叫声，"咕咕"的鸟叫声向我们宣告着春天的临近。

"就在那里，"艾薇笑着对我说，"它会带来好运的，你知道吗，娃娃？事情一定会慢慢变好的。"

我们继续向前走着，因为这是个好的兆头，我们的心情竟也感到了一丝轻松和愉悦。

§

我们达到欧兰孟德村之后，就到村公社去登记了，之后便领到了可以借宿的民房地址。因为房子就在村外的不远处，所以我们决定步行过去。我们使劲儿拉着我们的小推车，全身上下又脏又累，满心希望能够得到一点食物，然后美美地睡上一觉。

快到达目的地的时候，我们眼前出现了一间被漆成白色的单层乡村小屋，看起来就像小孩子故事书里的房子，既美观又整洁，窗子上还挂着雪白的蕾丝窗帘，看着就让人开心。房子的四周环绕着精巧的篱笆，花园里种着结满果实的果树。一切看起来都那么美好，平静而安宁，根本看不到战争的影子和痕迹，宛若来自另一个时空的仙境。

沿着小径，我们慢慢走向那间房子，在围篱边有一位年过中旬的妇人站在那儿等候着我们，一头灰色的头发往后梳成了一个紧实的圆髻，高挑而瘦削，她衣着讲究，穿着一件粗花呢子长裙还有一件外套。这样的形象让我感到有些失望，在我的想象中，这间完美的小屋应该有一位矮矮胖胖、笑脸迎人的女主人，可眼前的这位妇人看起来却像是学校里的老师，保守而严谨，样子看起来很难相处。一只小狗跟在她的身后，不停地吠叫着，看起来很激动，而且有些焦躁。

艾薇和我都很喜欢动物，尤其是狗，但眼前的这只狗却让我俩心生畏怯，不敢接近。坦言说，这只狗真是长了一副令人生厌的嘴脸，一点也不讨人喜欢。

妇人走出围篱上前来迎接我们，并给了我俩一个拥抱，她摸了摸我的头发，并在我的头顶亲了一下。可是我们并不习惯这样被陌生人拥抱，尽管我们家一直都习惯于直接地表达对彼此的感情。我们现有的拥抱和亲吻的礼仪在那个时候并不存在。所以当时我们都显得很拘谨，我不知道要怎样去回应一个没有见过面甚至没有说过一句话的陌生人的拥抱，所以当时我僵硬地站在那里，一动也没动。

“总算来了，我一直在等你们。”妇人松开了双手，艾薇随即向我使了个眼色。她怎么会在这儿等我们呢？或许当地的电话没有受到战争的影响而中断，也或许她只是在等着有人被安排到她这里来住宿，而并不一定是在等我们俩。她不仅看起来像学校的老师，连说起话来也很像，每个音都发得很清晰、很标准，仿佛是在对着不专心而且有些愚笨的孩子在讲话。我们跟着她走进了房间，屋里散发出的香味儿立刻减轻了我的不安，厨房里应正在烹煮着某样食物。在那一整天里，除了饼干之外，我们没有任何东西可以吃。我们随身带着的食物、饮料早就吃完了，而长时间的步行更是让我们总是处于饥饿的状态。

女主人一边走，一边同我们讲话，她的那只狗成了唯一的话题，那是一只长毛的、体型和杰克犬相仿的杂种狗，它在我们的腿边一直跳来跳去，而且叫个不停。我弯下腰想要去摸摸它，可是它却突然对我叫了起来，那位妇人叫我不要去理它，就随它去。天呢！倒是它不要来招惹我，放过我就好了！

我们被带到了餐厅，餐桌的摆设十分讲究，这时，妇人转向我，用不容质疑的口吻对我说：“吃饭之前必须洗手。”

她说话的口气让我十分反感，从小我就被教导吃饭之前要洗手，即使是在我们的旅程途中，虽然并不是总能做得到，但是只要一有机会我就会洗手，哪怕是在小溪里简单地洗一下。

我和艾薇洗好了手，便坐下来准备用餐。

桌上摆着黑麦面包和奶油，妇人从水晶玻璃瓶中给我们倒水。

食物在哪儿？我感到很纳闷，明明闻到了食物散发出来的诱人香气，可是桌子上却什么也没有。我可怜的小胃口正在跟我大闹空城，现在我根本没有精力理会别的事情，所有的心思都被那美味的食物牵着悬在半空中。

女主人似乎想要先跟我们谈谈。我们才刚刚坐下，她便逐一询问起来，比如我们从哪里来、要到哪里去。艾薇很有礼貌地回答了她的问题，告诉她我们要去往哈勒。

“我们要去找妈妈。”我加了一句。

“哼，太可笑了！”她的反应让我感到十分不舒服。接着她转向了艾薇，说：“你难道不知道带着这样一个小孩子走这么危险的路程是很不负责任的吗？很可能你们两个都会丧命，那时候你要你们的妈妈怎们办？”

在她振振有辞地念叨了好几分钟之后，她终于走去厨房给我们拿食物了。她给我们盛上了满满好几碗的鸡肉炖菜，这点让我十分高兴，之后它们全部被我们消灭干净了。只是我们吃饭的时候，她继续连珠炮似的批评艾薇，斥责她行事太过鲁莽，最后她竟然对艾薇说：“你这样做实在太不明智了，你应该把你的妹妹留在我这里，我会好好照顾她的，我这里有足够的空间，而且食物也很充足。这样一来你就可以继续去找你的妈妈，等这可怕的战争结束了，你就可以回来把她接走。”

艾薇停止了用餐，把叉子放在了桌上。“这恐怕不可以，夫人，”她依然表现得很有礼貌，“如果我和妹妹分开了，我们的妈妈恐怕会非常难过，所以芭比一定要和我在一起，不过还是要谢谢您的好意以及这丰盛的一餐。”

说这话的时候，艾薇的脸色变得非常苍白，接着她暂时离开去了厕所，在那儿她猛吐了起来。

艾薇回到座位的时候，那妇人根本没有要停下来的意思，继续批评着艾薇：“你看，你身体那么不舒服，又怎么能够照顾好一个孩子呢？你做事一点也不成熟，如果照顾芭比是你最重要的责任，那么让她留在我这儿是最好的选择。如果是我来照顾小孩子，绝对不会像你这样，我会把她照顾得很好的。”

艾薇看起来很无助，我再也忍不住了：“我要跟艾薇在一起，我不想待在这儿，我们要一起去找妈妈。”

那妇人看着我，说话时脸上的线条柔和了许多。“孩子，你知道什么啊？外面的世界很危险的，但是如果你待在这里的话，就既不用风餐露宿，又有好东西可以吃，等你和妈妈团聚时，你会变得很健康、很漂亮的。”

我极不情愿地摇头。

艾薇坚定地说：“我们要在一起，不分开，就是这样。”

那只小狗自始至终一直绕着餐桌叫个不停，期间还一直舔我的脚。我试着推开它，但一会儿它又会回来。它的女主人偶尔会从自己的盘子拿点好吃的喂给它来安抚一下，但它似乎对骚扰我和艾薇更有兴趣。接下来，我们在令人极其不安的寂静中吃完了那顿饭，女主人端来了乳酪，通常我们会十分高兴地享用，但艾薇却觉得身体非常难受，而我也开始觉得不舒服了。

终于吃完了这顿晚餐，艾薇说："如果不会太失礼，我们希望现在就能去休息了。因为明天我们还要赶一天的路。"

那妇人几乎不愿再对我们开口，便用手势指挥着我们，示意我们跟着她走。在走廊的橱柜边她停了一下，顺手拿出了一只白色的大夜壶，接着便带我们沿着走廊走到了我们的卧室。那是一间摆设很讲究的小卧室，十分讨人喜欢，里面放着两张单人床。这本该是我们所能想象到的、最令人愉快的场景，我们可以好好地睡上一觉，可是偏偏那只小狗在我们之前进入了房间，并且在床上跳来跳去，而它的主人看起来也没有要制止它的打算。我想它是在对我们侵入了原本属于它的世界表示抗议吧！

在门口，那妇人把夜壶递给了我们，艾薇并没有多问就接了过来，虽然我们俩都无法理解屋子里既然有卫浴，为什么还需要这种东西。

就在我们试图把我们的小推车拖进房间时，妇人把手横在了门口。

"那个东西不能拿进房间，"她告诉我们，"它只能留在走廊上。"

我们必须听从她的话，于是极不情愿地把手推车里的每一样东西都拿了出来，包括我的小背包和夏洛蒂，然后才走进房间。那妇人随即喊了一下她的小狗，它便快步跟着她走出了房间。

但一切远没有结束，妇人关门时我们听到了钥匙从门的另一头插入锁眼的声音，然后是她从走廊离开的脚步声，我们感到无比惊恐和慌张。艾薇立刻跳起来走到门边，急促地扳动门把，但它纹丝未动。我们竟然被锁起来了，这简直是晴天霹雳，她怎么会想要把我们锁起来呢？

“也许她担心我们会偷她珍贵的东西。”我说。

“娃娃，你才是那珍贵的东西，她想把你从我这儿偷走。”艾薇一边对我说，一边开始剧烈地呕吐，手里紧紧握着的夜壶这时也派上了用场。

“还好她给了我们这个。”艾薇强装轻松地说，但她此时脸色惨白，这让我很担心。我自己也觉得不舒服，但我想那大概是由于不安所引起的。经过我们轻声地交谈之后，我们认定艾薇是食物中毒，而且我们肯定就是那个“巫婆”（我们给她取的外号）故意下的毒。她为了留下我简直不择手段，她一心想要摆脱艾薇，也许是想要找个办法杀了她，或是让她生病不舒服，这样我们就无法继续我们的行程，如此一来她就能把我留下来了。

那巫婆并没有和我们谈论到她自己，在我们所去过的任何一个房间里我们连一张照片也没有看到。

“或许她失去了自己的孩子，想要你作为替代品。”艾薇推测。

“又或许她很孤单，”我接着说，“想要我们俩留下来跟她做个伴。”

但或许她就是和巫婆一样邪恶，我听过糖果屋的童话故事，也看过故事书里巫婆的图片，与那些巫婆相比，这个妇人只差一点驼背、一根拐杖，还有一只小黑猫而不是现在这只讨人厌的小狗，这样她就会是完美的“巫婆”了。更何况她还把我们锁了起来，这跟糖果屋里的兄妹的遭遇简直一模一样。

我们并没有脱去衣服就躺在了床上，艾薇把夜壶放在身边以备呕吐的时候用。这简直是我们整个旅程中最可怕的一刻——在我看来这个恶毒的妇人比任何一次敌军的轰炸都要可怕，我宁愿再历经十次像在克拉芬可村时所经历的枪林弹雨，也不愿再次看到她的脸。我的确在发抖，怕她真的给艾薇下了毒，害她不能复元，为此我十分担忧。

我们在床上躺着，妇人的那只狗一直在门外抓弄门板，同时发出低低的叫声。我们偶尔会听到它的主人呵斥它不要再吵，但它毫不理会，依然故我。而她的声音好像更能刺激到它，让它在门口抓挠得更猛烈。

大约过了一小时，艾薇觉得舒服了一些，也不再吐了。尽管我因为担心姐姐一直没有合眼，所以有点疲惫，但对于艾薇的能力以及她想要保护我的决心，我从未怀疑过。艾薇感觉稍微舒服了一些时，便轻轻下床踮起脚尖走到窗边，试着打开窗户，它甚至没有发出半点声响就奇迹般的打开了。“我们不要待在这里了，”她轻轻地对我说，“我真是无法忍受了，她竟然想把你从我身边偷走！”

我们并不清楚巫婆的房间是不是离我们很近，好在她那只狗一直在门口吠叫着，掩盖住了我们低声的交谈。

艾薇小心地把一把椅子移到窗边，尽可能做到不发出任何声响，然后身体往外倾，轻轻地把我们的背包放到外面的地上，谢天谢地这间房子只有一层。艾薇转身向我招手，示意让我走过去，她接过我手中的夏洛蒂，把她放到了窗外，然后帮我从椅子上爬到了窗台。窗子离地面并不远，艾薇先跳了下去，然后从外面举高双手接住了我，然后把我轻轻地放到了地上。

落地的一刹那我们都感觉如释重负，终于离开了这个可怕的牢笼，艾薇捡起背包，我抱起了夏洛蒂，然后我们手牵着手，尽可能安静地绕过房子去寻找出口。可是没走几步路，那只小狗就突然开始叫了起来，这可把我们吓了一大跳。艾薇抓住我的手臂，我们俩拔腿就跑。我们从这只狗的叫声判断，它应该已经不在屋里了，而是在花园里。后来我们一直想不明白它是怎么跑出来的，是那巫婆听到了我们的动静，故意放它出来追我们的吗？或者是她本来整晚就会为它开着门呢？又或者是在房子的某个角落有一个专门供它出入的小门？

不管它是怎么出来的，它现在正从房子那边向我们冲过来，我们迅速跑出了篱笆门，艾薇突然停了下来，转身把门关了起来，希望这样可以把小狗困在里头。

接着我们一路狂奔，避开主道穿过田野，希望可以快点摆脱那只狗的追赶。可是回头看时竟发现小狗仍在全力追逐我们，篱笆门并没有阻挡住它，这让我们不免有些惊愕。是它自己跳出了篱笆门，还是有人把它给放了出来？总之它有可能会追上我们。我以前根本不知道自己原来可以跑得这么快，只是我的眼前总会出现那个巫婆的脸。如果小狗一直在追我们，那她一定也会在我们附近。如果我们被她抓到，她会怎样来处置我们呢？

我们跨过沟渠、穿过田野，身上被肮脏的池水溅湿，鞋子也湿透了。穿越荆棘丛时，我的眼睛被一根弹出的枝条刺伤了，眼前顿时一片漆黑，而且疼痛万分，但是我没有停下来，而是继续往前跑。终于，那只狗的叫声好像逐渐变得隐约不明了，我们想它可能已经累得放弃了追逐，我们总算可以放心了。我们根本看不到它，在一片漆黑中，我们只能靠着它的声音来判断它的位置，总之我们想试试运气，于是稍稍减慢了我们的速度。

“它走了吗？我们安全了吗？”我害怕地问艾薇。

“我想是的，它走了。”艾薇已经是气喘吁吁。

“那巫婆呢？”

“没事了，娃娃。她没有追我们，我想我们已经逃出来了。”

大约又过了五分钟，我们终于长长地松了一口气，确信那只讨厌的狗已经没有再来追赶我们了，我俩紧紧地抱在一起，在黑夜中跌跌撞撞地跨过横挡在前方的树根和石头，又往前走了一点。

“我们得找个地方睡觉。娃娃，你太累，我们不能再走了。”艾薇对我说。她自己也已经疲惫不堪了，况且还吐了一个晚上，肯定十分虚弱，不过好在她现在已经觉得好多了。“在野地上跑一跑，什么病都会好的。”艾薇如往常一样尽力让我们的问题显得微不足道。

原本我们今晚可以舒服地睡上一觉，为明天的行程作好准备，但现在，我们身处荒郊野外，没有任何东西可以吃，也已经没有了任何力气。而那顿晚餐对艾薇来讲，不仅没有给她补充体力，反而把她折腾得更虚弱了。而我们的小推车也永远地留在了那个巫婆家的走廊上。

一切希望看起来都有些渺茫，但我们不会轻易放弃，继续摸黑在田野中行进，过了一会儿，我们瞥见农场上有一间与主屋分离的小建筑，那是一间谷仓。我们小心翼翼地往那边走去，尽量避免把看门的狗给吵醒。艾薇谨慎地推开了门，谷仓里面很干燥，角落里还放着一堆干草。我们万分激动地爬上去，在上面美美地睡上了一觉。

矿　坑

只睡了一小会儿，我就被窸窸窣窣的脚步声吵醒了，这声音听起来无处不在而且没有间断，四周一片漆黑，但我发现艾薇此时也醒着，同时感觉到她的身体紧绷得有些僵硬。

“没有关系，继续睡吧！”艾薇轻声说道。

但我还是可以清楚地听到脚在地上拖曳的声音，偶尔传出声声的低吟。还有“啪啪”的声音好像也一直没有停过。

“那是什么？”我轻声问。

“我想应该是牛或者羊之类的动物吧，别担心，娃娃，棚舍里都会有一些动物，不过它们都是农庄圈养的，很和善的。”

“那个抓来抓去的声音又是什么？”

“估计是它们打鼾的声音，它们的鼾声跟人类是不一样的，知道吗？”

这声音与前几个晚上那两名士兵的鼾声确实有些不同，不过我相信艾薇，她说是就一定是了。打消了疑虑，很快我又睡着了。艾薇一定也睡着了，因为后来我们俩都被一声尖叫给吓醒了。

我们睁开眼睛时，面前是一位神色惊慌、张大着嘴巴的妇人，我们本来打算在被别人发现之前早早地就离开这儿，但农场的人总是在破晓时就起来了，眼前的这位妇人估计是来挤牛奶和羊奶的吧，她看起来大概五六十岁，身材矮小，体型微微有些发福。

“对不起，我们是要回家去找我们的妈妈的，但是我们在途中迷了路。”艾薇赶忙为我们私自闯入谷仓的行为道歉，并解释道，“就像您所看到的，我带着一个小孩子，她实在撑不下去了，我们没有恶意，只是想进来睡个觉。”

那妇人依旧是一脸诧异的表情，一个字也没有回答。

艾薇赶紧补充说：“我们可以付给您我们在这儿过夜的费用。”

“别傻了，”妇人终于开口，而她的脸上也绽放出了灿烂的微笑，“等我挤好这几桶奶，我就带你们进屋里面吃早点。快来，你们可以过来帮我一把。”

我在一旁用手牢牢地抱住装满牛奶的桶子，以免让牛给踢翻了，我尽情地沉浸在新鲜的牛奶所散发出的温暖香甜的气息中，接下来艾薇和妇人一起把那些桶子提到了厨房。

妇人很高兴有个帮手，不然她自己得提两趟才能完成。我们一起往回走的时候，妇人对我们开始时表现的怀疑有些抱歉：“这种时局让人不得不时时都小心谨慎。”她看看我们，接着说：“说起来也确实叫人难过，就连对小孩子我们也不能毫无戒备。之前也有很多人经过我们这里，当然大部分人都没有恶意，但总有几个例外的。”

我们来到了他们的厨房，里面很温暖，农夫坐在那儿，看到这不知从哪儿冒出来的两个流浪儿，也不禁被吓了一跳。不过很快他便开始热情地招待我们，把我们带到了餐桌前。农夫看起来比他的妻子老一点，头发也灰白一些，这对好心的夫妇为我们准备了丰盛的早餐，有他们亲手烘焙的面包和白水煮蛋，还有自家提炼的奶油以及自家蜂巢产出的蜂蜜。农夫的妻子从桶子里盛出新鲜的牛奶，用过滤器过滤之后，给我们每人倒了一杯。那滋味我至今还记得，既温暖又香甜，可是我的脑海中一直浮现出奶汁从奶牛的乳头中被挤出的情景。一想到这儿，我就觉得有点倒胃口，一口也喝不下去。但是我不想显得自己不知道感恩，所以我还是说牛奶很好喝。

于是，农夫很开心地说："再给她来点儿，这样营养丰富的牛奶，她不一定以后还能喝得到。"

我努力把嘴角往上推了推，微微笑了一下，同时向艾薇使了个眼色，艾薇立刻领会了我的意思。后来趁着那对夫妇出去喂牲畜的时候，艾薇帮我喝完了牛奶。临别前，这对夫妇还给了我们一杯亲手榨的苹果汁，这可比牛奶要好喝得多。

我和农夫在厨房的餐桌边聊了起来，那时艾薇正在浴室里梳洗，我试着和主人做礼貌性的交谈，于是，聊起了那晚的"鼾声"。

"我不知道原来牛和羊打鼾的声音是那样的。"我说。

"嗯？什么样的？"农夫满脸疑惑地说。

"嗯……是一种持续轻快的声响，好像有很多小脚在地上行走的声音。"

农夫愣了一两秒钟的时间，继而便笑了起来："是你姐姐这么告诉你的，说那是动物打鼾的声音，是不是？"

这时艾薇刚好回到了厨房，农夫朝她眨了眨眼睛，说："你姐姐是个好女孩儿，把你照顾得很好。"农夫不禁开怀大笑起来，并且在嘴里重复着"打鼾"这两个字。艾薇也笑了起来，我便跟着他们一起笑，我想一定是有什么有意思的事才把他们逗得这么开心，虽然我并不清楚是什么。

关于这件事情，艾薇是在行程结束很久以后才跟我坦白的，我听到的那种"鼾声"其实是老鼠在棚舍里四处乱窜的声音。她看到了两只老鼠，于是在太阳升起、老鼠跑回洞里之前，她一整晚都没有合眼，她担心老鼠会趁着睡觉的时候爬到我们的脸上。艾薇就是这样，一直以来，为了保护我，她不会让我知道她的害怕和无助。

早餐后我们并没有马上离开，农夫的妻子拿出了她两个儿子的相片，坚持要让我们看看，她已经好几个月没有得到他们的消息了。他们很有可能被派到苏联前线去了，因为苏联军队并没有像美国和英国军队那样遵守红十字会的规定，将俘虏的名单不论是死是活全部通报给德军，苏联军队拒绝透露任何这方面的消息。这对老夫妇心中还怀抱着一线希望，祈祷他们还活在苏联军队的阵营里，而不是被葬在了哪个不知名的坟堆里。农夫的妻子还拿出两个儿子在学校和农工学院获得的证书、奖状给我们看，此时泪水一直在她的眼眶里打转。农夫告诉我们，在没有帮手的情况下，他们无法长时间地维持农庄的经营，但他们想继续坚持下去，一直守着农庄，或许有一天他们的孩子就会回来，也许是一个，也许两个可以一起回来。

终究我们还是要分别，农夫和他的妻子在我们的背包里装满了面包以及他们自制的乳酪，并为我们指出了正确的行进方向，我们便再次踏上了旅程。我们失去了小推车，所以我只能自己背着背包，但只要可以，艾薇就会帮我背。那天的天气十分温和，临近中午的时候，我们找到了一条清澈的小溪，可以喝些水来解渴，然后坐下来好好享受香甜的乳酪和面包，我们惬意地躺在阳光下，肚子撑得圆鼓鼓的，两腿放松休息着，悠闲快活了好一阵子。

艾薇的背包里放有一小罐像是妮维雅那类的乳霜，每晚在我们入睡前，艾薇都会抹一些在我和她自己的嘴唇上。白天当我们口渴万分又找不到地方喝水时，她就会把小罐子拿出来，然后说："我们涂一些乳霜吧，应该会好一些。"这个真的很管用，它可以滋润我干裂的嘴唇，而在心理上也安抚了我，每当艾薇在我唇上涂抹乳霜的时候，我都会觉得舒服多了。这个习惯我一直延续到了今天，我的身边随时都要准备一支唇膏。

远方低声咆哮的炮火声充斥在我们耳边，幸运的是，那一整天我们只遇到了几次在军机飞过时要被迫平躺在地面上的情况。我们大概已经走了十天左右，四月中旬的山坡上各式各样的鲜花相继盛开，山丘上大部分的土地被茂密的树木所覆盖，山谷里一片片的庄稼地蓬勃地生长着，一切看起来都是那样的平和、正常，只是隆隆的战火和爆炸声时刻提醒着我们仍然身处险境。

在行进的日子里，艾薇会利用这段时间来给我上课，当然，并不是那种很正式的课程。艾薇会鼓励我记下所有树木的名字，并辨别出它们的叶子。几年之后，我中学时的生物老师穆秋女士曾告诉过全班："芭比应该成为植物学家，她知道的树木和植物比我还要多。"艾薇也会在行进的途中教我九九乘法，考我加减法的运算和拼字。她还会给我讲各种各样的历史故事，我还记得有一天晚上当我们看到一轮皎洁的明月时，她为我解释月亮是如何影响潮汐的。

太阳快落山的时候，我们听到了激烈的交战声，我们似乎又在走向了火力比较集中的地区，然而我们最终却什么都没看到。而这条道路一直引领着我们穿越了茂密的山丘，然后陡降到了一座中古世纪的城镇——鲁多城，那里竖立着一座高耸的城堡，而它的周围也簇拥着各种古老的建筑物。在进入鲁多城之前，艾薇就告诉了我那里有座城堡，于是，如童话故事里描写的那种角楼、塔楼，或是古代英式的那种有碉堡、炮台的城堡形象便进入了我的脑海。可事实上，那里只有一座建在老房子群落中的十八世纪的宫殿，你根本无法想象当时我有多么失望。

我们横越了河面广阔的萨勒河，之后便进城了，城里的街道冷冷清清的，没有半个士兵的影子，只有寥寥几个行色匆匆的人，他们在忙着自己的事情。我们向人打听了镇公社的路，有人告诉我们朝着那一栋红白相间的建筑物的方向走就对了。到了镇公社，里面还有几个排队等着被安排住处的行人。登过记之后，我和艾薇被分配去城里的一户人家中过夜。他们很热情地接待了我们，尽管我们当时看起来很憔悴，浑身上下又脏兮兮的。我们盼望着这一晚可以睡一个好觉，恢复一下元气。尤其是在经历了棚舍老鼠来回出没那样难眠的一晚之后，艾薇显然有些体力不支，情况比我还要糟糕。

然而，事实并没有按照我们的期望发展，鲁多城当晚遭到了猛烈的轰炸，这就好像是我们必须为白天路途中所经历的美丽与平静付出一些代价似的。

“美国的部队离我们已经很近了，但好在我们有地下室可以躲藏。”主人告诉我们。

这场攻击实在是太猛烈了而且丝毫没有停下来的迹象，尽管我们希望能够躺在柔软的床上睡个好觉，但还是不得不整晚都待在这个地下室里。主人的所有亲人都躲到了这里，我们彼此紧紧地靠在一起，唯一能坐下的地方就只有一张沙发和几张临时使用的床垫。我一直紧紧地抱着艾薇，已经记不得自己是不是有睡过去，虽然我猜想自己可能小睡了一会儿。我只记得那个晚上实在是漫长而没有止境，但即便是这样，能够让我们疲累的双脚停下来休息一下也是好的。

还有一点是值得欣慰，地下室角落里的桌子上摆着一个超大的陶瓷脸盆，里面漆着一大朵的玫瑰花，做工十分精巧。它的旁边还放着一只体积超大的水壶，我想我永远也不可能提得起来。有一位当地人为我们带来了一些热水，和着从水壶里倒出的凉水，我和艾薇痛快地梳洗了一番，实在是舒服极了。

突然，上面传来了玻璃震裂的声音，一定是上面屋子里的窗户被炸碎了，接着又传来了一声巨大的爆炸声，这声响必定震撼了整座城镇。

“一定是桥被炸断了。”其中一位男子说。没错，他说对了，为了阻挡美军的进攻，那座我们前不久才走过的桥被炸断了。但这招也确实发挥了功效，尽管只是暂时的。清晨我们从地下室走了出来，原本以为街上会被美军的部队占领，但事实上附近一个人影也没有。好心的主人一家试图劝阻我们不要再往前走了，但我们心意已决。虽然是艾薇最后作的决定，不过一路上她都会征求我的意见。我的年纪太小，根本提供不了有效的建议，但我喜欢她把我当作大人一样对待。所以不论她作出什么决定，我都会同意；不管我有多累，艾薇也总有办法能让我再多坚持一会儿，多走一里路。

收留我们过夜的这一家人也遇到了不小的麻烦，从地下室走出来，我们看到他们的房子已经遭到了严重的损坏。窗户被震碎了，玻璃碎片散落一地，甚至连窗框也没能幸免。到处都是玻璃的碎片，有些还因为爆炸强大的冲击力而嵌入到了对面的墙壁里。破损的百叶窗帘在空荡荡的窗户间无力地摇摆着，墙皮、泥块从天花板上剥落下来，家具因此都罩上了一层厚厚的白灰。

对面的房屋仍然被火焰包围着，在这平静而无风的日子里，火苗从裸露在外的木头中冒出来，盘绕着向上燃烧，尽管消防员正尽力地控制着火势，但烟雾仍然在笔直地向上冲，并散发出浓烈的木柴烧焦的味道。

对此我们束手无策，一点忙也帮不上，所以更不想打扰人家。于是，我们决定向着西北方向继续前进，这也是去往卡拉的方向。而这一路上我们所目睹的尸横遍野的景象也是整段旅程中最惨烈的。到处都是横躺着的死尸，甚至都没来得及移到路边，其中很多看起来已经躺在那儿有一段日子了，我们经过时，腐尸散发出的阵阵恶臭，让我们不得不把头巾摘下来捂住鼻子。

“娃娃，不要看。”艾薇的表情看起来非常严肃，“我说的是真的，你一定不能四处张望。如果你不小心瞄到了什么，或是望见了这些可怜的人，我要你只看他们的脚，知道吗？”

我努力地点了点头。我并不想四处张望，也并不想看到这些可怜的人，可是我们的周围几乎布满了死尸，我很难做到闷头往前走而不看看前进的方向。所以，那些腐烂中的尸体仍然会不时地映入我的眼帘。

我一直照着艾薇的话去做，只看着他们的脚。直到今天，我还记得我看到了一位脚上只剩下一只鞋子的女子，她的肉体已经渐渐呈现出蓝色，她的裙子是深紫色的，几乎和她的脚是一样的颜色，而现在，每次我看到这样的颜色时就会不自然地想起她。路上还有受损严重的马车残骸、马匹的尸体、弯曲变形的金属碎片、崩落的砖瓦，以及爆炸时所产生的其他碎屑。

一路上，我们穿过那些因为建筑物崩塌所产生的碎石残瓦。直到出了城，道路上仍然是死尸遍野，我们还亲眼目睹了狐狸和那些也许是乌鸦的大鸟在腐尸上觅食。手榴弹的爆炸声和机关枪开火的声音似乎离我们很近，天空中划出一道闪亮的火光，引得受到惊吓的士兵频频开火，爆炸声不绝于耳。我们能听到炮弹从我们耳边呼啸而过的声音，以及它们在仅距数米之外的地方轰然落地的响声，看到由此升起的滚滚硝烟，偶尔还会有军机从我们头顶急速掠过。

“我们避开大道吧！”艾薇对我说，极力控制着她惊慌的情绪，“如果我们在森林中行进，我想情况会好很多。”

“可是路呢？我们要怎样才能找到正确的路？”我有些担心地问道。

艾薇拿出了她的指南针，说：“这个简单，我们可以用它来带路，看着吧，快跟我来。”

艾薇手握指南针，靠着它，我们穿越这片浓密的山毛榉树林，沿着可能是小鹿所踏出的小径前进，炮弹和迫击炮的爆炸声在我们的头顶咆哮，而周围的树木也随之震动。战火偶尔也会稍稍停歇一下，当一切都安静下来的时候，我们似乎还能听到森林原有的各种声响。当脚底不小心踩断了树枝，那“咔嚓”的断裂声会引得鸟群惊慌地振翅飞向天空，并且尖声鸣叫，像是警告有敌人入侵。对于他们的恐惧我并不是很理解，我们并不是恶意闯入的侵略者，可是他们却时时带着战争的敌意。

我们一直努力地向前走，我想一定走了有好几个小时，因为走出树林时已经是烈日当空。在这儿我们发现了一群为躲避持续不断的战火而藏身于此的人。前方不远处有一名德国士兵比画着手势要我们到他那里去，于是我们就跑了过去，结果发现他们正站在一处直通山丘另一边的矿坑入口处。我们途经的图林几亚地区，在它广阔的地表下隐藏着许多网状的矿坑，在更南一点的区域是煤矿，北方则是盐矿。卡拉是目前离我们最近的城镇，而它周边的地下矿坑因为战时所需而被当做秘密的军工厂使用。长期的轰炸摧毁了大多数的工业城市，于是，从一九四四年开始，武器以及军机的生产制造便移转到了地下，这个区域的一些矿坑就负责生产梅塞施密特战斗机。

“快过来，到这边来。”士兵边说边指挥着大家进入到漆黑的矿坑里。

“你要把我们带到哪里？”艾薇问道，此时我们被困在了一列准备进入隧道的人流中。

“快点，”那名士兵粗暴地说，“这是为你们好。你难道没看到外面的战况吗？美国人已经攻进来了，现在只有地底下会安全些。快点走！过来，快点！”他一边说，一边粗鲁地指挥着我们。

火光和爆炸声在不远处拼命地嘶吼着，能够躲到防空洞里我们都觉得很庆幸。

目前的这个矿坑并没有在运转，它看起来并没有用于军事作业，不过很可能曾经用于开采和制造这个区域有名的陶瓷土。矿坑里黑黑黢黢的，一进到里面，之前外面明亮的阳光瞬间被一片漆黑所吞没，我们的眼睛一时难以适应。沿着墙壁上的栏杆，我们跌跌撞撞地往前走了几步，直到进入一间较大的洞室，才有几盏油灯和偶尔闪动的手电筒光束作为照明之用。

渐渐地，我的双眼适应了这微弱的光线，也看到了这漆黑的洞穴里满满的都是人，数来大概有好几百人。我们进去的时侯，听到有人在喊叫:“没有空间了，根本没有位子了！”

的确是这样的，里面几乎已经没有多余的地方了，沿着壁面的长凳上坐满了人，而整个洞穴里也都塞满了人，不管是老年人，还是小孩子，都躲在里面：一位妇人正在想办法给她出世还没有几天的宝宝喂奶；刚学会走路的幼童紧紧地抓住母亲的裙角；而再大一点的小孩则在一旁哭闹个不停。里面的每一个人都看起来都疲惫不堪，其中还有些人在紧张不安地转动念玫瑰经时所用的念珠。

突然，“啪”的一声，一个坐在凳子上的、离我们不远的老先生突然向前跌倒在了地上。可是，没有人转头去看，也没有人去帮他。他可能已经昏死过去了，但这似乎根本没有引起任何人的关心。每个人都在为自己的命运而担忧，他们被自身的恐惧吓得不知所措：我们将会怎样？美国人会来抓我们吗？我们会被炮弹炸翻或是被机关枪射死吗？

这群人中有一些已经在这里面待了好几个小时了，而这里面有股浓烈的汗臭味。在那样艰苦的日子里要维持身体干净是件很困难的事，而这群人中的许多人似乎索性已经不去管它了。这里根本就没有清洁、卫生设备，当然，更不要提食物或者水了。如果有人需要上厕所，他们需要走一小段路进入连接洞穴的隧道，但这些隧道也常常排满了人，队伍会一直延伸到好几米远的地方，所以他们必须一路往前走才得以缓解他们的膀胱和肠子的压力，而其中也有一些人怕麻烦，或是害怕走得太远会迷路，就会更加随便，无疑也增加了这里酸臭的气味。我脚下的地面都是潮湿的，但我实在不愿去多想那会是什么，我们根本就不能坐在地上。

艾薇紧拉着我靠在她身边，我看得出来她非常害怕，她的眼神中有种绝望和慌乱。我们俩都不喜欢密闭的空间，而像这样的地方对我们来说简直就是地狱。（或许就是源于这次的经验，直到现在，我仍患有幽室恐惧症：我宁愿游泳来穿越海峡，也不愿意搭乘“欧洲之星”穿过海底隧道。）而突然进入一片密闭的黑暗之中，更是我无法忍受的。大家说话的声音并不大，还好洞室很高，声音回荡在里面，而隧道也一直通向山坡。

“娃娃，过来，”艾薇拉着我的手对我说，“我宁愿去冒被枪弹击中的危险，也不要死在这里。”

后来她告诉我，当时她真的担心洞穴里面无法提供足够的空气来维持这么多人的生存需要。于是，在让其他人感到十分不悦的情况下，艾薇带着我开始向后推挤，一路退回到了入口处。

“你以为你们可以离开这儿吗？”一位身材高大的妇人问艾薇。

“我们要出去。我妹妹有幽室恐惧症，我们宁愿出去冒险。”

“他们不会让你们出去的，”那妇人回答道，“他们派人守着入口，还威胁说会射杀所有试图离开的人。你并不是第一个想出去的人，相信我。”

“他们不希望任何人泄露我们在这里的消息。”一名站在旁边的男子补充道。

“他们要把我们困留在这里多久？”

“大概要等到战争结束吧！”他无奈地苦笑了一下。

艾薇紧咬着嘴唇，把我抱得更紧了。我们转身回到了洞室，努力向更深处推挤，直到找到一个可以坐下来的地方。我们呆坐在离连接主洞室的一条隧道的出口不远的地方，盯着微弱的油灯下投射出的一个个陌生的人影，就这样大概过了有几个小时。

最后，艾薇在我耳边轻声说：“你就说你要去尿尿，然后去打探一下这个隧道，或许会有别的、没人看守的洞口我们可以出去。你一定要非常小心，知道吗？最重要的是，不要走到任何其他的分支隧道里去，否则你就会迷路，有可能永远都回不来了。不要走太远，几分钟之后就回来。你知道分支隧道是什么吗？千万不要进去，会很容易迷路的，即便你以为你认得路。”

我明白她要我做的事情。

“我要尿尿。”我大声叫了起来。

“好，拿着手电筒，”艾薇用其他人都听得到的音量说，“沿着这条通道走，直到你觉得自在、旁边没有人了。不要走偏到其他的隧道去。”

她从背包里取出手电筒给我，我们一直都不太舍得用它，因为我们时时刻刻都记得电池是会用尽的，即使是在我们夜间行进的时候，除了用它照亮路标，我们都不会用手电筒。

沿着那条隧道，我摇摇晃晃地向前走，逐渐远离了人群，我似乎已经走了很远，两旁一直有那种分支隧道出现，但是我按照艾薇的指示，留在了我走过的那条隧道上，直到最后，我看到左前方有一条小隧道，在它的尽头处隐约可以看到一些日光透射进来。不过因为艾薇有特别交代过，所以我对于走过去还是有所顾忌的。于是从口袋里掏出一条手帕，把放在了两条隧道的交接处，有它做标记，我就能回到艾薇的身边。接着我尝试走进另一条小隧道里，和我预料的一样，那里确实有阳光，光线是从一个边缘长满青草的洞口透进来的。我把头钻了出去，看到那儿附近没有人，也没有士兵，视野所及也看不到矿坑的入口，能看到的只有大片的田野。

我有些兴奋，开始往艾薇所在的地方跑回去，但记得在接近人群聚集的隧道口处要放慢脚步。艾薇正在焦急地等着我回去——后来她告诉我，她很担心她做了件蠢事，派我自己一个人去，要是走丢了就糟了。

“我在更往前的地方找到一条出口，有一个洞口通向田野。”我在她旁边坐下之后，轻声地跟她汇报我的发现。

“亲爱的，你做得好，那么现在，不要让任何人注意到我们在做什么。我们很快就要出去了。”

于是，我们装作没事一样，静静地收拾行囊，在没人注意的时候沿着隧道偷偷溜了出去，很快便走到了有日光透进来的那个洞口。我很轻松地钻了出去，要穿过洞口并不难，虽然洞口并不高，在我的腰际左右。而我也需要先清除一些横长在洞口的欧洲蕨，接着，艾薇把两个背包和夏洛蒂从洞口递给了我，但等到她自己要穿过来的时候，却因为洞口太小而在肩膀处卡住了。她扭动着身体退了回去，接着我们俩有点慌乱了，不顾一切地想要将洞口凿大，我们没有工具，只得用手挖掘，用手指拨开坚硬的土块儿。我心中非常忧虑：如果我们失败了，就意味着我们必须回到那个隧道里头，再次被迫加入到那一大群的逃难者中去。一想到这儿，我们想要离开的决心便重燃了起来，每挖一下，艾薇就会试着钻出去一次。

“再有一下就好了。”艾薇总是这样说。所以我们不断地努力，我得做大部分的工作，因为我人已经在外头，被我挖松的泥土不断地落到艾薇的身上。后来，我掰开了一大块泥土，但这次发生得有点太突然了，以至于我往后一仰，像球一样滚了下去。艾薇看不到洞外的我，就有些担心了，等到我爬回到山丘上时，她正在做另一次的努力，使劲把肩膀往外推，这次她终于成功了，经过许多次向上的扭动，她的身子总算爬出了洞外。

“谢天谢地，自从我们开始了这段旅程，我竟然已经变得这么瘦了呢！”艾薇开玩笑地说。

“我刚才滚成了个布丁卷。”我跟她说，我们俩相视一笑，能从那个拥挤的矿坑中逃出来真是件值得庆祝的事情。我们在草地上躺了一会儿，虽然两个人都累坏了，但是心情却很好，庆幸着我们的好运。

“你看看你。”艾薇仔细地审视着我手上黏着的污垢，我们原本淡色的头发也被泥土给染黑了，还有我们的脸上，也都沾上了泥巴。我们站起来，尽可能将我们衣服上干松的泥土抖落，再次准备出发，为了避开有士兵站岗的那个入口，我们小心地沿着山丘的边缘前行。

走到山脚下时，我们才发现原来自己正身处在一个山谷间，这里有川流不息的清澈小溪。我们一路沿着河岸走，直到确定离矿坑很远了才停下。艾薇从她的背包里拿出了母亲给她的清香肥皂，我的母亲和外婆都很喜欢这种高品质的香皂，在开始使用之前都会先储放很长的一段时间，因为她们相信香皂这种东西，越硬就能用得越久。而这块香皂发挥了极高的效用，它几乎伴随着我们完成了整趟旅程。它闻起来有些薰衣草的香味儿，这也是另一股会立刻勾起我对这段漫长旅程记忆的香气。

我屈膝跪在河岸上，将头发浸入溪水中弄湿，艾薇将香皂涂抹在了我的头上，然后帮我搓揉头发直到产生许多泡泡，之后我得再将头浸入水中将头发冲洗干净。艾薇也用同样的方法清洗了她的及肩秀发，而我则帮她抹香皂起泡泡。溪水虽然沁凉，但我俩都因为能彻底清洁一下而高兴，所以对此并不在意。头顶艳阳高照，我们被冰冷的溪水清洗过的身子也因此暖和了起来。我们将手脚清洗干净，然后用艾薇带在背包里的小毛巾擦干。我们没有饭菜可吃，不过艾薇还有两颗为特别时刻所留下的糖果，而现在正是它发挥作用的时候。我们慢慢舐着糖果，希望它的形状能够一直保持着不变。那之后，我们喝了一些溪水，便躺在阳光下的一小块儿空地上休息了几分钟，那上面还布满了层层精巧的小白花，毛巾也在一旁晾晒着；几年后我在英国听到了这种小白花儿的英文，它被人们叫做“安妮皇后的蕾丝”。我从这些细小花朵所形成的泡沫状花丛的空隙间仰望天空，感觉它们像是将我们藏了起来。这些花还让我想起了外婆，她总是穿着别着胸针的白色蕾丝上衣，想到这儿，我心中不觉泛起了一阵渴望与家人团聚的酸楚。

我们并不能长时间地逗留在这里，即使我们此刻感到如释重负，所以不一会儿我们又再次上路。艾薇背着两个背包，而我抱着夏洛蒂。我们各握着毛巾的一角，使它在我们之间撑开，这样它便能快点被风吹干。我们沿着前面的路继续前进。

闯入侵略者的路线

我们很快便再次回到了那条道路上，艾薇用指南针确定了我们的前进方向仍朝向西北，直指我们所要去的克希哈瑟。

一路上我们没有看到任何人或是房屋的踪影，甚至连半个人影也没有，周围出奇得安静。我们唯一可见的是那一望无际的田野，它一路绵延至远方，终端的森林与天空连成一线，道路两旁还有成排的果树。在矿坑时我们知道了美国人很快就要攻打到这里了，这让我们犹如惊弓之鸟。

“美国人会把我们怎么样？”我问艾薇。

“我不知道，娃娃。”艾薇看起来面色凝重，“但是你也听到了他们是怎么形容敌军的。如果事情发展到了最糟糕的状况，那么我们很可能会被俘虏或者枪毙。但无论发生什么事情，我们都要勇敢地面对。”

我们被教导说苏联的军队是最可怕的，同时也被灌输了所有的联军都是我们的敌人的思想，他们会残忍地对待我们。就是像这样的政府宣传激发了每一个德国人民苦战到最后的决心。

艾薇看出了我有多么害怕，而此刻她也不能假装我们的情况看起来很安全，但她还是尽可能地安抚我。

“别担心，娃娃。”她说，“他们会明白我们对他们来说并不重要。看看我们俩，只是一个柔弱的女子和一个小不点儿而已。我们不会有事的，我保证。不过我们一定要让他们知道我们不会反抗，我们要拿着白旗，这样他们才看得到我们俩已经投降。”

不少房屋在窗户上已经垂挂起了白色的床单，艾薇说着也从一棵树上折下了两根粗壮的树枝，接着把我们的毛巾绑在了其中一根树枝上面，艾薇的白手帕则系在另一根较小的树枝上。艾薇要我把小的那根抗在肩上，这样一来，任何从后面向我们这边接近的人都会先看到我们的白旗。艾薇自己则是用同样的方式扛着另一根较粗的树枝。

我们继续在一片寂静中行进，手上扛着投降的旗子。现在回头想起来真是有些可笑，我们当时竟然会认为拥有强大军力和武器的美国军队会把我们视作威胁，但我们当时真的以为他们是凶狠的猛兽，对待德国百姓，包括小孩在内，都会毫不留情。

一路走着，我们听见从远远的后方传来的“轰隆隆”的巨响，那和重炮轰炸时产生的震颤声不同。这次它是冲着我们而来、持续不断而且正在逐渐地扩大。

“他们来了，娃娃！”艾薇的呼吸声不断加快，她紧紧握住了我的手。

入侵的敌人已经到了，他们正在沿着我们走过的那条路上前进，炮火声已经消失，但从平静的空气中我们可以听到几里外坦克和卡车行进的“隆隆”声响。虽然它们至少距离我们还有半里地远，但地表已经开始随之震动，噪音在山谷里回荡起来。

“不要转身，别看他们，”艾薇紧握着我的手，我的心跳开始加速，“抱紧夏洛蒂，向上帝祷告，祈求一切平安，我们一定会没事的。”

声音越来越大，我心惊肉跳，简直不能呼吸。我们离开了主道，走到右手边的一块果树林中，树上盛开的白色花朵就像我们肩上的白旗一样，正在给我们所畏惧的新队伍让路。很快，成列的雪曼坦克车进入了我们的视线，势不可当地向我们滚动而来，巨大的声音响彻云霄，整个世界都在为之颤动。

这次我没有听从艾薇的告诫，当这条巨型怪物经过时，我既惊又恐，忍不住抬头看了过去。先是有大约有二三十辆的坦克迟缓而笨重地开过我们身边，还发出“隆隆”的低吼声。最后一辆坦克开过后，接着出现了一列卡车和吉普车组成的车队，这和在前面缓慢移动的机械怪兽相比，它们显得小巧也安静了许多，甚至有些荒诞。在最后一辆卡车的后面跟着一队身穿美军制服的年轻男子。

这些入侵我们国家的“敌人”终于来了

可他们和我想象中的那些邪恶的怪物差距很大，这令我十分惊讶，他们既不是双头怪，头上也没长着像魔鬼一样的犄角。他们并不吓人，没有耀武扬威地向我们挥动武器，也没有对我们大声地吼叫。我不禁在想他们看起来怎么和我们国家的士兵那么相像，除了制服不同以外，其他的并没有什么区别。他们冲我们微笑，还对着我们挥手。而更让我惊奇的是，他们开始从卡车里丢东西给我们吃，有迷你巧克力棒、迷你包装的饼干还有口香糖。

所谓敌人原来和我们自己的士兵一样，都是一群友善的年轻人。这与我之后所体会到的一样，当然这也是事实，也是战争的真相。无论是哪国的军队都是由平民所组成的，背负着不是自己的罪过而被丢进了战场，开始彼此攻击和伤害。

有时我忍不住会想，这群美国士兵中会不会有人在回到美国的时候，对他的家人谈起过我们这两个看起来十分狼狈的家伙，一名年轻的女子和一个小孩儿，肩膀上扛着白旗，独自走在这条杳无人踪的马路上。尽管他们手中握有强大的武器，已然胜券在握，可这些士兵对于他们未来的命运是不是也充满了担心和恐惧。战争尚未结束，入侵的军队在很多地方都遭到了顽强的抵抗。我希望我们能为他们带来一些笑声和欢乐，触动过他们的心弦。如果我们真的做到了，那么我们至少也为和平尽了一点儿我们的力量。

艾薇稍后在她的日记里写下了这段话：

我永远不会忘记我们第一次看到美国军队的那一刻，我简直吓呆了，不敢抬头看那些车子和坦克一眼，但当他们朝我们丢出一些好吃的东西时，我的恐惧便一点点地消散了。

车队在往前一些的地方停了下来，于是我们赶上了他们。艾薇会说一点点英语，所以我们还能勉强上去和他们说一声“你好”。美国士兵从坦克和卡车里跳了出来，他们用手拨了拨我的卷发，其中还有一个人对我眨了眨眼睛。

这些士兵在路边撑起了折叠的桌子，摆上了凳子，邀请我们一起分享他们的食物。我们心怀感激地加入了其中，享用着用马铃薯泥、玉米和鸡肉所组成的美味餐点。他们都很友善，还向我们作了自我介绍，只是他们用名字而不是姓氏来介绍自己，这对我们来说很特别，因为在德国我们通常都要正式许多。加上艾薇所会的一点儿英语，我们努力用手指比画着，并作出各种面部表情和他们沟通。当我们准备继续前行时，他们还给了我们一些好吃的带在身上。

在这段旅程中，我第一次吃到了甜滋滋的、带着粉红色夹心儿的口香糖。这块口香糖被我在嘴里咀嚼了好一阵子，我试图想让它变小然后给它吞下去。之后艾薇才告诉我口香糖不是那样吃的。“你不能把它吞进肚子里。事实上，你一旦把它吞了进去，你的肚子里就会长出一棵橡胶树。”艾薇笑着对我说。

我联想起了我们以前在汉堡家中所种的那棵橡胶盆栽——一株像怪兽般张牙舞爪生长的植物，它一直向上延伸着长到了天花板上，它的分枝还向外伸到了窗框的顶端。我可不想让我的肚子里长出那样的东西，所以从那刻起，我吃口香糖的时候都非常小心。

我们继续前行，周围到处都是美国人，但几天以来一直困扰我们的所有惊恐都已经烟消云散了，我们大声地歌唱，欢欣雀跃。

“看吧，还好我们有祷告。”艾薇说，脸上洋溢着开心的笑容。

我感到如释重负，我们不用担心自己会被枪毙或是俘虏了，我们可以继续向前走，去找我们的妈妈。

§

我们越是接近克希哈瑟，就越能看到更多的美国人。我们沿着路边一直走，发现了很多他们抛向逃难者的食物，于是我们把地上遗留的饼干和巧克力都塞进了袋子里，向悬挂着白旗的村庄走去。像往常一样，我们走向了社区的公社，并被分派到可以借宿的地方。

在逃难者的人群中很快就弥漫开了一股强大的解脱感，大人们相互握手，许多人拍拍我的头或是捏捏我的脸蛋。我们是战败的国家，但我们都已经疲惫不堪、大伤元气，所以现在战争结束了我们都十分欣喜，同时也放下了心中一块沉重的大石头。

在美国和英国的军队横扫德国的时候，他们也试着将伤害降到最低。他们并不想继续战斗，和我们一样，他们也迫切地希望战争能早日结束。当他们遇到一些顽固的反抗时，他们还是会全力出击和镇压，有些村庄和小镇也因此受到重创。不过反抗毕竟是少数的，大部分的地区都没有受到严重的攻击和破坏，人民也毫发无伤。这些士兵最在乎的还是他们自身的安全，在胜利的一刻如果还出现伤亡就显得非常不明智，也毫无意义。

到了今天，当你游经德国的这个地区的时候，你会看到许多遗留至今的中古世纪的城镇，它们并没有因为二十世纪的战乱而遭到损毁。这个地区在战后三个月就被盟军分割给了苏联，直到一九九〇年才再度回归德国，苏联多年的统治使人们在那儿的生活一直异常艰辛。

总的来说，美军进入城镇时都希望德国民众能够和平投降。当坦克和卡车车队接近城镇时，他们总会先停下来，用德语在扩音器警告那里的居民不要反抗。通常情况下，地方首长以及当地军方的领导都会举着白旗代表全镇居民来投降。大多数时候，他们也会事先打电话来安排附近村庄的投降事宜。

但在那些党卫军的驻扎地，或是不幸被灌输了纳粹思想的希特勒青年团所在的地方，依然存在着决心誓死遵从希特勒命令、保卫德国的情形。这些城镇便不可避免地会遭受到坦克的摧毁。有时，我们会看到远方的天空突然转成了亮橘色，那便宣告又有村庄因为拒绝投降而陷入到一片火海之中。

不过绝大多数的时候，人民的理智、强大的求生意识，以及希望尽快恢复正常生活的愿望还是会胜出。很快地，大家也发现获胜方的军队并没有要对我们进行报复，而那经过纳粹宣传并在我们脑海中所植入的恶魔形象原来根本就不存在，他们同我们一样也是平凡的血肉之躯，而且盼望着和平以及早日终结这长期搅乱世界的疯狂行径，一想到这儿，人们就会觉得松了一口气。对于当时只有七岁大的我来说，并不了解这个复杂万千的世界，还有那些战败或是胜利的政治角力，我不理解为什么会有这样的事情发生。如同每个小孩子一样，我所需要的就是温暖、食物和关爱。假若艾薇对我们国家的战败有一丝羞愧的话，她从来都没有表现出来，不论是对我或是在她的日记里。整个国家早已失去那种光荣和自信，经过多年的征战，这个由我们国家的领袖所一手造成的战争，已经将光荣和自信彻底从我们心中剥离。

虽然我们所遇到的征服者并非都表现得如此有人性，但是直到今天我仍然感谢上帝，让我们沿途遇到的都是仁慈、善良的士兵。我也听说过英国和美国士兵烧杀掳掠、甚至强暴妇女的故事，但为数甚少，而且我们从未亲眼目睹，况且在我们和盟军接触中，他们从来都没有伤害过我们。

也许因为我是个可爱的卷发小孩儿而备受关爱，所以只看到了每个人善良的一面，但我并不觉得自己有受到任何特别的优待。这些驾着坦克、配备枪支而来的士兵也都是一些日夜盼望着回到家乡的有礼青年，而且他们并没有拘留或是为难我们这些被留置在村镇的老弱妇孺，反倒是因为我们的缘故，使得他们在海外滞留了这么久的时间。

他们一定也目睹了不少骇人的景象，正如我对路边尸横遍野的一幕永远无法释怀，也无法完全从鼻息中抹去那股腐烂的恶臭一样，这些记忆也将在他们的下半生一直萦绕脑海、挥之不去。这些士兵当中有些人身负解放集中营的骇人任务，而对于我们疯狂的领袖和他的一帮追随者以我们的名义所犯下的恶行，我无话可说，只希望可以求得原谅。但这些士兵，这些侵入德国的军队，据我所知并未将怒气发泄在无辜的德国民众身上。他们将我们视为平民百姓，而我们在他们抵达后的不久也看清了他们原来也只是普通百姓的事实，双方只是在战争这样的特殊的状况下聚集在一起罢了。

§

如果任何种族的人都有善与恶之分的话，当晚所发生的事情就可以作为证明。我们的住宿地点被指派在了一间位于村庄中心后方的房子。房子高大而且雅致，还有扇让我记忆特别深刻的红色大门。我们敲了敲门，一位妇人为我们开了门让我们进去，她看起来瘦骨嶙峋而且神色不安，她要我们先到厨房去，等她的丈夫回来。我们在餐桌旁坐下来，但没有得到任何可以吃的或者喝的东西。

“麻烦您，我们可以喝一杯水吗？”艾薇礼貌地问。

妇人正在给一锅马铃薯和葱头削皮，然后将那口锅子放置在了一个旧式的大型炉灶上炖煮。听到艾薇的请求，妇人点头应允并静静地拿来了一杯水，又继续她原来的工作。我们试着和她聊天，但她似乎不怎么愿意说话，答得非常得少。对于战争的结束，她看来并不像其他人一样感到欢欣鼓舞，而且好像一点都不想谈论起这件事。

这样生硬的对话在我们中间大概持续了半个小时，最后艾薇决定要问她是否可以带我们到睡觉的地方去，因为我们似乎不会得到任何吃的东西，而且我们俩都已经非常疲累了。那是漫长的一天，我们身心俱疲，唯一值得庆幸的，也是很不寻常的一点是，我们并没有感到饥肠辘辘，也许是因为我们之前吃过了美军送给我们的巧克力和饼干。

就在这时，门“啪”的一声打开了，一个身材高大、满脸通红的男人走了进来，我们认得他，因为他是镇公社的工作人员，我们的住宿地址就是他为我们安排的。

“啊，我两个漂亮的女孩儿，”看到我们时他这样说，“这房子还可以吗？我老婆有没有好好地招待你们呀？她没有给你们做吃的吗？”他扫了那妇人一眼，于是妇人赶快准备好了餐盘、刀子和叉子，整齐地摆放在了我们面前。

“来，让我坐到你们俩中间，这样你们就可以跟我说说你们经历过的事情了。”这男人说道。

他的妻子一言不发，放了一瓶啤酒在他的面前。

“给这位年轻的女士也拿些啤酒，你不晓得要怎样招待客人吗？”他对着妻子叫了起来，她走到了储藏室又拿了一瓶啤酒出来。

“不用了，谢谢你。”艾薇的声音显得有些生硬且不悦。我瞄了她一眼，看得出来她很不自在。这男人向我靠过来，用手摸了摸我的脸颊。

“你有一天也会变成大美人，就跟你姐姐一样。”他边说话边转向艾薇，将他壮硕的手臂放在了她的椅背上。“那么，你们要往哪儿去呢？”

通常我们都会跟遇到的陌生人一起分享我们的经历，但这次我察觉到艾薇有些迟疑而一言不发。

“哈勒。”艾薇回答，没有再作更多的解释。

“一定是要去找你的男朋友吧！我敢肯定，像你这样漂亮的女孩一定会有很多男孩子追求，我打赌很多男人都会对你想入非非。”

艾薇什么都没说，就在这时，那位瘦小的妇人将装有洋葱和马铃薯的盘子放到了我们面前，桌上还摆了些香肠、五花培根片和面包。见到这些食物的时候，这个男人终于安静了下来，他饥饿地吞咽着食物，妇人则静静地坐在桌子的另一端。艾薇和我挑拣着盘子里的食物，食物吃起来淡而无味，甚至有些难以下咽，而我们都对于这个浑身带着酒气的男人的亲近和示爱显得有些手足无措。

在用一片厚面包将盘子里剩余的酱汁沾过之后，他便将注意力再次转回到了艾薇身上，手臂再次搭在了她的椅背上，“刚刚说到了你的情史……”说这话时，他的手臂顺势向下滑落到了她的肩膀上。

艾薇立刻跳了起来，并将她的椅子推回去。“你不要碰我！”她愤恨地说，“娃娃，收拾你的东西，我们要走了。”

“别这样，我只不过是想表达一下我的善意罢了。只是想我们可以一起放松一下，喝个酒来庆祝战争结束。”那男人说尽了好话想说服艾薇留下，但她只管忙着收拾我们的行李，我抱起了夏洛蒂，和艾薇一同向门口走去。

“你们今晚找不到别的地方可以过夜了，时间太晚了，住宿办公室已经没有人了，你们必须待在这儿。”那男人的口气变得强硬起来。

“我们会想办法的。”艾薇简短地答道。

那男人立刻起身，用手臂横挡住走道。艾薇转身面对着他，眼神锐利，我从来没见过她像这次那样气愤。“让我们出去！”艾薇的声音因为愤怒而变得强劲有力。

男人满怀敌意地盯着艾薇，心不甘情不愿地慢慢将手放下，嘴里骂着一些我不懂的脏话，关于这个艾薇后来也没给我解释过。但当我们离开时，艾薇转向了那位妇人，对她说：“我真的为你感到难过。谢谢你的餐点，祝你好运。”

我们走入了漆黑的、没有月光的夜晚。走了不多远之后，艾薇突然停下了脚步，弯下腰对我说：“对不起，娃娃。但是我们不能待在那儿，他是个令人厌恶的男人。不要担心，我们一定可以找到睡觉的地方的。”

我一点儿都不喜欢那栋房子，所以对此我并不介意，一抵达那里，我就能感觉到四周弥漫着一股恐惧和阴冷的氛围。我倒是很高兴我和艾薇能够全身而退，在我们所有欢心喜悦的体验中似乎也暗藏着一些黑暗的角落。

然而即便是这晚所发生的事件也不能浇灭战争结束所带给我们的无比欢喜。我们原本所害怕的事情发生了——美国人来了，然而事实上这却成了我们所能祈求到的最好的结果。我们拿出了手电筒，再也不用担心它发出的光芒会引起敌军向我们开火，我们沿着马路一直前行。

走了没一会儿，我们就来到了一条通向农场的小径上，前方离这儿大概两百米的地方有一间屋子，里面还亮着灯。于是我们便敲了敲门，想试试运气。大门先是微微敞开了一条小缝，一张脸探了出来，接着，门便全部敞开了。“总得小心一点儿，”里面传来了亲切的声音，“快进来吧！你们俩看起来像是一对儿迷了路的孤儿。”

这位妇人看起来身形也十分瘦小，不过和刚才的那位妇人比起来要开朗得多，完全是两个样子。她看起来快乐而健谈，并且十分热情地接待了我们。她和她的丈夫邀请我们一同分享他们的餐点，还打开了一瓶白兰地让我们与他们一同庆祝和平的到来。艾薇摊开了地图给他们看，并向他们讲述了我们旅程中所经历的种种。

“我有比那更好的路线。”农夫一边说，一边指给我们看，“就是这里。”之后他将他自己的地图也拿了出来，我们全都弯下腰去开始研究路线。“你们还得再走七十公里的路才能到达哈勒，然后再往前一点儿才能到达唯德村，也就是你们母亲所在的地方。”

我们至少还得再走四十二公里的路程。我们已经偏离既定路线好多次了，到现在为止我们已经走了超过一百公里的路了，有时还走上了与原定位置相反的方向，不过因为战争的关系，我们不得不绕路前进。至少从现在起，路上的阻碍会少些，而我们已经走过了一大段的路程，就只剩之后的一小段路了。

"可怜的小东西！"农夫的妻子一直望着我，嘴里不停地咕哝着。她似乎认为像我这样的小孩子要走这么远的路实在是太辛苦了。

我们向他们讲述着我们的经历，跟他们说我们是如何失去了可以帮助我们载送行李的小推车。听到这儿，农夫跳了起来，一边往外走，一边大声地说道："我有法子！"

他的妻子向我们充满爱意地笑笑，说："让我们来看看他现在有了什么样的好主意。"

农夫回来时，要我们跟他走到门口，外面放着一部大型的旧式木制两轮手推车。"这是给你们的，"他说，"你们可以用它来载运你们的东西，小不点儿要是走累了，也可以坐进去休息一会儿。"

"这个主意太棒了！"艾薇开心地大叫起来，"真是太谢谢您了，我们会好好地使用它的。"

农夫接着说："不过这两轮手推车可不便宜，你们是要付出一些代价的。"

艾薇的脸上顿时闪过一丝惊慌。因为一路上我们所遇到的大多数人都拒绝收下我们的钱财，所以她身上还有一些母亲留给她的钱。不过没过多久，她就发现农夫正咧着嘴冲我们笑。

"刚才你们跟我们说，你们一直是靠着唱歌来保持昂扬的精神，那么现在你们可以用歌声来为你们赢得一部手推车，你们只要唱歌给我们听就可以。”

我们四个人全都笑了。接着，艾薇看着我，轻声地说：“平安夜。”这是我们学过的可以一起合声唱诵的曲子。

于是就在那个四月中旬的夜里，在第二次世界大战的最后几天里，我们在那个农场里面，为帮助两个年轻女孩子返家的农夫和他的妻子唱起了圣诞乐曲《平安夜》。后来这对仁慈的夫妇竟不禁潸然泪下，对于我来说，那真是非常特别且美丽的一刻。

他们只有一间摆放着一张单人床的空房间，但能和艾薇同挤在一张床上睡觉，让我感到再快乐不过了。我们抱在一起入睡，很高兴能避开一个不愉快的经历，并且能够很快恢复我们对人性的信心。后来我心里在想，那个“恶劣的男人”（这是我们谈及他时的说法）是不是因为觊觎艾薇的美貌而故意把我们分派到他家借宿。我们为他的妻子感到深深的悲哀，也很生气她当时没有挺身出来帮助我们，也许她仅剩的一点儿同情之心早就被恐吓抹除干净了。她看起来犹如惊弓之鸟，像是长期遭受凌虐而放弃挣扎的小动物。

当晚，艾薇在就寝前在日记里记录下了一段话，这是她记得的、出自德国诗人克里斯丁·摩根史坦恩的一段话：

在通往上帝的道路上面挺进，
不要让他人引你进入歧途。
如此，你便将行得正道，
纵然，你只是孤身一人。

终于看到了唯德村

第二天清晨，我们再度踏上了旅程，艾薇推着我们的新车。推车很重，这意味着即使我的小短腿需要休息，依然不会耽误我们的行程——艾薇将我抱上推车，一路推着我继续前进。中途有一次我提议要艾薇坐到推车里，让我来推她，艾薇爬了进去，结果可想而知，我甚至连抬都抬不起推车，这让艾薇不禁哈哈大笑起来。

农夫和他的妻子还给了我们一些面包、乳酪之类的食物，还有一个大瓶子，里面装满了水。他们还给了我们一条很大的德国香肠，就像是意大利腊肠那样的，我们俩为此都很高兴。

“娃娃，你知道吗？”艾薇问，“妈妈的生日离现在只有五天了，就是四月二十二日，我想那时候我们一定已经和她团聚了，我们甚至可以把香肠留下来作为生日礼物送给她。农夫说我们只剩下大约四十二里路要走了，我确信我们办得到，你觉得呢？”

这真是个绝妙的主意，妈妈看到我们一定会非常高兴的，而且我们还准备了一份礼物送给她。我迫切地希望那天能快点到来，光是看着香肠、想到妈妈欢喜的劲头，我就不禁想要飞奔向妈妈的怀抱。

一路上我们推着沉重的推车行进，这景象看起来一定有些奇怪。不过现在我们可以再次在白天行进绝对是上帝的恩赐。自从盟军入侵以来，我们就不用为之感到害怕，担心自己会成为炮灰，我们甚至可以放心地走在宽敞的马路上，也不用为躲避战火而绕道而行。从现在开始，我们的路可以说是畅通无阻，光是这点就让我们的脚步轻快了许多。

快到耶拿的时候，我已经很累了，所以在最后的二百多米的路程里我一直坐在推车里，是艾薇推着我走的。艾薇竟然把这个辛苦的任务这变成了游戏，称呼我为车厢里的公主。可推着我走这件事无疑快把她的腰给累断了，但她从来没有把这份沉重的压力表露在脸上。

耶拿是一座建在石灰岩丘陵间的山谷城市，它的历史远比建于十六世纪、举世闻名的耶拿大学还要早得多。而直至今日，它依然因为盛产和制作蔡司光学镜片而享誉世界。入城时，我们首次感受到了大城市在轰炸中遭到的毁灭性的打击。我们并没有在现场目睹汉堡被炸的过程，但是人们想在这些顷刻坍塌的建筑中存活下来几乎是不可能的，但是我们很快便了解到，在这些凌乱的碎石与瓦砾间确实生活着不少的民众。

地窖已经全部被人占用了，有些建筑被炸得只剩下地上的一层楼，原本是住宅、商店以及工厂的土地上堆积起了一排又一排垒起的炮弹残骸，看起来摇摇欲坠，像是摇摇晃晃的酒鬼相互搀扶着。

我们向位于市中心的一处公园走去，为了寻找分派夜宿处所的地方。在战前这必定是个美丽的景点，美国人在那里设起了营地，看起来朝气蓬勃，他们穿着我们并不十分熟悉的美军制服忙碌地穿梭在其间。

一位高大的美国陆军士兵向我们这边走来，尽管万分疲累，艾薇还是尽力催促我躲到了手推车里。那名士兵非常高大，对我来说犹如巨人一般，但最令人惊异的是他皮肤的颜色。我长这么大，还从未见过黑人，不晓得是该惊喜还是害怕，但我很快想起了艾薇的忠告：无论别人看起来多么特别，一定不能把惊讶、好奇的反应显露在脸上，因为那很可能会伤害到别人，于是我试着保持镇定。艾薇总是告诉我，对所有的生物都要仁慈善待。不过我实在是太讶异了，甚至快要忘记了呼吸。我只有在童话故事书里见到过黑人的小孩，当我看到眼前这位陌生人温和而帅气的外表时，心中顿时生起了一股敬畏之情。

眼前的这位士兵一边说着英语，一边用手比画着要我们坐到长椅上去。艾薇大致能听得懂他在说什么，因此我们全都照做了。我抱着夏洛蒂爬出手推车，他拿出了我们的背袋，把它们放在了我们附近的地上。

“待在这里，我会再过来。”他说着便握住了我们笨重的推车的手柄，毫不费力就把它推走了。艾薇与我紧张地盯着对方，不知该做何反应。或许是因为他要做什么事情，所以才会拿走我们的推车，对此我们毫无头绪，但在那种情况下，我们也别无选择。虽然到目前为止我们所遇到的所有美国人都很友善，但有一点我们心知肚明：这些人都是能够差遣我们的新老大。

大约过了二十分钟，或者是半个小时，我也不清楚我们到底在那儿坐了多久，不过我们都已经累了，所以能有个机会坐下来安静地休息一下也是值得感谢的。这之后，有个高个子、长脚的男人大跨步地向我们这边走来，他手里推着的不是我们的木头推车，而是另一个当时被普遍使用的、大型的旧式推车。他把推车推到我们面前时，用手势比画着要我们往里头看。我们从推车的边缘往里探头看，竟然看到满满一车我们想要的好东西：糖果、巧克力、茶包以及许多为士兵提供的补给品。我们的眼睛因为惊喜而张得大大的，就在这时士兵伸出了双手将我腾空抱起，接着将我放进了推车里。他的脸上挂着灿烂的笑容，露出了两列整齐洁白的牙齿。我激动地张开双臂，给了他一个真诚的拥抱，他轻声笑着，用手拨了拨我的头发，向我们致敬之后，便转身回到了他的营队。

我们永远都不知道他是否是用我们的木推车换得了这辆新的推车，或是他究竟如何拿到了这辆新车，对此我们十分好奇。但这对我们却有着极大的差别，现在艾薇几乎可以轻松地推着我向前走，而不会感受到我的任何重量，除非她要推着我走向陡峭的小山丘（即使当时的我十分轻盈瘦小，但这样一部设计给婴儿的推车竟还能够承载一个七岁女孩的重量，实在是很难得，这要多亏了当时精湛的工艺技术，即使是今日的婴儿折叠推车也未必做得到）。

我们找到了避难者的聚集处，之后被分派到了郊区的一处农场里过夜，于是我就坐在这个被堆满了可爱食物的豪华推车里，与艾薇一起向着农场前进。我们在这些食物中还发现了一只香蕉和一粒柳橙。我从没看见过香蕉，起初我试着连皮一起咬下去，艾薇忍不住笑了起来，她赶忙教我怎样剥掉香蕉皮。依稀记得我曾经吃过一粒柳橙，但也已经有三年多的时间都没有看到过这种水果了，我们小心翼翼地把柳橙的皮剥去，一人分了一半，感觉像是在享用大餐。

我们这次被分配到的住所是一座独立经营的农场，农场的主人是一位女士。她好像没有丈夫，或者他还在外参战。她领着我们进入了堆放着培根和香肠等烟熏食物的房间。尽管其中还掺杂了许多其他的香气，但烟熏肉的气味总是让我回忆起这间烟熏室。烟熏室里的火苗还在徐徐地燃烧，上面还铺着杜松子、干燥的月桂叶以及其他香料，高挂在梁椽上的培根片以及一圈圈的香肠因为这些香料的作用而香气四溢。当然，香肠是我们那晚必吃的晚餐，同时，我们也在那里美美地睡上了一觉。

第二天早上我们迫不及待地起了个大早，想要继续赶路。在新推车的帮助下，我们走得快多了。我尽量步行，直到累得走不动的时候，才会爬进车里让艾薇推着我。没有了枪林弹雨的包围，我们行进的速度加快了许多，感觉很快就能到达妈妈那里了，我们漫长的旅程终于进入了尾声。

阿波达、巴德苏查、那姆堡是我们相继经过的几个城镇，艾薇仔细地将这几个地名分条目记在了她的日记本里，这样即便地图弄丢了，我们仍然可以查询到行进路线。傍晚时分，我们到达了维森菲尔斯，艾薇在这里帮另这位塔巴兹的朋友把一封信转交给了一名女医生。

那天晚上，我们便借宿在了一位女士家中，她和蔼可亲，我们和她在一起度过了愉快而轻松的一晚。像大多数人一样，那位女士也在殷切盼望着她家里人的消息，他们因为被战争所困而无法团聚。而凑巧的是，这位女士和我们一样都来自汉堡，她还告诉她在汉堡的房子依旧完好无损，如果我们回到汉堡后有任何需要，她都很欢迎我们去那儿住。这种帮助对于素昧平生的我们来说简直太慷慨了，而且她并不知道我们是否可靠，还坚持要艾薇记下了她在汉堡的住址，以备不时之需。这还是一个怀旧的晚上，我们在一起谈论着关于老汉堡的种种事情，包括她们都造访过的商店、教堂和其他一些地方。而年仅七岁的我所拥有的记忆范围就比较有限，只局限在我们老家的公寓以及幼稚园一带。不过这位女主人还知道我们所住的凡贝克修斯路，她甚至还能够说出我们那栋大楼的大概位置，她还记得那间能勾起我回忆的面包店。这一晚我们睡得很好，第二天起程的时间也比平常晚了些，好客的女主人还为我们准备了一些糖果和乳酪带在身上。

我们朝着距离这儿不足十里远的梅尔瑟堡走去，因为路程相对来说较短，一路上我都坚持步行，而艾薇则负责推着手推车。到目前为止我们已经走了这么远的路程，这实在是令人难以置信，而这也在某种程度上证明了我们鞋子的品质，到目前为止我们的鞋底尚未出现任何问题。只是我的腿会感到酸痛，有时甚至痛到难以入眠，艾薇会一边帮我按摩腿，一边唱歌或是说故事来让我放松。除去那些因为我太过疲惫而倒头就睡的情况，每天晚上我和艾薇都会做祷告，我们为母亲祈祷，尤其会为我们的父亲祷告，距离我们上次收到他的消息已经过去了很长一段时间，还有在天上的露西、我们的祖父母、外公外婆，以及其他的所有亲人。我常常会很想念我的两个表亲——弗克和汉宁，猜想着他们正在做什么。和弗克一起在砖块工厂附近玩耍的那段岁月真是既漫长又美好，感觉像是发生在上辈子的事情一样，但事实上自我们离开那里只有三个月的时间。世界仿佛已经从我们之前读过的故事书中脱离出去了，我的现实就是站在此时此刻的马路上，这就是我真实的存在，永远也无法预知明天将会发生什么。

§

至今为止，梅尔瑟堡是我们所见到的受到空袭轰炸最为严重的一个城市，那里的情况比耶拿还要糟糕。梅尔瑟堡是座聚集了许多大型炼油工厂的城市，主要负责生产空军所需的高品质的航空燃油，这使它必然会成为盟军攻击的主要目标。从一九四四年起，梅尔瑟堡就开始遭受一连串的空袭轰炸。当地有超过百分之六十五的人口在空袭中遇难，整个城市的上空弥漫着悲壮的气氛。

原本是房屋和公寓建筑的地方，现在已经变成了碎石瓦砾，只余灰烬。我们穿梭期间，艾薇沿着未清理的街道努力将我们的推车向前推行。没有了路边的建筑，街道看起来宽敞得有些怪异。建筑物的残骸布满了整条街道，包括电缆（艾薇嘱咐我要离得远远的）、玻璃碎片，以及家具残骸等。墙壁坍落的地方看起来像是建筑物的横断面，楼内的房间也随之都显露了出来，里面的家具有的完好无损，餐具都还摆在桌子上，窗帘也都还挂在窗户上。

尽管如此，整座城市仍然在渐渐恢复之中，一些路边的小摊子开始充当起店面做起了小买卖，一些绑着头巾的妇人快步地穿行在马路上做起了生意。强烈的衰败感笼罩着整个城市，我们找不到任何可以给避难者安排住宿的办事机关。

我们身上只剩下了一些之前美国士兵给我们留下的补给品，我们坐在一处废墟上吃完了所有的食物，但是因为分量不足，所以我们根本没吃饱。幸运的是，在整段旅程中我们并没有碰到过恶劣的天气。此时，透过城市废墟里残垣断壁的缺口，我们看到了美丽的夕阳正缓缓地落下。

夜幕降临的时候，艾薇变得焦急起来。“娃娃，”她说，“我们必须得找一个能够遮风挡雨的地方睡觉。既然没有人能替我们安排这些事，我们就得自己想办法了。”

虽然艾薇什么都没说，但我看得出来，真正让她担心的是那些在马路上捡破烂的人。那些人在废墟间不停地徘徊，为了延长自己的生命，他们寻找一切可以用得上的东西。艾薇是在担心如果找不到一个安全的地方，那么我们身上那些值钱的物品，还有我们的推车和背包，就很可能都会被抢走。

这时，一位年轻的女子向我们走来，她用德国人传统的方式介绍自己是莱哈特小姐。她看起来比艾薇大，大概二十五岁左右的样子，和我们一样，她也是一个想要返回家乡的避难者。她问道：“你们要往哪边去？”她看起来十分友善。

“哈勒。”艾薇说。

“我要去莱比锡，我们的方向完全不同，不过看样子今晚我们都得在梅尔瑟堡度过一夜。我们为何不呆在一块儿？我想这样的话我们都会安全些。”

艾薇很高兴有一位新朋友加入，便欣然应允了。我们继续往前走，同时努力寻找一个可以供我们休息一晚的地方。现在是四月二十日，距离我们起程已经有十二天了。夜晚依旧寒凉，所以我们需要找到一个能够遮风避雨的地方。走了几百米之后，我们终于发现了一间隐蔽的地窖，于是我们上前勘察了一番。地窖上方的房屋已经被炸毁，但穿过一堆堆的砖石和木头，我们还是找到了可以通向地窖的阶梯。她们一致认为，这里会是最好的休憩之地。我们用力将手推车拉下阶梯，又往身上多加了几件外套，就准备睡下了。这里除了冷冰冰的地板外，没有其他的地方可以坐下或是躺下，所以我们没有其他的选择。于是我躺了下来，把我粉红色的小背包垫在了头底下。艾薇和莱哈特小姐只能靠在墙上打个盹儿，她们稍稍聊了一会儿，接着就睡过去了。

天刚刚破晓，我便被艾薇猛然的起身和一声痛苦的哀喊给惊醒了。有一块的砖头从上面坍塌的建筑物上脱落下来，击中了她的头，我们立刻用手帕和毛巾止住大量的出血。

看着我挚爱的姐姐伤成这样，我心急如焚，鲜血从她的头部涌出的景象实在是触目惊心，我的眼泪止不住地往下掉。

“不要担心，”艾薇一直这样说，“情况不像你看到的那样糟，娃娃，我会没事的。”

这之后艾薇在她的日记里写，她很高兴砖块没有打到我的身上。

艾薇和莱哈特小姐当即决定我们应该迅速离开，这个地窖并不安全。而如果可能的话，我们应该尽快为艾薇寻求救援，她的伤口需要及时处理。于是我们三个协力将推车从地窖拉回了马路上，立刻离开了。艾薇跟在我们后面，用毛巾捂住伤口。经过路上一位妇人的指引，我们来到了一间卫生所。值得庆幸的是，即便时间尚早，我们还是找到了值班的护士，护士告诉我们艾薇的伤口并不深，便用一条干净的绷带帮艾薇把额头包扎了起来。

在卫生中心，我们找到了可以使用的卫浴，因此我们又拿出了我们的薰衣草香皂来清洗身体，我们非常喜欢这样做，它能使香气一直留在肌肤上。接着我们清洗了那些浸满血迹的毛巾和手帕，我们知道在接下来的日子里我们还会再用到它们。

艾薇在她的日记里记着在那之后的好几天里，她都"头痛难忍"，但她从来没有向我透露过任何会让我担心的信息，而且每次我问起她的伤势时，她都只是微微地一笑，还拿她的伤疤开玩笑。

§

再度上路的时候已经是早上十一点钟了，莱哈特小姐跟我们道别，因为她要往莱比锡的方向走。于是，我和艾薇便继续朝着西北方向走去。眼看着我们离之前与母亲分别的地方越来越近了，我们都很兴奋，这里距离哈勒只剩下十里的路程，而唯德村也就不远了。

走出梅尔瑟堡时，艾薇给我讲了一个渡鸦偷窃主教戒指的童话故事，我听过这个故事，但当我突然发现自己竟然在故事发生的城镇度过了一夜之后，还是让我震惊不已。一位无辜的男子因为被误认为偷了主教的戒指而被处死，后来人们在渡鸦的巢穴里发现了这枚戒指。也因为这个缘故，在这座城市的城堡里至今还有一只渡鸦被关在鸟笼里，为的是去惩罚它的祖先曾犯下的罪过。如果我的年纪再小一些，想到有人会被处死，我一定会感到背脊发凉，不管他被处死的原因是什么。但是现在，我的周围到处都充斥着死亡，而且他们都是无辜的群众，死亡的人数要远远多于在战时犯下滔天罪行、理应被处决的人。即便如此，这位几个世纪前被无辜处死的男子的故事依旧让我有些哀伤。我喜欢这个有关渡鸦的故事，如果以后有机会，我一定要重新踏上和艾薇曾一起走过的旅程，到梅尔瑟堡亲自拜访一下那只渡鸦。

今天的梅尔瑟堡是哈勒的卫星城市，连接两地的道路已经建好，而六十年前这里都还是一片农田野地。虽然不需要再穿越山坡上茂密的森林，我们仍得沿着田野的边缘走。下午三点左右，我们终于隐约可以看到前方的哈勒，这让我们无比兴奋。哈勒是一座几乎没有受到轰炸袭击的城市，坐落在萨勒河另一端的河岸上。从我们在鲁多城第一次看到萨勒河，接下来的几天里我们已经沿着它的河道走了好几里的路。

我们的兴奋随即便被挫折和绝望所代替，为了阻挡盟军的前行，跨越河流的桥梁已经被炸毁——我们到不了哈勒了。我们又在附近转了一会儿，觉得希望越来越渺茫，接着，我们看见了一座桥，只是当我们走到桥那头时，发现那是一座铁道桥梁。“这个不行，”艾薇叫了起来，“我们不可能从这里过去，那是不可能的。我们该怎么办呢？”

我们必须向左或向右转，然后再去找可以过河的地方。我们看起来一定很凄惨，因为后来有三位男子走向我们这边走了过来。

“你们是不是想要过河？”其中一个人问道。

“是的。”艾薇回答得十分谨慎，同时将我的手握得紧紧的。但她的恐惧很快便消失了，他们并没有恶意，而且看起来都很友善。他们都很年轻，身上并没有穿着制服，但肯定在战争后期都被征召入伍过。我们不知道他们是谁，也不知道他们是做什么的，在那段艰辛的日子里，没有人会问起这些令人尴尬的问题。

他们解释说他们想要跨过那座铁道桥，可以顺便帮帮我们。对此我们满心感激地接受了。

如果想到达铁道，我们首先需要爬过一个陡峭的堤岸，几位男子帮我们爬了上来，一个人先爬到顶端，然后伸出手臂；另一个人把我抱起交给他。当时我瘦得皮包骨，一点儿重量也没有。然后，他们帮艾薇爬上了那陡斜的、长有矮树丛的地面。最后，他们也没有忘记把我们的推车也拉了上来。

我和艾薇站在铁轨上，我紧张地上下张望。

“你不需要担心，我亲爱的小姐，”其中一个人看到我的表情时，不禁笑了起来，“这里很安全，不会有火车来的。它们在德国境内已经停运了。来吧，我们走。”

虽然我知道不会有火车沿着铁道一路飞驰而过，但是沿着曾经使用频繁、被磨得光亮，而今却被炸得歪七扭八的铁路线行走，的确是件令人提心吊胆的事情。萨勒河很宽广，水流也很急，如果从桥上掉到水里撞击力会很大。我和艾薇都很怕高，而桥两边的护栏又很低，况且已经变形，当我们一离开堤岸，悬在混浊而又深邃的萨勒河水上方时，我们俩都吓傻了，僵在那里无法动弹。

其中一位男子来安慰我们：“弯下腰来，用你们膝盖和手试着向前爬行，就是这样。”接着给我们示范了一下。他将艾薇排到了我的前面，然后转头对她说：“我就在你前面，你一定要紧盯着我，不要看别处，不要左右张望。”转而他又对我温柔地说：“你看着你姐姐的屁股就可以了。”

当他说到这个对我来说不是很文雅的字眼儿时，我咯咯地笑出了声来，而他也笑了起来，一下子我就不那么紧张了。

“不要移开视线，一路跟在后面走，我保证很快我们就会到达另一头。”

另一位男子接着说：“我们都会在你的后头，不会让你出事的，我们保证。我们都会跟着你的屁股走。”

他故意这么说，又给我逗笑了。

接着，我们这个神奇的小分队便出发了。第一位男子开始向前移动，我们跟在他的后头，这样走非常辛苦，我们得用手和膝盖爬过一个接一个的轨道枕木。在我们的身后，另外两名男子紧紧地跟在我们后面，嘴里还对我们说着安抚和鼓励的话语，因为他们还要抬着我们的推车，所以他们两个人小心地走着。这段路似乎很长，一直都走不完，我们的行进速度极为缓慢，只能一点一点地向前蠕动，但最终还是抵达了对岸。我们用双手和膝盖沿着铁轨桥爬行，跨过了萨勒河。

我们这支小队的队长跳下了铁轨，他将手臂伸向艾薇，接住了她。艾薇安全落地后，他便和我身后的男子一起将我举过了堤岸，然后把我放在了道路上。我们的手掌都磨得破皮了，还有枕木上的碎木片刺进了手里，我们的膝盖也都酸痛不已，长裤都磨破了，但我们都很激动，我们又顺利地渡过了一个难关，离妈妈也更近了一些。

我们真诚地向这几位男子道谢，他们没有在这里做过多的停留就离开了，继续专心地做他们的事情去了。我们现在身处一个工业小镇——阿曼村，如今已经归入了哈勒。这个小镇以制造铁路运输工具而闻名。战时将犹太人载到集中营的特制车厢就是在这里制造的。

我们像往常一样找到了镇上的公社，在那里得到了借宿的住址。我清楚地记得我们的住宿地址，因为艾薇清楚地把它写在了日记本里：哈里薛街一〇七号，接待我们的家庭中的男主人的名字叫做史耐德。艾薇甚至还在她的日记里记下了他的头衔——工程硕士，他应该是城里某家工厂的高级工程师。

我们又再次受到了幸运之神眷顾。这是一处绝棒的住所，这家人非常热情地欢迎了我们。我们还泡上了热水澡——这是离开塔巴兹后，我们第一次泡澡。接着我们享受了美美的一餐，紫色的甘蓝菜搭配着烟熏的香肠以及马铃薯，饭后我们还吃到了带有香草酱的新鲜水果。在食物紧缺的时候，能吃饱肚子是一种奢侈，那些在战时吃到过的餐点我都记得清清楚楚，它们比我此后吃到的任何食物都要美味，甚至胜过五星级餐厅所提供的餐品。

当晚我们睡在了干净的被单上，这是我们平时不敢奢求的。旅程中最好的情况下，我们可以睡在别人睡过的床铺上；而最糟的时候，我们只能睡在谷仓或是地窖里。只有在经历过这些之后，你才会对清新干爽的被褥充满感激。此时，唯一能让我保持清醒的是在接近目标时所感受到的狂喜。明天便是四月二十二日，也就是我们母亲四十一岁的生日了，同时也是我们母女团聚的日子。那感觉就像是我这辈子所有的生日和圣诞节都一起到来一样，如果不是因为我的身体太过疲惫，我真的不想睡觉。

第二天清晨，我们换上了干净的内衣裤。虽然我们的外衣都是脏兮兮的，但我们的身子却是干净的，我们是干干净净地和母亲见面。我们准备送给她的香肠还放在身边，我们感到很自豪，因为即便在恶劣的条件下，我们还是为她准备了生日礼物。

我们很早就出发了，迫不及待地想快点到她那儿。我们沿着环绕哈勒的道路向前，一边走，一边哼唱着轻快的歌曲，我们越来越接近唯德村了——在去往塔巴兹之前和妈妈道别的地方，也是最后一次见到她的地方。我兴奋得又蹦又跳，艾薇不得不叫住我，让我慢下来，免得我接下来累得走不动。

走到寇亨维兹的时候，我们远远地便望见了唯德村。两名年纪大约在十四岁左右的女孩子朝我们这边走来，她们走近一点时，我才认出她们。她们是安可和优塔，是我们在唯德村的邻居，她们家和我们的房子在同一条街道上。我认识她们，因为我在那里住了好几个礼拜，甚至在艾薇准备把我接去塔巴兹住的时候，我还和她们聊过天。她们一看到我卷卷的金色头发就立刻认出了我来。

我笑着和她们打招呼。

“你们在这里做什么？”安可问道。

“我们来和我们的母亲会合呀！当然，我们现在要去校长家。”

“难道你们还不知道？”她们瞪大眼睛看着我们，吃惊地叫到。

我的心猛然一沉，同时感到艾薇身体有些僵硬。

“知道什么？”艾薇紧张地问。

“你们的母亲在几天前搭乘最后一班开往汉堡的火车离开了这里。很多人得知以后不会再有火车经过这里，也都离开了。”我们一脸愕然，这两个女孩儿对此面露担忧，“很抱歉跟你们说了这个坏消息。你们还好吧？”

我们并不好，我们此刻的感受根本不能用言语来形容。这个冲击大到我们难以承受。我们坐在路旁一直哭，仿佛我们所拥有的一切被永远地剥夺了。我们历经千辛万苦来找她，对母亲的思念和依恋支撑着我们走了那么远的路。每当我疲惫厌倦、意志消沉的时候，艾薇总会告诉我，妈妈离我们有多么近，还为我编织出我们所有人再度一起生活的美好景象。在最后的两三天里，我们每天倒数着距离和时间，是母亲的笑容给了我爬行穿过铁道桥的勇气，每当我想要放弃的时候，是脑海中母亲的声音敦促着我再度起程。

但现在，妈妈并不没有在我们期待的地方出现，她不在那里，我们该怎么办？

再度上路

带着无力和困惑，我们拖着沉重的脚步继续向着唯德村走去。不然还能怎么办呢？我们不能回头。我们已经行进了两个星期，虽然就直线的路程而言，我们只走了大约七十里的路程，但我们实际上绕行的路程比这整整多出了两倍以上，在整段旅程当中我们经历了如此多的艰难险阻，在枪林弹雨中前行只为与母亲团聚。我们是怀抱着这样的信念坚持不懈地走下去的，也是这信念帮我们熬过了最黑暗的时刻。在最后的几天里，它甚至成为了令我们欢心鼓舞的希望之旅。

可是转眼间，我们再次落得孤独无依，悲惨的境地无可言喻。艾薇再也不向我隐藏她的失望和沮丧了。她在日记里写道：

没有比这更糟糕的事情了。这一路的奔波与艰辛瞬间全部变成了徒然，这感觉就好像是有人拿把刀直直地刺进了我的心脏。妈妈不会弃我们于不顾的，我不能接收这个事实。我们哭了又哭，只是无法让眼泪停下来。

我们去了最后一次见到母亲的地方——校长的家里，母亲在那里一直待到搭乘最后一班开往汉堡的火车才离开。校长夫妇两人看到我们时感到很惊讶，但却十分欢迎我们的到来。他们赶忙拿出了母亲写给我们的信，她料想过我们可能会来找她，她还是挂念我们的，这还算得上一个令人稍感安慰的消息。母亲的信写得很匆忙。

我亲爱的艾薇和芭比：

我们全部都搭上了最后一班去往汉堡的火车。虽然这里的主人对我们非常好，但我们还是觉得回去找个新住所，与家人和朋友生活在一起会比借住在这里好一些。你们回到汉堡的时就去找凯特阿姨，即便我不在她那里，她也会告诉你们我的下落。

永远深爱着你们，愿天主的祝福能够保佑你们平安无事。

妈妈

再次看到妈妈的笔迹，知道她还挂念着我们，让我们觉得不那么伤心了，但我们此时此刻的孤独与无助却仍是不可言说的。我们所有的亲人，包括外公外婆、意玛阿姨和汉宁、希达阿姨和弗克，他们所有的人都离开了。那真是悲凉和凄惨的一刻。

借住的这家主人帮我们卸下了推车里的东西，安顿好一切之后，他们想尽一切办法来逗我们开心，可是我们的情绪还是很低落。当我拿起那根香肠的时候，突然对它产生了一种厌恶感，我觉得它在嘲笑我。我们用心给妈妈准备了生日礼物，并在生日当天及时地赶到了她那里，可是她却离开了，这份礼物现在已经没有任何意义了。

“我想丢掉它。”我心中暗暗地想，甚至不想多看它一眼。

艾薇盯着它看了一会儿，对于这根香肠，她一定有着跟我同样的感情。艾薇将它拿给了好心的屋主：“你们愿意收下这根香肠吗？这原本是我们给妈妈准备的礼物，今天是她的生日。”

“你们应该把它留给你们的母亲，”屋主客气地拒绝了，“你们一定会再看到她的。”

我们俩沉浸在极度的失望中，想从这样沉重的打击中恢复过来实在有些困难，但是我们的屋主竭尽所能想帮助我们振奋精神，至少保证在生理上给予我们最舒适的照料。他们为我们准备热水澡，让我们享受了用洗发液梳洗头发的奢侈。而那天的晚上我们更是享用了配有餐巾、银制餐具以及洁净桌布的美美的一餐。他们还给了我们几件换洗的衣物，并把我们现在的衣服拿去清洗、熨烫和修补。尽管他们的招待十分周到，但我和艾薇仍深处万分心碎的悲痛中，我们很难与他们轻松地聊天、讲讲我们的冒险经历，我们甚至无法拼凑出一段不失礼貌的、客套的对话。那晚，我们睡在干爽、整洁的床单被褥中，但枕头却被眼泪浸湿了。

§

第二天，我们睡到很晚才起床。我睁开眼的时候，艾薇已经起来了，正坐在卧室精巧的梳妆台前梳理头发。艾薇转过身，笑着对我说："好吧，娃娃，我们没有别的办法了，只能继续走下去。我们都已经走了那么远了，所以应该把剩下的路走完。"

"我们可以像妈妈那样坐火车吗？"虽然当时我知道答案是否定的，但我还是问了。

"不行。记住娃娃，火车已经停运了。妈妈和其他人搭乘的是最后一班火车。"

"所以我们只能继续步行？"

"是的，不过战争已经结束，现在会好走很多。而且我们还有可爱的推车，如果你累了，姐姐可以一整段路都推着你走。"

艾薇当时并没有让我知道"这整段路"比我们来时所走的路要远得多，那是另外两百里的路。不过即使是这样，我也不想再走了。我依然沉浸在没有见到妈妈的悲伤之中，这让我根本无心起程。我怎么可能还有精神继续走下去？但是等到我从床上起来，看到艾薇是那么的乐观、积极时，我便同意了她的提议。艾薇后来在日记里写道：

当下我便决定要带着我的小娃娃向汉堡前进。

艾薇的恢复速度简直惊人，前一天她还处在无法想象的、剧烈的痛苦之中，而此刻的她，又变得积极阳光、自信满满，或许也是因为她别无选择。要等到火车再度行驶可能需要等上好几个月，甚至好几年，而在那之前，我们只能一直待在唯德村。尽管可以得到屋主悉心的照顾，可我们姐妹两人依旧是远离亲人、孤苦无依的避难者。艾薇想尽量让这段即将开启的旅程听起来很有趣，貌似是个很棒的选择，但实际上我们都知道这是个迫于无奈的决定。“我们明天就走，”艾薇十分坚定地说，“所以，娃娃，我们好好享受在这里的最后一天吧！让我们充分利用今天的时光。”

于是，在那一天中，我们放松下来，尽情地沉浸在屋主仁慈而亲切的招待之中。我们在那里受到了无微不至的照顾，晚上我们又泡了一个热水澡。在这段与校长一家人相处的日子里，我们建立了深厚的感情，尽管对于他们拘谨的言行我颇感敬畏，不过他们确实都是好心人，也对我们关怀备至。

校长夫妇俩建议我们多住几天，但是我们执意要立即起程。当校长警告艾薇，一个年轻女孩儿带着一个小孩子单独旅行是非常危险的时候，艾薇告诉了他一些我们已经碰到过的惊险的情况，然后笑着说：“不会有比这些还糟糕的事情了。”

真希望艾薇的话是真的……

主人在我们休息的时候一直忙个不停，当晚我们吃了一顿大餐，主人特地为我们宰杀并烘烤了一只他们自己平日都不舍得吃的鸡，搭配着储存在地窖里美味的瓶装腌渍水果，再加上一瓶香醇的葡萄酒。

在这顿美好的晚餐结束时，校长说：“我看得出，艾薇小姐，你的心意已决。我不会阻拦你，我也看得出来你的耐力，你带着芭比已经走了那么远的路。与母亲团聚的意义对于你来说如此重大，在此刻阻止你们是不对的。但希望你们可以答应我一件事，我认识两个明天和你们往一个方向行进的朋友，我希望你们可以考虑与他们一路同行。他们都是正人君子，如果你们能和他们一道，至少在刚开始的一段路上，我觉得比较妥当，我们也会放心一点。你们愿意吗？”

艾薇答应了校长的建议，我们便上楼了，在温暖而舒适的床上度过了在校长家的最后一个晚上。

§

第二天早上，我们见到了两位同行的伙伴，和我们一样，他们也是要回家寻找失散的亲人的。第一位是喀拉玛先生，他大概六十多岁，个子很高，还有点儿驼背，他不需要入伍作战，但仍被征召去管理一处供应站。喀拉玛先生戴着一副眼镜，因为近视度数很深，所以在他的眼镜镜片里可以看到一个个圆圈圈。而当你直视他的时候，他的眼珠会因为折射作用而变得异常巨大，就像是金鱼的眼睛，在镜片后面游移。这让我感到很奇特，尤其是他其中的一个镜片碎了，还用胶带粘了起来，因此遮住了他一半的视线。

另一位是哈根博士，我猜想他应该有四十几岁，其实要一个小孩子目测出成人的年纪是有些困难的。这两位同伴对我来说似乎都有些“老”。我并不知道哈根博士在战争期间负责什么任务，他从来都没有谈起过，或许他告诉过艾薇，但艾薇从未跟我提起，即使是几年后当我们再谈起这次漫长的旅途，她也什么都没有说。在战前的和平岁月里，哈根博士是一名学校的教师（在德国，教师常常被人称为博士），是我们在唯德村的屋主的同事。也许哈根博士入过伍，因为没有成为战俘所以目前正在返乡的途中。他身上没有穿制服，不过当时有很多人会帮助士兵，为他们提供平民的服装。我记得他的裤腰上绑着一条粗绳子，可能因为长裤腰围有些宽大。

我们一行四人向善良的校长和他的妻子挥手道别。新的旅程开始了，我们又一次带上我们的推车和小背包上路了。夏洛蒂依然被我时时刻刻紧抱在身边，不过这次我们储备了充裕的食物，我们准备了面包、火腿、乳酪，还有校长一家储放在地窖里、已经腌渍好的苹果和梨子。同时，他们还为我们准备了几条毛毯带在路上用。

刚刚离开唯德村的时候，我们都认为既然战争已经快结束，生活也就大致会回归到正常的轨道上来。我们都没有意识到接下来的这段旅程会比先前的那段更加艰辛与苦涩。虽然我们不必再为了躲避战火而绕远行进，但这次的路程却要比之前的路远得多，而且想要生活在一个被盟军占领、饥饿随处可见的国家，还是要冒着很大的危险的。

§

出发的第一天，我们绕着哈勒城的外围和乡村的小径前行，路面上堆起了大堆的木材作为路障，以减缓战胜国入侵的速度，就像是我们之前碰到的“坦克坟墓”那样的战壕以阻挡坦克的行进一样。哈根博士虽然个头不高但却十分有力气，每当有木头挡住我们的去路时，他都能不费吹灰之力地将它们移出路面，一路上有他陪同，我们真的是挺幸运的。

几个小时过后，当我们进入高速车道时，因为有军方的车队经过，路面的木头已经被清理干净了，所以我们一路畅行无阻。

同行的这两个伙伴似乎都很好相处。虽然喀拉玛先生戴着贴着胶带的眼镜，外表看起来有些奇怪，但人却活泼开朗，依旧是保留着和七岁小朋友十分契合的幽默感，脸上也总是挂着笑容。在旅程结束的数年之后，艾薇告诉我其实他很讨厌，这我倒是可以理解，对于成年人来说，喀拉玛先生的确是不讨人喜欢；但对我来说，他的肚子里装满了故事，给我带来了无穷的欢乐。不过有时他说起笑话来，艾薇偶尔会瞪他一眼，并要他“小心一点”。现在想想才知道，艾薇当时是不想让我听到一些她觉得很不入流的故事。

哈根博士却并不是那样健谈，很多时候他总是安静地走着。我还记得他拄着一根拐杖，那根拐杖的握柄处刻着一张狗脸。我很喜欢那支拐杖，有时候哈根博士也会把拐杖递给我，让我拄着它走。不知为什么，我总感觉如果握柄处的那张狗脸是面向前方的，那么它就会保护着我们免受伤害。

我们的旅程可以说进行得相当顺利，我们现在有三个成人，这样可以轮流推着推车。现在没有了空袭，我们便不再需要为了躲避战火而绕道行进，而且我们可以在白天进行我们的旅程。现在的路上也多了许多赶路的行人，偶尔，我们也会和他们交谈，并和他们一起走一小段路。总之，不需要被迫跳进树林，或是为了要躲避子弹而趴到地上赶路，实在让我们轻松了许了。

但想在晚上找到一个可以安排夜宿地点的单位就难多了，我们避免在城镇或是大型的村庄里停留，因为现在那里一片混乱。许多地方的行政管理机关已经全然瓦解，尽管一直以来它们运作得十分有效率，并且为避难者提供了很多必要的援助。但现在城里的电力供给已经中断，地下污水管也已经破裂失修，到处都是无家可归的人，其中有些人为了保全自己的生命安全，也变得残忍无情。那些曾经负责安排避难者夜宿事宜的高级长官许多都已经遇害或是逃亡了，身为一名“忠诚”的纳粹分子，他们已经看不到自己的未来，所以很多人都选择了自我了结。也许他们真的是受到了蛊惑，认为没有了纳粹的管理，他们的生命就没有了延续的必要。所有的这些问题都更加重了城市的无序状态，即便是在那些依然存在着当地政府机关的地区，对于他们来说，城市本身要解决的问题远远大于民众的需求和安危。

失窃的消息随处可闻，抢劫也不在少数。在战争正式结束之前的一段时间里，这些在盟军控制之下的城镇一直深处晦暗、危险以及律法荡然无存的无序状态下，有些妇女为了填饱她们自己和孩子的肚子，甚至别无选择只能出去接客。而当城镇的秩序开始慢慢恢复的时候，宵禁便开始实施了，他们企图以此来隔离群众、清空街道，有时一整天里只有三个小时的解禁时间。城里的食物应急供给措施被再度启动，但从来都没有剩下任何多余的食物给我们这些路人。

同行的第一个晚上，我们睡在了桥梁拱道的下方，这架桥梁横跨在萨勒河的一条支流上。我们一直沿着萨勒河的河道前行，但应该不会走太久。艾薇告诉我们萨勒河最后会流入易北河，如果我们沿着易北河一路往北走，就会到达汉堡，但如果我们一直沿着萨勒河走，要多走好几里的路。因为降雨量小，这条河流的水位很低，我们在砖造结构的桥体旁边找到了两处可以安身的地方。喀拉玛先生和哈根博士睡在其中的一个凹洞里，我和艾薇睡在了另一个洞里。幸好我们有事先准备好的毛毯，可以把我们包裹起来抵御寒风。我喜欢在这里的一夜，水面上处处生机勃勃，整晚都可以听到“扑通、扑通”的声音，也许是鱼，还有可能是蟾蜍或是青蛙。半梦半醒之间，我感觉自己像来到了爱丽丝的梦游仙境。虽然在黑夜中我看不见任何东西，但我想象着此时正有一只大青蛙坐在百合叶子上盯着我看，我一点也不害怕它们，因为我把它们想成是在那里保护着我们的。我喜欢倾听那潺潺的流水声，那声音让人感到舒缓和安全。进入梦乡之前，我依稀还听到了蟋蟀尖锐的叫声，不过，或许跟青蛙一样，这也只是我的一个梦。

第二天清晨我醒来的时候，对着另一个洞里的先生们喊了声“早安”，接着响起了迷人的回音，于是我接着又试了好几次，我的回声与两位先生的回应声混合在了一起，听起来十分有趣，我不禁哈哈大笑起来。

在河边，我们吃了一些带在身上的食物作为早餐，之后我们便返回到了马路上，朝着亚斯里本的方向走去，我们会在那里最后一次跨越萨勒河。直到抵达那里的时候，我们才发现我们已经无法穿越亚斯里本的桥梁过河了。为了阻止盟军的入侵，德军在撤退的时候就已经把它给炸毁了。

这时，我们发现河上有一艘正在行驶的简易渡轮，我们四个希望可以搭乘它过河。说是渡轮，其实它只不过是个平板的木筏，连护栏都没有，在我们的脚下摇来晃去，要搭上去也是件十分危险的事情。不仅如此，我们还要带上我们心爱的推车。喀拉玛先生和哈根博士帮着艾薇小心翼翼地将推车移到船上。

“你们不应该带着这个东西，应该把它留下来。”船夫没好气地说。但艾薇坚持要带着推车，为此还提前支付了渡河的费用。我们几个全部坐在船中间，紧紧地抱在了一起。尽管我很想坐到船边，试着用手划过水面玩耍一下。

“你必须安静地坐在这儿。”艾薇十分严肃地告诫我。我想她是担心任何的移动都有可能引起翻船的事故。

船终于安全地到达了河的对岸，我们沿着主道继续往亚斯里本走去。在路上，我们遇到了几辆停着的卡车以及一群在路边用餐的美国士兵。他们的车队里只有卡车，却没有坦克，所以我们觉得他们很有可能是跟在主要入侵部队后面、提供支援和供给的队伍。

他们很友好地向我们打招呼，于是我们也走上前去和他们说话。在短短的几天里，我们已经不再畏惧这些外国士兵了，而他们也已经从敌人化身为了我们的朋友。

“不如你们也加入我们吧？”其中一个士兵提议让我们和他们一起用餐，于是我们便坐了下来，和他们一起吃了一些火腿和薄脆饼干。他们分配的食物中还包括几包雀巢的速溶咖啡。我不太记得咖啡的味道，因为在打仗的这几年中，我们根本喝不到咖啡，而艾薇和两位先生都因为能再次喝到咖啡而感到非常兴奋。品尝过后，他们告诉我这远不及真正的冲泡咖啡。在战前，由新鲜的咖啡豆研磨、过滤之后所冲泡出来的咖啡是德国人唯一会喝的咖啡，不过此时能喝到一杯速溶咖啡，他们也已经很知足了。

用餐结束后，这些士兵还说要载我们一程，于是我们欣然地接受了。他们将我们的推车放到一辆卡车的后车厢，我们也陆续爬上了车。这不禁让我想起了我们与德国士兵一起坐车的情景。这些美国士兵对我也是一样的关怀备至，其中一个人还拿出了他的皮夹，把他女儿的照片递给我看：她长得很漂亮，跟我一样也有着卷卷的头发。除了语言和制服上的差异，这些美国士兵和其他人，也就是他们的"敌人"一样。虽然我听不懂他们的语言，不过看得出，他们是一群快乐的人，他们开怀大笑，互相开着玩笑，无疑和我们一样对战争的结束感到了切实的解脱，而且我们在彼此的陪伴下都感到很放松。

哈根博士说得一口流利的英语，所以他和他们聊天，偶尔充当一下翻译。艾薇的英语跟哈根博士比起来差很多，不过士兵们也和她聊天，而喀拉玛先生和我则只能坐在一旁听着，想尽办法跟上他们。哈根博士后来告诉我们，这些士兵跟他说他们来自美国的哪个地方以及自己离开家乡已经有多长时间了。此时，所有人都把家挂在嘴边，它是我们所有人都向往的地方，也是我们所有人将要赶往的地方。而对我们这些已经失去了家园和房子的人来说，家人在哪里，我们的家就在哪里。

在靠近亚斯里本的地方，我们这些新朋友把我们放下来了，同时还送了一些食物给我们当礼物，那是几包标有"早餐"字样的早餐包，由此可以推测出他们早餐包的数量要远远多于午餐包和晚餐包的数量。此外，他们还给了我们很多的口香糖。

进入了亚斯里本，我们和往常一样试图去寻找当地的服务机构，看看那里会不会给我们这样的避难者准备借宿的地方。不过刚到那儿，喀拉玛先生就离开了我们，他的家人就在附近村子里居住。他已经有好几个月没有见到被征召入伍儿子以及参加德意志女青团的妻子了，如今他总算快到家。

“再见，祝你好运！”我们齐声高呼。

他跟我们握了握手，说道：“也祝你们好运，希望你们的家人都平安健康。”

我们也祝福他，希望我们的家人都能免于战争的迫害和摧残，都能够平安无事。

我们在亚斯里本没有找到可以借宿的地方，所以我们决定立即动身。临行前，我们打开了第一袋美国士兵送给我们的餐包：水果条、薄脆饼干、速溶的雀巢咖啡和一包糖，此外还有一小罐火腿或是腌制的牛肉，餐包里的食物很丰盛。我觉得那些东西很好吃，而且不只是早餐，在任何时候它们都会是一顿美好的大餐，我们很感激能有这些东西。我也非常喜欢打开这些食物，这就好像是每次生日的时候，可以拆开许多许多的小礼物。这些食品的包装袋上全都写着英文，所以我也只能等到拆开包装纸以后才能知道里头有什么好吃的。

我们又在野外睡了一晚。第二天，我们很早就起来继续赶路。话说个不停的喀拉玛先生离开了我们，哈根博士渐渐地开始说话了。哈根博士以前是教古典文学的，他讲述了许多发生在古希腊和古罗马的故事给我听，用他自己简化后的莎士比亚戏剧的剧本来和我开玩笑，他还常常引用席勒和其他德国浪漫主义诗人作品中的话，这些知识都使我受益匪浅，同时，也让我非正式的教育得以延续。

虽然我们拥有咖啡和茶叶，但大多数的时候，我们都缺少煮泡它们的工具。但有的时候在某些村庄里，我们可以得到一些热水。在我们这一段的旅程里，我们发现民众变得越来越不友善，越来越多疑，他们的大门不再像之前那样愿意为我们随时敞开了。

“你知道吗，娃娃，我想从现在开始我们在外面睡觉的时间可能会多一些。”艾薇对我说，“不过真幸运现在的天气这么好，地面也都很干燥，而且躲在毛毯里头看着天上的星星会很好玩的，不是吗？就像露营一样。”

和往常一样，艾薇帮助我乐观地面对每一件事。但接下来的那个晚上，我们竟然找到了一个可以借宿的地方。房子的主人是住在村外的一位寡妇，她和女儿一起住。这位寡妇在路上碰到我们，觉得我们看起来正直又可靠，便邀请我们到她家过夜。我和艾薇睡在了她房子里的扶手椅上，而哈根博士则被允许使用她畜养鸡和山羊的小谷仓。

她的女儿名字叫做蕊内，好像智力上有一些障碍，她说话的时候很慢，已经四十几岁了，但心智上的年龄可能比我还小。玩跳棋的时候，我总能很轻易地赢过她。艾薇轻声告诉我偶尔也要让让她，于是我照做了。蕊内与人沟通的方式很特别，她总是笑，是那种不好意思的“咯咯”的笑，因为对于她来说，张嘴说话很难。她的母亲很高兴我跟她一起玩、跟她说话，因为她并没有什么朋友。

“她对小孩子来说年纪太大，可是对成年人来说又太幼稚。”寡妇看起来十分惆怅。当时我只是觉得这种说法很奇怪，我根本不能理解妇人照顾她女儿时所要面对的种种困境。她很庆幸蕊内一直安然地陪在她的身边。

“如果我死了，我可怜的蕊内以后要怎么生活啊？”她一直都在为女儿的生活担心。

眼前可能发生的事情总是令我感到忧心和焦虑，但待在她的家里仍是段让人感觉愉快的时光。除了养鸡和山羊之外，这位寡妇还有一大块菜地。我们在那里吃得很好：煎蛋卷、萝卜、马铃薯，还有用美军的早餐包里的速溶咖啡。和我们一样，这位寡妇也已经有好几年没有喝到咖啡了，我们还将山羊的奶加在了咖啡里，那味道真是非常奇怪。所以，直到现在我也是宁愿喝茶，也很少喝咖啡。

有我们的陪伴，那位寡妇看起来很高兴，她问我们是否愿意再多住几天，但我们婉言谢绝了她的好意，我们想要继续前进，汉堡才是我们魂牵梦萦的地方。

我们第二天就动身了，没过多久我们就走进了一座村庄，希望在那儿可以买些面包和其他的补给品。虽然艾薇身上还留着妈妈给她的大部分钱，但每件东西的标价都让我们十分错愕。我们走出了第一家面包店，因为艾薇说太贵了，但是到最后我们也没有发现一家便宜的店铺，所有的标价都是一样的。我们不仅要付下买面包的钱，还要额外再买一些乳酪。我们在第二段的旅程中一直饱受饥饿的折磨。处在战败的边缘，所有的社会机器也都在随之瓦解，食物的供给也就变得十分短缺。而哈根博士身上一毛钱都没有，我们当然得和他一起分享我们的食物。

吃完这顿昂贵但又迫切需要的午餐后，我坐在了推车里，艾薇推着我，哈根博士拄着他的狗面拐杖，我们三个继续向着我们的目的地前进。

希特勒青年团的男孩儿

离开唯德村已经是第四天了，从我们自塔巴兹起程之日起，周围的气氛发生了很大的变化。虽然现在我们在行进中已经不需要再躲避枪弹的袭击，也可以沿着直线前行而不用绕远路，但空气中却弥漫着另一种不一样的感觉，诡异而令人恐惧。和我们周围的路人一样，我们的内心也开始充满了顾虑和疑惑，也因此变得更加孤立和自我。或者，从某种程度上来说，我们变得更愿意相信自己、依赖自己，这会让我们感到比较轻松，这样才不会在一天将要结束的时候，还痴痴地妄想可以立刻吃到一顿丰盛的晚餐、睡在一张温暖的床上。

不久，我们同行的队伍中又多了两个叫做克劳斯和沃夫冈的男孩儿。关于他们两个的大部分故事，我是在几年后和艾薇聊天叙旧后陆续知道的，但我们第一次见面的情景我还是记忆犹新。他们穿着比他们自己身材大了好几个号的衣服，透过宽松的衣领，我瞄到了里面咖啡色的制服——那是希特勒青年团的统一制服。他们当时饥饿难耐，于是我们分给了他们一些美国士兵留给我们的早餐包，我们一边走，一边看着他们俩狼吞虎咽地把食物吃了个精光。他们的目的地是我们也会经过的哈博城，刚开始他们并不愿多说什么，但哈根博士是个任教多年的老教师，两个男孩和他很快就熟络起来，于是，很快便开始说起了自己的故事。

“我刚刚过了十六岁的生日。”克劳斯显得非常骄傲，“我的生日是四月二十日，跟我们的领袖一样。”

希特勒的诞辰是我们每个人每年必须要庆祝的节日，即使像我这样的小孩子也不例外，所以我们都清楚地知道他的生日。

“那么你们现在是在做什么？”哈根博士问，“为什么离家这么远？”

“我们一直在打仗，”克劳斯说，“跟着希特勒青年团一起保卫马格德堡，那里的战况十分激烈。”

“你也是吗，沃夫冈？你也在打仗吗？你多大年纪？”

沃夫冈点了点头，回答说：“十六。”

这两个男孩子的年纪和我的表哥乌里希差不多大，而乌里希对我而言显然还只是个大孩子，我们住在砖块工厂那边的房子时，他经常带着我们到处调皮捣蛋。然而眼前的这两个男孩儿却已经上过战场了。我还记得克劳斯的相貌：相比于他的年纪来说，他的个头算是矮小的，鼻子上还有雀斑。在我看来，沃夫冈要比克劳斯成熟多了，虽然他的年纪只是稍微大一点儿，个头也比同伴稍高，留着金色的平头，有着一对蓝色的眼睛。他们两个人的声音都没有因为发育而变声，这简直比让他们拿枪打仗、亲眼目睹朋友死在战场更加令人鼻酸。

我现在知道了，自一九四二年起，所有十六岁以上的男子全都被征召去参加了军事训练，而且那比生活在童军营的希特勒青年团的生活要艰难得多。这些男孩儿在军事训练营里接受了密集的军事训练，政令宣传也无所不在。他们不仅要学习诸如“我们为何要奋战”的课程，还要学习包括像是“让我对付他们所有人！我将战胜，因为我知道如何坚定信念、如何奋战”这样的口号。

这就是纳粹分子对这些年轻人的洗脑，这也就是为什么这些年纪轻轻的男孩儿是最后投降的，也比那些年长的士兵更难以接受战败的事实。通常来说，这个年纪的男孩子自十岁起就义务地参加了希特勒青年团，他们一直都生活在纳粹德国，不断地汲取纳粹的思想。从某种程度上说，对这些没有什么其他生活经验可以作为比较的年轻人来灌输信仰，是一件轻而易举的事情。战争的末期，在像柏林和慕尼黑这样的城市里，甚至是刚满十岁的男孩都会被强迫穿上超大尺寸的制服，带着那些他们根本不会使用的武器，加入军队。对于那些在战争最后的疯狂日子里被征召入伍的人来说，能活命的日子不到一个月。因为对政治的狂热和年少轻狂，让许多男孩子死于毫无意义的、保卫战败德国的尝试中。

克劳斯就是这种洗脑作业下的最佳产品，他所饱含的爱国情怀在我们看来显然已经有些过头了。他一路唱着希特勒青年团的歌曲，包括一首形容“国旗重于生命”的曲子，直到艾薇叫他不要再唱了。

“明明知道美国军队会沿着这条路经过，还唱这样的歌显得有些不明智吧，你说呢？”艾薇的口吻有些冰冷。

“我才不管，”克劳斯显得毫不在乎，“我宁可死在战场，也不要在联军的占领下苟且活着。对于接下来会发生什么事情我们都心知肚明，德国人民会成为敌人的奴隶，过着猪狗不如的生活。”

听到他的话，我睁大眼睛满怀惊恐地望着艾薇，但她立刻就让我平静了下来：“你知道这不是事实，克劳斯，不要用胡言乱语来吓唬芭比。你口中所谓的敌人实际上都非常仁慈，而且他们一直都对我们很好。”

“哼，”克劳斯不屑地回应道，“你根本什么都不知道，你又没有像我们一样上过战场打仗。”

他尚未变声的童稚的嗓音听起来十分高亢，中间还夹杂着许多逞强斗狠的字眼，然而在他的内心深处，其实也和我们其他人一样都在庆幸战争的结束，只不过这对于他来说很难说出口罢了。

沃夫冈看起来就比较沉静和谨慎，或者说，他看起来比较严肃。当哈根博士说他并不相信联军的占领会使德国民不聊生时，沃夫冈的眼睛瞬间闪现出了光芒。

“那么，我还能回到学校去吗？”他显得有些激动，“因为我想和我的父亲一样成为工程师。”

“我肯定你会的，”博士回答得很认真，“这个国家会需要许多优秀的人才来帮助它重建。”

博士的话似乎点亮了沃夫冈原本灰暗的心情，让他感到了一些安慰。他迫不及待地想要重新过上平静的生活，唤回青春的活力。

“给我们讲讲你们所参与的战役吧！”艾薇说。

我们一边走，一边听着他们的故事。

就在一个多礼拜以前，当时马格德堡遭到了美国人的猛烈袭击，三百架飞机同时在城市的上空向下投掷炸弹，密集的轰炸席卷了易北河。为了保卫城市，八百名希特勒青年团的男孩子被征召入伍，希望他们可以阻挡住正向柏林进军的美国军队，这也是当时德国高层认定的美军的行进路线。后来我了解到，马格德堡是美军在战争中最后一次遭受重创的地方，他们有一辆坦克被击中，里面的炮手当场阵亡。击毙这辆坦克的武器是一支反坦克炮，而且是由一名女子射中的。当时有太多人义无反顾地投身于他们的纳粹理想中去。

克劳斯和沃夫冈进行战斗的地方是散兵坑，士兵们只能躲避在破损的建筑物里，或是用自己身边的碎瓦残片、木头砖块堆起一个个小碉堡做掩护。他们当时身处郊区，主要的任务就是拖延及抵挡敌军的进攻，而马格德堡的大街小巷最后都遭受了猛烈地攻击，他们所处的地方当然也未能幸免。虽然他们身上都配有武器，但大多数都是第一次世界大战遗留下来的旧的装备，而且和他们受训时使用的款式很不一样。他们被迫开始向城里撤退，但是后来易北河在马格德堡那一段的桥梁全部被炸断了，他们就被困在了美军行进的必经之路上。而在河对岸的德军仍然对美军进行持续地轰炸，这样，他们和其他的部队反倒还要遭受自己人的火力攻击，他们眼睁睁地看着自己部队里的男孩儿相继死去。最后，他们年仅十八岁的指挥官下令向敌军投降，即便克劳斯坚持说他宁可战死沙场。

他们被美国人俘虏了，负责问话的美国士兵看到这些与自己奋勇抗战的人竟只是年纪尚轻的孩子时，不禁大吃一惊，他问道："你们这几个男孩儿多大了？"当他听到他们的答案后，竟出人意料地用德语对他们说："把那些制服丢了，然后回家吧！孩子们，回到你们的母亲身边去。"这位美军的军官十分震撼，他认为不该把孩子当成战俘，于是就把他们给放了。克劳斯和沃夫冈很幸运，试想如果他们在桥被炸断之前就已经过河，那么他们就会落在苏联人的手里，而在苏联军队那里，他们的命运不知会是怎样。

许多希特勒青年团的男孩原本就是马格德堡人，所以他们很快就可以回到家中，而其他的人，包括眼前的这两个男孩子，则需要四处寻找可以栖身的住所，靠着剩下来的军中配给的粮食以及四处乞讨来的食物勉强过活。当克劳斯和沃夫冈认为自己能够安全地回到家中时，他们敲响了一户人家的门，希望可以从他们那里得到一些衣物，这也是他们为什么身上会穿着这些过大的衣服的缘由。然后，他们就准备动身出发了。

他们告诉我们，他们有些朋友是住在马格德堡的苏联占领区，他们不知道该如何过河才能回家，也不知道回到家中对于他们来说是不是明智之举。最终，这两个男孩决定离开他们处在废墟堆中的同伴，靠着随机应变存活了下来。

这是个可怕的故事。这两个男孩亲身经历了真正的悲剧，他们同时目睹了我们国家最终的疯狂与残忍，竟然要孩子们去做无谓地挣扎、白白地牺牲掉他们的生命。即便克劳斯和沃夫冈遭遇了重重的苦难和艰辛，他们却依旧活了下来，希望可以再次见到他们的家人。

克劳斯来自一个大家庭，他告诉我们他的祖母是位虔诚的天主教徒，总是批评希特勒以及他的政权，这让他感到羞耻。“我们只能假装她有点疯癫，”他说，“以免害我们惹上麻烦。”他的父亲和两位哥哥在外地打仗，留下妈妈独立一人支撑着他们的小农场，还要照顾他的六个弟妹。“这是我为自己能活下来唯一感到庆幸的一点，我能为她分担一些繁重的工作。”克劳斯说。

沃夫冈则是家中三个小孩中年纪最大的。他说他真的要感谢上帝，另外的两个孩子都是女孩儿，因为这样，纵使战争继续打下去，她们也永远不会被征召入伍。她们俩都在“派送下乡”的行动中离开了家园（几年之后我才知道，当时根据希特勒的指示，“撤退”这个字眼儿是绝对不能用的，它不属于德国人，这是英国人用的。在德国，我们称这种行动为“派送下乡”）。沃夫冈并不知道他的姐妹们都在哪儿，她们当中最小的只有十岁，艾薇向沃夫冈询问她的全名，看看她会不会在塔巴兹的照护之家见过她们，不过很可惜，艾薇并没有听说过这个名字，但她尽全力安抚他，告诉他姐妹们应该会平安无事的。

沃夫冈在被征召前是个高中生，希望可以努力读书并进入大学。因为沃夫冈的父亲年纪比较大了，所以和我父亲一样，一直到战争末期他才被征召入伍。即便身为工程师的他担任着一份重要的工作，但最终还是收到了征召的文件。几个月之后，沃夫冈也被送到了战场。他非常担心他的母亲，在他们全都走后，家中就只剩下她孤零零一个人，而且沃夫冈告诉我们，他的母亲根本应付不了这样的情况。我们可以体会得到他的迫切与焦急，也非常明白他当时的感受。

当时的我在想他要比我们幸运得多，因为他并不用像我们一样走那么远的路去找妈妈。但我转念一想，却又觉得眼前这两个男孩，还有那些与他们同龄的其他人，都是非常不幸的。在寻找妈妈的途中我需要穿过战场，经过无数腐烂的尸体，与战争的现实抗衡；而他们却被迫要参与战争，对其他人展开杀戮还引以为傲，他们被迫牺牲掉了所有纯真和美好的童年。

克劳斯自豪地告诉我们，他很确定自己至少射中了两名美国士兵。沃夫冈则不这样自吹自擂。即使他的心中真的存在这样可怕的事情，他也会把它们深深地埋藏在心里。

几年后，当我和艾薇聊起了这两个男孩时，艾薇跟我说其实她更担心沃夫冈之后的遭遇："克劳斯不会有事，他会有一个正常的工作，再不然就是在农场工作，曾经经历过的事情并不会对他造成太大的影响。沃夫冈就不一样，我只希望他接下来的人生不会被他所目睹的或是那些被迫参与的行动而折磨。他们当时只不过还是个孩子呀！"

虽然我们只和这两个男孩同行了一天，但所有关于他们的事情我都记忆犹新。我可以清楚地记得克劳斯推着坐在推车里的我，先是小跑了一下，接着用力向前一推，我连着推车便一起向山下滑去。艾薇对着他大吼，他笑着跟着推车一起跑，然后赶上了我。还好因为我够重，所以推车并没有跑得太快。很难相信这样一个推着车子胡闹的男孩，一个星期前还在战场上冒险杀敌、并死里逃生的男孩，在这个还没到刮胡子的年纪，更没到有权利投票选举的年纪，却已经大得能够为他的国家而死。

§

沿途的路况还算良好，直到将要穿越哈兹山脉的时候，道路变得有些崎岖不平。我们看到了建立在悬崖上的宏伟建筑——克维德琳堡，这是一座历史悠久的古城，它傲然地耸立在我们上方。为了可以继续前行，我们避开了城市的中心，也是为了避开所有未知的麻烦。

我们绕着这座古城前行的时候，博学的哈根博士向我们介绍了它的历史。沃夫冈和我仔细地听着，克劳斯却显得心不在焉。遇到美军的车队经过时，我们还得要注意克制住克劳斯，不要让他对着美军大吼大叫，艾薇告诉他现在想要被俘虏还不算太晚。沃夫冈总是把他那件过大的白衬衫拉得紧紧的，确定里面的制服不会露出来，对此，克劳斯却毫不在意。

到了哈博城，我们即将分道而行，克劳斯和沃夫冈找到了他们的目的地，我们看得出来这两个马上就要到家的男孩都很兴奋，甚至连道别的话都来不及好好说一句就匆匆离开了。

他们走了以后，艾薇说："希望他们不会像我们在唯德村时那样失望就好。"

哈博城也受到了敌军的轰炸，它的大教堂遭到了严重的损毁，我们希望他们的家人都能够平安无事。那一晚，我们在睡前的祷告中也为他们两个祈祷了。

§

那晚我们夜宿的地方有些刺激，沿路上不时有一些军队缓缓经过，而哈根博士和艾薇对于其他一些也在路上行走的逃难者并不十分信任。那些躲避美军的人基本都是在夜间行动的，他们或是要摆脱战俘命运想尽一切办法返家的士兵，或是原本被带到德国，在农场和工厂劳作的外籍劳工，他们在乡间四处游荡，不仅偷酒喝还到处抢劫。总之，这一切都使得这个夜晚的道路充满了危险。

为此，我们在夜幕降临之际进入了路边的树林，沿着一条被人踏平的小径前行。我们打算在树林里找一个合适的地方休息，显然那晚我们将要在外露宿。我们并没有一直沿着那条小径行进，没过多久，我们来到了一块空地。在那里，我们发现了一间隐蔽的观察室，那是一间由守林人使用、立在支架上的小木屋。我曾经在瓦尔特纳区森德曼家先生家的土地上看过这样的小屋，所以我知道这是为猎人准备的观察室。

眼前的这间观察室简直令我兴奋不已，它是一间盖在半空中的木造房屋，同时还有一个粗糙的梯子。对我来说，它看起来就像是一间盖在树上的糖果屋。我往上面爬的时候，艾薇很担心我的安全，但事实上我比她和哈根博士的动作都还轻盈敏捷，很轻松就到达了顶端。但我们必须把推车留在下面，当然，车里的物品已经被我们全都带到了上面。

这间观察室上有一些小孔，透过这些小孔可以看到外面的情况，我想这间屋子很有可能是为了观察野生动物而建造的。在这些小孔里，有一个和楼面同高，仿佛专门是为了给坐下来的小孩子设计的。守林人之前很可能就住在这里，因为我们发现了一些食物，包括一些风干的水果和坚果，不过它们真的很好吃。另外还有个瓶子，里面装着些液体，艾薇和哈根博士闻了一下，决定还是不去喝它。幸好我们不久前已经喝过了一些溪水，并且也在溪边清理了一下自己的卫生。

我们已经准备好要睡下了，可我实在是太兴奋了，根本就睡不着。透着窗子，我可以看到那块儿空地，它就像是森林动物聚会的地方一样。我们看到了鹿群，我清楚地记得两只有鹿角的公鹿，还有兔子和野猪。在地面上方让我觉得自己很安全，薄暮中这些动物们好像特地为我举办了一场演出。艾薇一直告诉我该睡了，但眼前的景象让我实在太激动了。黑夜降临，一轮明月悬空挂起，演出的主角变成了獾和狐狸。当浮云遮掩住月光时，我能听到轻声地移动，偶尔会注意到下面闪过的眼睛。最后我一定是睡着了，但我知道我醒着的时间要比两个同伴久一些，白天大部分的时间我都坐在推车里，所以他们一定会比我劳累得多。我将自己紧紧地裹在毛毯里，耳边响着哈根博士轻微的鼾声，还有艾薇平稳和缓的呼吸声，觉得很快乐、宁静。

第二天我们醒来时，明亮的阳光洒落在我们的四周，天空中回荡着清脆的鸟鸣声，而空地上则是蹦蹦跳跳的小兔子，整个森林都显得朝气蓬勃。一切就像魔法一般，我的眼前出现了一只母鹿和它的小宝宝，一只真正的小鹿斑比，它们在长满青苔的灌木丛中觅食。我看着它们，它们在那里悠闲自得，直到森林另一处的声响惊动了它们。母鹿警觉地抬起头，紧张地向四周张望，接着便迅速离开了，而那只小鹿就紧紧地跟在身后。眼前所发生的这一切并不是梦，这让我很开心，也让我舍不得离开，我甚至可以待上好几个小时来观察这片宁静的森林，但我知道，我们必须得向前赶路。

又剩下了我俩相依为命

德国境内在战败的最后几周内逐渐陷入了无序的状态，道路上涌现出了许多流浪的难民：那些被释放出来的英国、法国以及美国军队的战俘，他们希望能够回归到自己的部队，还有许多流离失所的家庭，而且大部分都是老弱和妇孺，他们吃力地推着运载着他们所有财物的小型手推车，希望沿路可以找到一个能够安定下来的地方。所有人的肩上都背着用绳子捆绑好的包裹、行李、藤篮或是袋子，有些人甚至还扛着毛毯。还有那些外国的奴工，这些人主要来自波罗的海沿岸的国家，他们被迫在德国工作，所以这次的解放对于他们来说，更是一个可以肆意破坏这个国家仅存的一点东西的好机会，各种罪恶的行径随即展开：掠夺行抢、恣意破坏，甚至是强暴妇女。

我似乎很难将这段时间发生在我眼前的事情按时间准确地排序，幸亏艾薇的日记带领着我回忆起了那些片段，只要有一点能静下来的机会，艾薇就会用铅笔在日记本中把遇到和发生的事情记录下来。但在我们第二阶段的行进中并没有那么多可以安静下来的空闲时间，艾薇的日记也因此而变得稀稀落落，许多事情都没来得及记下。

一路上都是拥挤的难民，艾薇将我紧紧地拉向她，此时此刻，艾薇已经连最简短的客气话也不愿与其他的行人多说一句。我们看到了许多与家人失散的小孩，虽然他们看起来比我年纪稍大，但显然还不能够独立照顾自己；一些上了年纪的人则被用临时拼凑搭起的推车推着走。路上偶尔也会遇到一些德国士兵，他们已经没有往日的气势，而是像其他人一样形色匆匆地向前赶路。

一些人道救助已经在民间展开，村民们会在自家的门口摆好一桶桶水供我们饮用。在经过布朗史维格的时候，我们幸运地遇到了一些在发放咖啡和甜甜圈的美国士兵和美国红十字会的女孩们，时至今日我的鼻息中仿佛依然还存留着那甜甜圈甜腻的味道。那些发放甜甜圈的女孩们看起来都很健康，不像我们这样皮包骨头，她们和士兵说笑，对我们也十分友善和亲切。我们贪婪地往袋子里塞了好多的甜甜圈，留作路上的粮食，同时，也可以将它们分给那些粮食比我们还少的行人。

一天，我们看到了路边站着一小群人，他们的头都被剃光了，身上穿着条纹的制服，骨瘦如柴简直到了让人难以置信的地步。他们看起来就像一具具行走的骷髅，根本不成人样。他们中有一个人伸出手来向路人乞讨食物，而其他人，看起来好像连乞讨的力气都没有。

“他们是什么人？”我问艾薇。我无法理解人怎么可以瘦到如此地步。

“不太清楚。”艾薇说道，“我想他们一定是从医院或是什么地方出来的。看起来他们好像病得很重，一直都在接受治疗。也许是那个地方关闭了，所以他们只能拖着带病的身子出来了。”

其实，那些人就是集中营里的幸存者。而这些能从集中营里走出来的人，已经算是生还者当中健康状况最好的了。我们后来听说了这些生活在集中营里的人民所经历的惨绝人寰的遭遇，每每一想到我们所见到的这些人的面庞，而当时我们却无法寄予他们任何帮助，我和艾薇就不禁泪流满面。多年之后，当我看到自己的儿子因为癌症而需要接受化疗，看到他因为病痛折磨而深陷的脸颊以及骨瘦如柴的身躯时，我就会联想到那些身穿条纹衣服的人们，他们伸出了双手恳求世界的援助。

年幼的我无法理解这其中的深意，只是将这群可怜的人视为这个疯狂世界中持续可见的景象之一。当这个世界中的所有秩序都被完全颠覆，每个人的脑海中也就只剩下了对于自己生存的担心。现在回想起来，我实在无法理解怎么可以如此残忍地对待他人，而这种可怕几乎是无法用言语来表达的。

沿途中，我们还看到一团团的人被塞到货车的车厢里，不知将要被带往何处。我想这一定是发生在我们进入联军的控制区域前，这么多混杂的记忆片段就这样留存在我的脑海中，使我根本分不清它们到底是在哪个地方发生的，这实在令人困惑。还有一次，我们看到一列火车在我们不远处停了下来，里面所有的人都被叫了出来，我们看着他们从高筑的火车铁轨上爬下河床，像蚂蚁一般，然后又摸索着爬下陡斜的堤岸，然后开始匆忙地向四面逃窜，以确定他们不会再被抓到。

行人们都在路上讨论着苏联军队在哪里，我们都十分谨慎，不敢与人轻易攀谈，艾薇要我小心一点，不要随便告诉别人我们要去哪里。如果有人问起，她也只是回答：汉堡。

现在“汉堡”对于我来说就和当时的“唯德村”一样重要。在那里我们可以找到母亲，而那儿对于我们来说就是家的所在，这一点也是唯德村无法比拟的，如同在战前一样，它仍然是，也一直会是我们永久的居住地。即使我知道我们的房子早已在空袭中被炸毁了，但我仍然天真地梦想着它会被重新建起来，就跟原来一模一样。我甚至可以想象出我们穿过宽敞的走道，看见妈妈正在等着我们，而厨房里也飘来了食物的香味，当然，还有一大碗醋栗在等着我去清理。虽然我知道，这只是个十分天真的幻想，但在行进中，我无时无刻不在想念着这个我们深爱的战前的汉堡。

看见我如此沉迷于幻想，艾薇忍不住叮嘱我：“如果它跟以前不一样了，你一定不要太失望了，现在的汉堡肯定和以前大不一样。”

但艾薇总是乐观的，她从不灰心丧气，她还告诉我，我们在唯德村没见到妈妈并且没被困在那儿其实是件好事。

“外公、外婆走不了这么远的路，”艾薇说，“谢天谢地他们都搭上了那班最后的火车。小汉宁也没有办法走路，而且这个推车根本没有办法支撑你们两个人的重量。”

艾薇说的没错，如果我们真的全都留在了唯德村，那么几个月后我们便会留在东德，也就是苏联的统治区。

§

我们离策勒越来越近了，而我们的朋友哈根博士也会在那里和我们告别。我们三人在外头一同度过了我们最后的一晚，那晚我们并没有再次幸运地找到另一间观察室，但我们确实在某处林地上找到了一个干燥的地方，还有一些人在附近搭起了棚子，点起了营火，不过我们并没有加入他们而是宁愿就地安顿下来。我们将自己紧紧地包裹在毛毯里，睡在一堆灌木丛中，另一边搁着我们的推车为我们作掩护。

我们将为数不多的财物摆在了三个人中间，艾薇和哈根博士心里都很明白此时很容易碰到那些四处觅食的饥饿的路人，因此哈根博士用一条大手帕将他的手腕和推车的把手绑在了一起，这样一旦有人想把它搬走，他就会醒来。我们知道一路上一直有人贪婪地盯着它，可我们实在不想失去它，那有些人中有的没有能够负载运送他们财物的工具，只能背着孩子蹒跚而行，而其他一些即使有手推车，也显然不如我们这个推起来轻巧，它是个装有弹簧、坚固结实，而且制作精良的工艺制品。我们无数次地想要感谢那位美国的陆军士兵，是他将我们原先笨重的推车大步推走而为我们带来了眼前的这辆轻巧的手推车的。现在如果有人企图要偷走它就会惊动哈根博士，那一晚他肯定睡得很不踏实。

美军配给的食粮已经被我们全吃光了，饥饿又再次向我们袭来，那晚我们有一些面包可以勉强果腹，除了身旁的溪水，我们没有任何其他的东西可以搭配着吃。我就这样睡着了，还记得期间几次被饥饿叫醒，肚子“咕咕噜噜”地叫着，好在第二天醒来时又是满眼的春光。

那天我们起得很早，一方面是因为我们躺着的地方实在不怎么舒服，而另一方面是因为哈根博士离家越来越近，他急于起身前行。不一会儿，我们就走进了古老的策勒城，在这里，哈根博士和我们分别，不过在走之前，他给我上了最后一课。对我来说，我一直以来都是在一间移动的教室里上课，他教给了我很多的东西。而作为临别的礼物，他为我准备了一堂生动而简略的策勒城历史课，其中最精彩的部分是讲解它和古典音乐作曲家巴哈的关系，他还用口哨吹了一段巴哈的曲子给我听。

哈根博士是个非常好的同伴，尽管他有些内向，而且喜怒不形于色，大部分的时候他不怎么多说话（我们几乎很少听他谈起过自己的生活），与他的分离让我们十分不舍，但我们也为他能够和家人团聚而高兴。对艾薇来说，有男子与我们同行除了可以带来安全感之外，还能有个大人一起聊聊天，并且寻求一些建议总是非常好的。他们聊天的时候，我可以坐在我的推车里左右张望，同时想象着回到家中与妈妈相见的场景。

我此刻十分想见到妈妈，那份渴望估计只有在很小的时候就被迫与妈妈分离的人才会明白。艾薇是个很棒的小妈妈，她总是把我放在第一位，竭尽全力让我与我们所经历的残酷现实相隔绝。但即便是这样，我依旧强烈地想念着自己的床铺，还有妈妈一边帮我绑辫子、一边给我讲故事听的情景。我不断地梦到她，不管是白天还是黑夜，我梦到她就站在我们前方不远处的灌木丛中开心地笑着，于是我全力地奔跑想要追上她。这梦境竟然如此逼真，我甚至可以闻到她身上的香水味，听到她裙子在灌木丛中发出的“沙沙”的声音。

终于，我们离妈妈所在的地方更近了，很快就可以再次见到她了。艾薇在地图上指给我看，大概只要再走一个晚上的路程我们就可以到达哈尔堡了，这座城市位于易北河的南岸，与位于河北岸的汉堡遥遥相对。

我又开始变得兴奋起来，虽然已经连续走了六天的路，但只要再过两天我们就可以和家人团圆了，这段长途旅程也会非常值得。

我们加快了前进的脚步，现在的路面变得更加通畅了。接下来的大部分时间里我们都是自己走的，虽然没有他人的陪伴，但我们仍精神抖擞，一路唱着歌，还吃了很多的面包，嚼着美国瑞格利牌的口香糖。但是它不仅没有缓解我们的饥饿，反而让我们的肚子叫得更凶了。

走过了长满茂密松木的丛林，眼前的乡间景致变得平坦了许多，但一样是一种引人注目的景观，被称为“旅能堡荒原”。这是一片为未经开垦的、广阔无垠的土地，其中散布了不少不规则的耕地，畜养着一种看起来有一半像山羊的海拾奴肯羊，这是本地的一种品种独特的绵羊，这里的牧羊人时到今日都还穿着传统的绿色罩衫。漂亮的帚石楠花遍布整个荒原，这种花在夏天到来时便会冒出深紫色的茎，而边缘处则长出了一簇亮蓝色的钟形花朵，我们经过时，它的颜色显得有些灰绿（不久之后，当时局比较稳定时，我们就会看到它们亮丽盛开的景象）。这里的景致早在中古世纪就已经形成，当时这里主要以砍伐森林树木作为木柴，用来蒸馏和提炼盐作为主要产业。今天，这个地区以其美好的风景以及传统的生活方式而闻名于世，这里的许多区域仍然禁止汽车通行，马车以及脚踏车依然是最常见的交通工具。

在这里，我亲眼目睹了老鹰盘旋于空中然后俯冲下来捕食小型的田野动物的情景，还学会了辨识松鸦那刺耳的鸣叫声，它们仿佛永远都是在冲着什么人发脾气；成群的乌鸦聚集在长满节瘤的橡树上，发出“嘎嘎”的叫声。接着我在树篱间发现了一些用细长的锡做成的箔片，其中一面被烧黑了，我开始沿路收集这些奇怪的小箔片，而且连艾薇也不知道这些是什么的，但在接下来一两个小时的行程中，我发现了更多的这种箔片，于是将它们放到了我的推车里作为我的小型收藏。在战争结束后很久我们才知道，这些箔片原来是联军的轰炸机在袭击汉堡的时候所抛下的，目的是为了避免雷达追踪到它们的行踪。而这些留下的锡箔片则在惨烈的战争之后装点了整片荒原，其中大部分则在汉堡被夷为平地的几个月后都已随风飘散。而它们对我来说，却只是美丽而闪亮的金属条，也是奇特的玩具，但艾薇仍警告我要小心一点，因为它们有着如锡箔纸一般锐利的边缘。

比起先前所走过的乡间小路，这片荒原要平坦得多，我们还可以看到几里外小村庄的教堂塔尖。荒原上的几间小村舍被在这里安定下来的家庭占用了，它们在战前主要是用来度假的，这些家庭很可能是来自汉堡空袭时的逃难者，他们把菜田照料得很好，房屋也收拾得很整洁。

我们刚刚接近荒原的时候，刚巧碰到了一位正在村舍花园里劳作的妇人，她给了我们一些牛奶、面包和蜂蜜。她开始向我们抱怨逃难者的人数太多，不该指望她能全数喂饱所有人，语气听起来有些粗鲁和暴躁，不过因为我们是那天经过的第一批人，所以她说会为我们破例。虽然她的话语听起来尖锐而有些伤人，但声音并没有什么攻击性，而当她转头看到我时，不禁有些心疼地说：“可怜的小东西，你需要吃一点。”

旅能堡荒原的蜂蜜是出了名的美味，有种特别的温暖以及大自然的味道。这里的大多数农场都是用它们自己的蜂巢来采集新鲜的蜂蜜。将这样的蜂蜜涂在新鲜的面包上，简直是我吃过的最棒的早餐，虽然也有可能是因为我过于饥饿。

四月二十九日，我们离开塔巴兹已经有二十二天了，也正是在这一天，准备自我了断的希特勒娶了他的情妇爱娃布朗，转天他们就准备在位于柏林的防空堡垒内连同纳粹的高层官员一起集体自杀。当时的我并不知道会发生这么多的事情，与此同时，八组苏联的部队已经包围首都，连最顽固的纳粹分子也不得不面对已经战败的事实。五天之后，旅能堡荒原将在历史上留下重重的一笔，因为就是在这里，一九四五年五月四日，英国军事领导菲尔德马修·蒙特马利接受了易北河以西，在丹麦和荷兰的所有德国军队全部无条件投降，这时距离德国承认全面战败，而最终结束战争还有三天的时间。

我们现在身处由英军掌控的德国境内，所以路上不会再看到美国士兵，而这也是我们第一次看到英国的军队，他们的制服不一样，但对我来说，他们的士兵是一样的，全都是脸上挂着亲切笑容的男子，他们也会从配给袋中取出食物送给我们，也会很客气地对我姐姐说话，艾薇并不十分流利的英文似乎让他们觉得很有趣。他们当中偶尔会对艾薇吹起口哨，但和美国士兵一样，他们的行为举止依然是礼貌和友善的。不过和美国人相比，英国人并不十分健谈，也并不是像美国人那样十分乐于向我们介绍他们的名字（虽然这对我们来说并不奇怪，因为德国人也是一样的正式和拘谨）。但他们和美国人一样的慷慨，我们也一样十分喜欢他们。我们还满怀感激地享用了所得到的腌牛肉。我想肯定是因为当时吃得太多了，以至于到今天我都没办法正视它们，只要一想到锡罐外围那一圈黄色的油脂，我就会有点反胃。现在想想我们还是很幸运的，因为在当时，一罐装在锡罐里的腌牛肉也是得来不易的奢侈品。

这个地区曾经被两个世纪以前的苏格兰诗人罗伯·博恩斯称之为“人类最无情相待”，而其中缘由就隐藏在这座荒原的边缘，在美丽的柏根村附近，有一所臭名昭著的柏根倍森集中营。我们推着手推车穿越这里的时候，全然不知这座人类躯体与灵魂的坟场就静置在四百里以外的地方，这是一个犯下沉重罪行的罪孽之地：一共有五万人死在这里，其中许多是因为饥饿和疾病而死，而其他的人则死在了恶名昭著、人称“倍森野兽”的集中营指挥官约瑟夫·克拉玛和他的中尉易玛·葛雷斯手下，他们残忍暴虐的酷刑简直令人无法想象，安妮·法兰克[①]就死在这里。

四月十五日，英军释放了这座集中营里所有的人，而就在我们经过这里的前两个礼拜，他们发现了上千具尚未掩埋的尸体以及一个大型的坟冢，大约有四万人的尸体就堆积在那里。柏根倍森并没有像其他恐怖的集中营那样设有瓦斯室，但是将这么多男男女女同时关在如此狭小的地方，食物的供给少得可怜，再加上恶劣的卫生条件，这就意味着，一旦疾病蔓延便一发不可收拾，

① 安妮·法兰克（Anne Frank），犹太人，一九二九年出生于德国，十五岁时死于柏根倍森集中营，她生前整理的是《安妮的日记》于一九四七年出版。

而这也正好能有效地达成希特勒灭绝犹太种族的终极目标，就像任何一个他们谋划过的屠杀一样。

甚至在英国士兵进入集中营的前一天，守卫的士兵还向营中那些欢庆联军进入德国的人开火。第二天早上，当英国军队开着坦克进入营中时，他们发现了三万八千名幸存者，于是立刻将他们送到了医疗救护地点。即便如此，他们中的大多数人早已受到饥饿和疾病长期地伤害和摧残，最终还是有两万八千人离开了人世。英军抵达时，营里的秩序早已全然崩解，除了一间上锁的建筑物里塞满了留给守卫士兵的粮食外，里面根本没有任何其他食物。就在柏根倍森集中营被解放前的十天，还有一批囚犯被送到了这里，他们大部分是从别的集中营转过来的，其中有些人是被牛车载运过来的战俘。在战争的最后几天里，他们就睡在死尸堆上。而当我们经过这一带时，对此情况毫无所知，仍然尽情地享用着美味的蜂蜜。谁也不会想到，就在距离我们的不远处，人性中一切美好与纯洁的东西似乎已经消失殆尽，而那些无私的英国医护人员和志愿者，正在努力地抢救着那一个个被残暴对待的鲜活生命。

就像我此前所说的，这本书并不是在叙述一场战争的历史，也不是在那之后对于黑暗日子里所发生事情的全面纪录。这是我的故事，而我也只能叙述我亲眼目睹的一切。对于柏根倍森集中营里所发生的一切，我并不是亲眼所见，而艾薇和我也是在很久之后才听说了这个可怕的地方。事实上直到我们住在英国以后，我才完全清楚了那些掌控我们的国家的狂热分子所犯下的恐怖罪行。在德国境内，这件事向来很少被谈及。也许作为一个国家，我们感觉这份罪恶过于沉重，以至于我们无法恒久地背负。在德国上学的时候我也从未听人提起过它，但自从我搬到英国以后，我在书里和电视上看到了许多相关的报道。我无法逃避这些历史，然而当时的我只是一个七岁的孩子，我无法为我所不知道的事情而道歉。有一些批评者认为我们不可能和这些可怕的集中营共存在一个国度里，却对正在发生的事情一无所知，他断定为我们一定知道些什么。或许这对于那些住在集中营附近的人来说是这样，但我们在战争初期一直生活在汉堡，后来搬到了瓦尔特纳区，而当一切即将结束的时候，我们又返回了汉堡，这些都意味着我的家人和其他上百万人一样，确确实实与这些惨绝人寰的行径隔绝开了。当时我年纪太小还不太懂事，后来我才知道当时的确有种族歧视的政治宣传，而我的父母和姐姐可能有一些战前逃离德国或突然失踪的犹太籍朋友，但我发誓，我们真的不知道他们是为了什么而逃离。当我读到这些事情，当我读到《安妮的日记》时，我和其他所有读到她故事的人一样伤心。对我来说，我们有一种独特的共鸣：安妮比我年纪稍大，但她和我是生活在同一个时代、生活在同一个政权下的孩子，但我们的命运却有着如此多的不同。我不禁留下了痛苦的眼泪，不只是为安妮，也为了那无法弥补的罪恶，还有一个国家竟然能被一个疯狂的奥地利人掌控，并以德国之名犯下了如此残忍的暴行。

那是个春光明媚的早晨，我们一路前行，而对于我们附近的地方所发生的事情全然不知。我只能为我们当时的不知情而感到高兴，因为这样的消息会让我们痛苦、折磨，而我们只有保持昂扬的精神，才能在接下来所发生的事情中存活下来。

遭遇无赖汉

现在路上的旅人多了起来，不过我们行进的速度还不算慢，途中还遇到了一位热心的农夫，他让我们坐在推车的后头载了我们一程，这样艾薇的双脚也可以在我们到达索尔涛之前好好休息了一下。我们继续走着，很快就到了午餐时间，我们拿出了英军的配给食物，因为这次又是封闭的袋子，这让我感到很兴奋，满心期待想要看到里面的东西。

“娃娃，我想我们得避开大路行进了。”艾薇建议说，“我们需要喝点东西，因为沿途并没有可以喝水的地方。如果你瞄到溪流或者是农舍，我们就过去，去享受一个小小的野餐好不好？”

对我来说这个主意太好了，我很高兴能够找到东西解解渴。之前行进时随处可见的溪流，现在却不太好找。

又向前走了一小段，艾薇发现在田间小路的尾端有一间农舍，于是便问我：“你觉得如何？我们要不要走过去看看能找到什么？”

对于艾薇的提议我向来是举双手赞同的，于是我们没有朝着既定的方向前行，而是转向了那条通向农舍的田间小路。走近时我们才发现那座小屋已经废弃很久了，虽然它周围的田地看起来像是有人耕种。

“哎，是个废墟。”艾薇有些失望，“那么里头应该不会有人。好吧，不管怎样，我们还是走过去，也许会找到一些井水或是自来水。”

于是，我们继续向那个小屋走去，快走到它跟前的时候，突然有一团黑影从旁边的田野那边闪过，眼看着它渐渐逼近，我们全身僵直、两脚发麻。慢慢地，黑影的形状开始变化、分裂，最后我们终于看清楚了，那是一群男人，大约有二十多个，他们留着长发、蓄着胡子，身上穿着粗糙的深色衣服，应该是一帮刚刚获得了自由之身的奴工，他们让人有些害怕，我们一般称这群人为“无赖汉”，他们习惯在乡野间游荡，四处地觅食和掠夺财物。

似乎已经过去了好几分钟，艾薇的身体好像从发麻无力中渐渐地恢复了过来，于是急忙对我说：“就照他们说的做，不要与他们争执，不要反抗他们，然后祈祷。”艾薇一边说着，一边迅速地从我们的推车中拿出一些东西，抛向了附近的一处田沟里。我被吓得说不出话来，手里紧紧地抱着夏洛蒂并用它挡住了我的脸，偷偷地越过夏洛蒂的头顶观察眼前的一切。我们没有尝试着逃跑或是躲起来，因为本来就无处可去，而且这群人的移动速度很快，早已经看到了我们。

他们一步步地接近我们，我感觉自己已经快不能呼吸了，那些人反而异常得安静，其中的一两个人“咕咕噜噜”地叫嚣着，我们并无法辨别出他们的语言，只知道不是德语、法语或者英语，大概就是一种命令的话语。这一整群人似乎是以小组为单位行动的，他们既不转弯也不分开，穿越田野一直向我们这边走来。

他们离我们越来越近，样子也愈发地清晰了，这群人中有些人穿着靴子，有些人就干脆光着脚，还有一些用碎布简单地把脚裹起来，身上穿着深色的夹克和破旧的裤子，他们全身酒气冲天，看起来脏兮兮的。大约有一半的人亮出了手枪，耀武扬威的样子。我紧紧地抓着艾薇的手，他们距离我们只剩下几步远了。我紧闭着双眼，祈祷着他们不会对我们怎么样，只是静静地从我们面前走过去。但这次我的祈祷并没有灵验，他们发着怪异的叫声向我们走来。

其中几个人突然转向了农舍，他们猛力地踹开屋门、敲碎了窗户，找寻着一切可以拿走的东西。玻璃碎裂、木材折断的声音此起彼伏。剩下的人则将我们围住，开始从我们的推车里往外拿东西，随手将东西塞到了他们的袋子里，这种袋子他们几乎是人手一只。他们开始转向了我们，其中一个人抓住我的胳膊，另外的三四个人则用轻佻的眼神打量着艾薇，发出了一阵我至今都无法忘怀的轻浮的笑声，他们用力把艾薇从我身边拉走，我大声地尖叫，抓着我手臂的那个人冲我挥了挥拳头，威胁我。

“记住——照他们说的做！”艾薇被他们拖走的时候还大声地叫着“夏洛蒂”，这是我们的暗号，她是在告诉我要用布娃娃遮住脸。当时她一定被吓坏了，但仍然惦记着我。

我看到艾薇被拉到了一处崩塌的木棚里，接着抓住我的那个男人把我推向了墙壁，用手比画着叫我坐到旁边的地上。我按照他的意思，坐在那里一动也不敢动，甚至都不敢转头看看发生了什么事。我把脸全部埋在了夏洛蒂的帽子后面，那蓝色的丝绒帽子因为旅程而变得又脏又破。我坐在那里全身僵硬，不知道他们会对艾薇做什么。

过了一会儿，这群无赖开始慢慢散开了，他们冲着彼此喊叫，接着迅速冲进了崩塌的农舍里继续掠夺物品，对我他们好像视而不见，直到其中一个突然扑向了我，抢走了我手中的夏洛蒂，然后塞进了他那只破旧的袋子里，嘴里还咕哝着一些我听不懂的话。我想要大叫、想要抗议，想要紧紧地抓住我的夏洛蒂，但是我实在是太害怕了。我记得艾薇交代过，只要他们想要，我就得给他们，所以只能把夏洛蒂交出去。

我至今都还清楚地记得那个抢走夏洛蒂的人的样子：腰里别着一把用绳线系着的手枪，脚上套着没绑鞋带的靴子，脸上因为长久积攒的污垢而显得又脏又黑，还有一口参差不齐的牙齿，他的眉毛十分浓密，下巴和两颊也长满了深色的胡须，再加上头上围着的那条黑色印花手帕，在我眼中他就是一个活生生的土匪，身上还散发着难闻的酒味和汗臭味。

他夺走夏洛蒂的时候，我紧闭着双眼，一心想着他把夏洛蒂拿走是不是为了更容易向我射击。我坐在那里屏住气息，双手摊在腿上一动不动，没有了夏洛蒂，我觉得自己的四周都变得好空虚。我又想起了艾薇教给我的方法，但此刻我已经被过度地惊吓到了，根本没办法回忆起美好的事物。当我确定他不会向我开枪的时候，我的恐惧转而变成了对艾薇的担心，我很害怕会有枪声从木棚那边传来，当时我觉得他们将艾薇带走只会开枪杀了她，除此之外，我不知道他们还会对她做什么。但是感谢上帝，那边并没有传来枪响的声音。

过了许久，那些人好像听到了某种特殊的信号，很快地又聚成了一队令人生畏的队伍，他们并没有沿着来时的田间小路行走，而是匆匆地穿过田野，直到再度聚合在了一起，渐渐地缩成了一个小黑点，最终消失在灰绿色的乡间小路上。

在确定他们真的消失得无影无踪时，我才敢稍稍移动了一下身子，而此时全身的肌肉已经因为长时间的紧绷而几乎都痉挛了。我极为谨慎地站起来，环顾着四周。我们的推车还在，虽然它已经被粗鲁地推翻在地上，而且里面什么都没剩了。

我开始呼喊艾薇的名字，但却没有听到任何回音，我简直惊恐万分。缓缓地向那间棚舍走去，我的呼吸又开始变得急促起来，对于即将要出现在眼前的一切感到恐惧，脑海里浮现的都是姐姐被弃置在那里的尸体。我已经看够了死亡，也知道了死亡的真相，那样的场景我是能够想象的。

穿过已经破损的棚舍大门时，我终于听到了一个声音，艾薇没死！我松了一大口气，可那是艾薇发出的抽噎声，听起来是如此的深沉和悲苦，刚才的一切一定令她吓坏了。当时正是温暖的四月，而此刻正是明亮的正午，然而步入这个漆黑的仓房中，我仍然看不见艾薇。渐渐地当我的眼睛适应了这里的光线时，我才大致发现了她的位置。她躺在一层薄薄的干草上，身后还有一些老旧的牛奶桶。

“艾薇？”我胆怯地叫着，这次她听到了我的声音，连忙转身开始整理身上的衣服。她迅速擦去脸上的泪水，深深地吸了一口气：“娃娃，我亲爱的娃娃，你还好吗？他们有没有伤害到你？”

我跑过去倒在了她的怀里，此前所有被抑制住的恐惧都化为了此刻激动的泪水，庆幸我们都还活着。艾薇紧紧地抱住我，我们在对方的怀抱里啜泣了好长一段时间。

这是继我们发现妈妈早我们一步离开唯德村后，艾薇第二次显露出她的情绪。在这一段充满艰辛的旅程中，艾薇一直保持着乐观积极的一面，一直鼓励我、帮助我振奋精神。但这次不同，艾薇这次所遭受的暴行和恐惧，以及对于我的安危的担心击垮了她所有的精神防线，她彻底地崩溃了。我们抱在一起一直哭，甚至到最后都哭不出声音了，我们静静地躺了下来，但依然紧紧地抱着彼此。

每当回想起这可怕的一刻，我仿佛还能感觉到艾薇不断颤抖的身体，听到她那哀伤的哭泣声。

在那之后，艾薇总是趁着以为我没注意到的时候，偷偷地拭去夺眶而出的泪水；而当夜晚降临的时候，睡在她怀里我只要一翻身就能感觉到她极力压制的、无声的抽噎，这些痛苦久久地折磨着她原本就瘦弱的身体。

很久之后我才知道有“强暴”这种行为。在那个时代里，孩童都是天真无邪的，而这种天真与纯洁也是被极力地赞许和保护着的。当时的我只知道那些男人残酷地对待了她：当我们一起躺在干草上时，我闻到了那群无赖遗留在艾薇身上的酸臭味，酒气、汗臭、烟味以及各种气味混合在一起的味道。我看到艾薇的衣服破了，当我们最后站起来清点仅存的那点物品时，她花了好久的时间才把身上的衣服整齐地穿回去。

在后来的岁月里，我们从来都不谈论这件事，偶尔在谈及这次旅程的时候，如果我提到了“无赖汉”，艾薇会点头表示同意他们确实是一群十分可恶的人，但她只会说到他们偷走了我们身上的物品，但从来不曾谈及他们偷走了一样最重要的东西——艾薇的童贞。在那个时代里，像我们一样的女孩都会将童贞留给她们的丈夫。而那群无赖却以如此残酷的方式夺走了艾薇最珍贵的东西，这对艾薇来说是无法弥补的伤害。我并不清楚任何细节，但她一定不止被他们当中一个人所玷污。每每想到这里，艾薇的泪水总会在眼眶里打转，而我也一样。此刻，当我写到这里时，泪水正从我的脸颊上慢慢流过，这眼泪是为了她所遭受的可怕苦难而流，为了她所失去的最宝贵的童贞而流，但同时，也是为了她的勇敢而流，直到许多年之后我才能完全感受到她当时的勇气。

艾薇从未向任何人透露过当时所发生的事情，她将它们尘封了起来，甚至在日记里也没有提及。艾薇的日记里只是写着：

> 接着发生了整段旅程中最大的灾难：看到二十五个可怕的无赖直冲冲地向你跑来，你能怎样呢？只能闭上双眼，逆来顺受。

艾薇的很多朋友，还有我们父母在汉堡的朋友当中，有许多年龄和艾薇相仿的女孩在战时都遭到了强暴和伤害，但她们之中没有人愿意再回想或是谈及这件事。不比今日，那个年代根本没有心理治疗措施，而当时我们最首要的目标是要想着怎样活下去。所以艾薇像许多女孩一样，只能将她在那个坍塌的棚舍中生不如死的几分钟深深地埋藏在心里，或者说，谁还有什么比这更好的解决方法吗？我挚爱的姐姐看起来似乎可以立刻从中恢复过来，但我知道，只要谈及有关那天的事情，她的眼睛里总会溢满泪水。

在一九四五年四月的那一天里，艾薇像往常一样依旧是以乐观面对着一切，当我们坐在干草堆中的时候，她对我说："娃娃，我们都还活着，我们也只能要求到这样了，不是吗？我们应该感谢主，感谢他回应了我们的祷告。"她从干草堆中费力地站了起来，伸展了一下四肢。

"那些人把夏洛蒂带走了。"我说。

"原来是这样，小不点，那真的是太糟了。可是你不要担心，等我们回到家里的时候，你就会得到更多的布娃娃。"

"可是我要夏洛蒂。"我显得很坚决。

回想起当时自己的行为，真的是非常惭愧。与艾薇的损失比起来，我失去了夏洛蒂又算得了什么呢？当时的我实在太小又不懂事，但夏洛蒂仿佛就是一直保护着我的同伴，陪我一起渡过了各种恐惧与艰辛。直到现在，我仍然无法原谅那个抢走夏洛蒂的无赖汉，他把夏洛蒂塞到了自己的袋子里。夏洛蒂最多也就是个手工缝制的布娃娃，根本不值钱，况且他拿走的时候，夏洛蒂已经因为长途的旅行而破旧走样了。所以这一切只能归结为一点：他是个坏心眼儿的人，心中满是仇恨和报复，只要可以让我们感到痛苦，他什么都会做。

"我们还是试着在附近找找可以饮用的水源吧。"艾薇好像很快就恢复了意识，马上想起了更重要的事情。

我们走出去，第一件事就是来到田沟边，艾薇事先在那里扔下了一些东西，好在那些无赖汉并没有发现这里，我们拿回了原本要送给妈妈的香肠，还有那个年轻士兵送给艾薇作为纪念的手表，当然，还有艾薇的日记。现在想想，真希望我当时也将夏洛蒂一起丢到了那个田沟里。我们其他的所有东西都被抢走了，其中包括艾薇自己的手表，还有她手上的戒指。但我们依然应该为自己现在还活着而感到庆幸，因为他们本来可以在人不知鬼不觉的情况下就一枪打死我们，而我也相信，我们的尸体很可能会在这里躺上好几个星期也不会被人发现。而在那之后，我们还意识到幸亏哈根博士已经不与我们同行了，因为他无疑会被枪杀，而我们作为目击者，也极其可能因此而遇害。而当多年后我听到有儿童被强暴的案例时，也意识到了自己当年是多么得幸运。在秩序全然混乱的日子里，即使是遭遇到再可怕的事情，我们也应该都学会感恩，庆幸事情没有变得更加糟糕。而我们俩也不敢想象，如果当时他们杀死了艾薇，我的命运会因此而发生怎样的改变。

我们一起扶起了我们的推车，艾薇显得很高兴："至少他们没有拿走这个，所以我的小公主仍然有她的车厢可以坐，而且既然我们已经没有其他的东西需要载运，那就可以加速前进了，不是吗？"接着我们找到了一座抽水机，虽然我们已经失去了精致的香皂和柔软的毛巾，但艾薇还是好好地梳洗了一番，而我们也总算是喝到了水。不过那些无赖汉也拿走了我们的杯盘，所以我们也只能用手盛着水来喝。

接着艾薇提议："我们这么饿，我想如果吃一点妈妈的香肠，她一定也不会介意。"

我们没有了餐刀，只得用手掰开香肠，一块块地扒下来吃。那本来是需要切成薄片，夹在面包里一起吃的，而此刻，我们却是一口一口地用力咀嚼着，实在有些难以下咽，那股强烈的味道伴着油腻腻的口感，对我来说实在是有点恶心。

我忍不住吐出了一些，艾薇哄着我："娃娃，我们需要食物，我们一定要进食，这样才有力气走完我们这最后的一小段路。记住，再有两天我们就可以和妈妈一起吃饭了。我们只有健健康康的才能顺利地到达那里呀！"

尽管并不十分情愿，我还是把香肠咽了下去，心里不自觉地想起了那些无赖从我们身上抢走的英军配给的食物。我都还没来得及打开，也不知道里面都有什么东西，但我知道，它们至少会比较好消化，会比这一块块肥腻腻的香肠可口得多。

我将手滑进了长裤的口袋里，碰到了我的木头小火车，那是我偷偷从塔巴兹带出来的，至今还没有告诉艾薇我一直带着它，因为我没有听从艾薇的话，只带走夏洛蒂，所以觉得有些顽皮。不过此时的我还是感到很高兴，当手指触碰到了这熟悉的物体时，心里便踏实了许多，至少还有一个属于我自己的东西躲过了那群无赖的抢夺。

我们休息了一会儿，又就着水啃了一些香肠，便沿着进入村庄时的那条田间小径再度上路，就是这条小路，将我们引向了那群恐怖的无赖汉。艾薇后来告诉过我，小时候的我每当想起这次攻击时，都会称他们为"恐怖的男人"，然后便紧皱着鼻子开始全身颤抖，嘴角拼命地往下拉。这时的艾薇总会抱着我，努力将我从可怕的回忆中带出来，她开始给我唱歌，而我也能很快地加入其中。然后艾薇还会给我讲我最喜欢的童话故事听。故事说完以后，我们两个便会聊起我们的亲人：妈妈和爸爸，还有我们可爱的表亲弗克和小汉宁，以及所有其他等着我们回到汉堡的亲人。艾薇是这个世界上最善良和仁慈的姐姐。

艾薇的手表被抢走了，而那个士兵送给她的手表也因为没有上紧发条而停了下来，我们无法得知当时准确的时间，但通过观测太阳的位置，我们推测出现在还是下午。

“我们如果继续走，只要再花一个晚上的时间就可以到达了。”艾薇笑着对我说。

第二天的晚上，我们就可以和家人团聚了。

家近在咫尺

接下来的一段路我们行进得非常顺利，道路明显已经被清理过了，不久，我们就走过了维特摩尔。这时，一位行进方向和我们一致的年轻女孩追上了我们，她看起来和艾薇的年龄相差不多，她非常客气地询问我们是否介意让她和我们同行，因为路上一些行人看她的眼神让她感到非常恐惧。我们非常清楚她所指的是什么，当然，也非常乐意与她一起同行。

女孩子介绍自己是葛达小姐，跟艾薇一样是来自德意志女青团照护之家的一名教师。这样一来，她和艾薇就有很多可以谈论的话题，对此我非常高兴，有了她的陪伴，艾薇的注意力终于可以从此前所经历过的悲惨遭遇中转移出来。艾薇和葛达都非常牵挂她们班上的女孩子们，而且不知道她们是否都成功地逃出敌军的魔爪，回到了自己的家园。葛达自己带着班上的女孩子们赶往汉诺威，其中的一些女孩儿幸运地找到了她们的家人，而另一些，则被分派去了那些愿意收留她们的家庭。葛达非常担心她们，她并不想离开她们，但葛达也意识到，回到家中与自己的母亲和妹妹团聚也是她的责任。葛达的家在哈尔堡，是我们在进入汉堡之前会经过的一个城市，所以我们一致决定在到达哈尔堡之前，我们三个都要一直同行。

我们向葛达讲述了我们的旅程，她看起来有些难以置信，连连称赞我竟然可以连续走了这么远的路而没有任何抱怨，对此我也感到无比的自豪。“我班上的那些女孩只需要走二十里路就行了！”葛达佩服地看着我，“即便是这样，她们中已经有人因为受不了而大呼小叫了，而你还比她们小四岁呢！芭比，你真是个成熟而又勇敢的小女孩。”

与葛达一起同行，时间似乎也过得比较快，气氛也变得轻松了许多。艾薇那双穿了一路、原本也很结实的鞋子在鞋面上裂开了一道缝，可是我们找不到什么东西可以把它绑起来，因为那些无赖汉抢走了我们所有的东西，甚至包括我们的手帕。幸好有葛达，她把自己的手帕给了艾薇，于是我们将它撕成了一条一条的布片，然后将两三条接起来，像绷带一样把鞋子绑了起来。我们需要再次感谢主的恩赐，让我们拥有如此温暖而晴朗的天气，如果不是这样，艾薇的脚会因为下雨或是潮湿的地面而变得湿湿的。葛达和我看着艾薇的鞋子不禁被逗得大笑起来，她的那只鞋子现在看起来像是因为受伤而绑上了绷带，所以我老是拿这个和她开玩笑：“你的鞋子复元了吗？它觉得好些了吗？那些绷带可以很快就拆掉了吗？”

我们在夜幕降临的时候到达了一个名叫史坦贝克的村庄，试图在那里找到一个可以过夜的地方。我们敲响了一间房子的门，里面的妇人给我们端出了一大盘水煮莴苣和马铃薯，这对我们来说已经非常慷慨了，只是她并不能为我们提供住宿，甚至连到屋子里去用餐也不行，她在屋子外面招待了我们，站在一旁看着我们分享食物，并确定之后她可以拿回她的餐盘和汤匙。我猜想，曾经路过她家的行人一定给她带来过一些不愉快的经验。

我们只得继续赶路，很快地我们发现前方的农场里好像有一间小仓房。天色已经越来越黑了，艾薇和葛达决定我们潜入到那里过夜，只要那里没有爱叫的狗，我们就可以安稳地睡到明天早上了。

这间仓房原来是个马厩，里面有几只马匹，它们每一匹都有一个专属的厩房，但其中的一间是空的，里头还铺上了大量干净的干草，我们就美美地躺了上去，唯一遗憾的是我们仍然饥肠辘辘。

“这些干草我们可以吃一些吗？马儿们好像很喜欢吃。”我抬头望着艾薇问道。

“不可以。”艾薇看起来马上就要笑出来了，“这对你一点儿也不好。”

“可是干草并没有伤到马儿们呀！”我有些抗议道。

“是这样，没错。但你是个小女孩而不是一只小马。亲爱的，我知道你的肚子很饿，但是试着不去想它。而且，明天我就可以到家了，那时一切都会好起来的。”

我们还剩下一些香肠可以吃，虽然它们嚼起来有些可怕，但至少可以阻断那不时冲击而来的饥饿感。我的内心强烈地渴望能吃上一顿饱饭，还有妈妈亲手为我们准备的美味料理。

不过躺下来的感觉还是很美妙的，尤其还可以听到周围马儿们发出蹭鼻子或是蹬脚的声音，以及艾薇和葛达轻声交谈的声音。那一晚我睡得很香，简直比此前在树林里过夜的那个晚上还要香甜，更幸运的是，那些讨厌的无赖汉并没有侵入我的梦中。

此后，艾薇在她的日记里写道：

我们都以为这就是最后一晚了，可惜事情的发展总是和我们所预期的相差很多。

第二天清晨当我们睁开眼时，不禁被眼前的景象吓了一跳，马厩上方的横梁上挤满了倒挂的蝙蝠。我见过蝙蝠，我们在砖块工厂附近生活时，每当日落时分那里都会有成群的蝙蝠飞过，不过我从来没有见过它们休息时的样子。艾薇和葛达都对这种动物心存惊恐和厌恶，所以很庆幸我们潜入仓房的时候并没有看到它们。我倒是不介意它们的存在，只是很担心它们会不会突然从横梁上掉下来，因为它们的动作看起来有些危险，艾薇告诉我它们很安全，根本不会摔下来。于是我们和马儿们快速地道别，悄悄地溜出了马厩。

我们出来时却正好与马儿的主人迎面相撞，我们都被他吓了一跳，而他也让我们惊了一下，不过他并没有因此而生气。后来艾薇和葛达极有礼貌地向他道了歉，并且保证我们没有偷走他的任何东西。主人邀请我们到他的农舍里吃早餐，他的妻子给了我们一些牛奶，对此我们非常感激，同时还有一些面包和奶油。我们向他们借了一把刀子，把剩下的香肠切成了薄片，搭配着面包、奶油和牛奶一起吃完了。这次的香肠吃起来可口多了。

我们再次起程之前，农夫指着一间外头的盥洗室和厕所给我们看，告诉我们可以使用那里。那应该是原本为农场上的工人准备的，但是现在这里显然已经没有留下的工人了，农夫不禁抱怨起自己得扛下很多的工作。这时我们才有机会好好看看这座农场，它不仅规模很大而且规划也很完善，前面一片片的玉米田一直延伸至了远方。我们来到了那间盥洗室，它是由木棚和储水管搭建起来的一个三人座儿的厕所，一块横向的大木板盖在粪坑的上方，上面被挖出了三个洞，座位与座位之间还插着薄薄的隔板，坐在上面的时候虽然看不到其他座位上的人，但仍然可以听到他们所发出的声音，我们三个坚决地选择了待在一起，于是葛达、艾薇和我便在这个集体厕所里面坐成了一排。

才刚刚坐下便发生了一件极其好笑的事情，不知是谁突然放了一个很响的屁，这着实把我吓了一跳，不过我真不知道到底是谁。我记得从小时候起我就被教导说，有礼貌的女孩是不会在别人面前做这样的事情的。但就在我还没回过神儿的时候，另一个人也做了相同的事情（我想那一定是前一晚我们吃的水煮莴苣惹的祸）。

“嗯，这一定是大人们会在厕所里所做的事，”我心里这样想着，“这样做没有关系，原来成年人都要这么做。”

有了这样的想法，于是我也开始努力，但一次次的都失败了，直到我的脸被胀得鼓鼓的且满脸通红，偏偏就是发不出任何声音，那一定是我这辈子中唯一的一次想要通过放屁来证明自己已经长大成人。我一心想着前一天葛达对我成熟的称赞，觉得这又是一个绝佳的机会来证明我的成熟。可惜我失败了。我并没有把这件事告诉她们两个。但现在回想起来，我真希望当时能够告诉她们，那么再次上路的时候，她们必定会因此而笑得前仰后合。

§

旅程的终点就在我们眼前。我们的脚步也随之变得轻快了起来，为了马上能够到家而欣喜若狂。

这种兴奋的感觉驱使着我们一直向前。当我累得走不动的时候，艾薇和葛达便会让我坐在推车里，她俩轮流推着我继续前行。这几里路我们走得很快，不久便看到地平线上出现了哈尔堡的轮廓，我们不禁再次加快了脚步。趁着她们俩正聊得起劲，我便忍不住开始思考回到家里我们都要做什么事，虽然我并不真正知道那个“家”在什么地方，但是我想念妈妈，也想象着她为我们布置的新家的样子。我们的妈妈是位出色的管家，曾经砖块工厂里的那间房子就被她布置成了一处温馨而舒适的住所，这次我依然确信我们将要落脚的地方会是一个舒适而美丽的地方。

我还想起了我的夏洛蒂，不过我也相信妈妈会为我再做一个一模一样的布娃娃。我兴奋地盘算着要给它穿上好看的衣服，但她的脸和头发一定要和夏洛蒂一个样子。想着想着，这最后的几里路也一转眼就过去了。

哈尔堡在战争爆发前的两年被正式并入了汉堡，自此也成为了一座城市。但因为易北河横贯其间，这两个地方注定只能永久地分离、两两相望。易北河到了这里一分为二，分成了北易北河与南易北河，这仿佛也更加明确了这两座城市的界限。也正因为如此，如果要到对岸去就必须跨过这两条河流和中间的一座大岛屿。实际上，哈尔堡距离易北河的出海口还有七十多里地，但因为河流面积宽广使得哈尔堡成为了一处重要的海运港口城市。南北两条河流的河道都很宽，而且水位很深，水流也强劲有力。威廉堡就是那座夹在哈尔堡和汉堡之间的大型岛屿。赫曼姨父，也就是汉宁的父亲就是当地人。

到达哈尔堡的城外时，我们和葛达在这里互道珍重再见，她马上就能到家、和家人团聚了。这一路我们虽然早已成为了亲密的朋友，但我们并没有交换彼此的住址，因为我们没有住址可以留给她。回想起来，战争期间的确造就了许多短暂却非常诚挚的友谊。一想到再过几小时我们就能和妈妈团聚了，我们也无暇伤感了。

我们沿着河床走，穿越那些因为战争而受损严重的街道。但当我们渐渐接近完好得令人吃惊的桥梁时，我们才发现这里挤满了人群。我们被夹在人潮之中动弹不得，我们用力地向前挤，在距离河岸几百米的地方，看到了许多英国的士兵。

“这儿发生了什么事？”艾薇向旁边一名和我们一起被人群推着向前移动的妇人问道。

“桥被封了，英国人不让我们过去。”她说。

“什么？不让我们过去？”艾薇的神色有些慌张，大声喊起来，“娃娃，在这里等着，我过去看看是怎么回事。”

她把坐在推车里的我推向路边，很快钻进了人群里，向英国士兵那边移动。她努力用她那不流利的英文与他们交谈，那些士兵告诉她，之后他们会安排我们过桥，但现在为了民众的安全，不能让我们全部蜂拥着过桥。

禁止平民通行这件事其实并不足以为怪，英军虽然自四月十九日起就在汉堡的东南方扎营驻守，但直到我们抵达桥梁的那天，也就是四月三十日，他们才得到了过河去接收城市的命令。而实际上，他们的部队直到五月一日才真正控制了整个汉堡。在我们到达哈尔堡的时候，他们也刚刚进驻这里几个钟头。

就在前几个礼拜，希特勒刚刚下达命令，号召德国所有的城市和乡镇都要奋战到最后一刻，整个汉堡也因此变得躁动与不安。但这条命令显然只是徒有形式，因为任何的反抗都只会招来盟军更加无情的打击，让饱受战争残害的民众遭受更多无谓的痛苦与折磨。

从一开始汉堡就不是属于纳粹的忠诚的根据地。像多数的海港城市一样，汉堡是一座开放而民主的城市，这里聚集了不同种族的人，尤其是在那些憎恨集权、不愿遵守希特勒青年团命令的青年中，兴起了一股反希特勒的强烈风潮，他们聆听爵士乐、跳爵士舞，以这种方式来表达他们的不满和愤慨。因为爵士乐源自美国的黑人，而希特勒坚信美国的犹太人也是其源头，所以爵士乐在当时被严令禁止。许多年轻人在当时被盖世太保逮捕，并关进了集中营，但是汉堡这个城市挺身保护着他们。汉堡没有像其他城市一样对希特勒顶礼膜拜，这也是它与众不同的地方。在希特勒自杀的第二天，“汉堡之声”是第一个播报出希特勒死讯的电台，不过播报内容遵从了党的命令，声称他是“在部队前线与敌人奋战身亡的”。在战争进行到这种程度的时候，大多数人都对这种说法深表怀疑。人们即便确实相信了他已经死亡的消息，却不能认同他的死因，而只有那些忠心耿耿的纳粹分子才会接受这种说法。

英军准备接收汉堡之前，所有住在那儿的人都得到了一份额外的食物供给：一大块儿面包、几块儿培根以及半斤烟熏的香肠。这与他们平常的食物配给量相比多出了许多，而他们也得到了最好将这些食物存留下来的建议，以备“紧急”之需。所有人都怀疑这是否意味着他们将会遭到包围甚至攻击，所以五月一日当他们听到了宣告汉堡市投降的消息时，所有人都如释重负而欢欣不已，他们终于等到了和平的到来。

后来我们被领到了一间大型的库房里，那是个上方罩着玻璃屋顶的开放空间，我想战前的时候这里应该是一个大型的集市或是仓库，可以存放那些从靠港的大船上卸下的货物。这个库房里仍然有很多人，但并不像我们之前曾经藏身的那个矿坑一样拥挤，每个人都拥有足够的空间以及大量的新鲜空气，所以我们并没有出现幽闭恐惧症的症状。一个个小家庭在它们各自的地块上搭起了营帐，艾薇带着我找到了一处可以看到桥梁出入口动静的好地方，接着我们将推车放好，同时还找到了一些可以坐在上面的板条木箱。坐下来后，我开始环顾四周，发现这里多是妇女、小孩儿以及少数的老年人，几乎没有年轻的男子。

在这里的第一个晚上过得非常凄惨，因为我们没有毛毯，而水泥地板则坚硬而冰冷。虽然我可以坐在推车里头，但是对于推车来说，我的身体还是太大了，所以我的双腿只能伸出车外，而如果我在推车里头待得太久，膝盖也会感到十分疼痛。我没有办法躺下去，更无法选择一个比较舒服的姿势去睡觉。但如果我们一起蜷曲着身子躺在地上，冰冷的水泥地板会冻得我们浑身僵硬，就像瘫痪了一般。

艾薇和我坐在那块儿被拉在一起的木箱上，我靠在她的肩膀上，她用手紧紧地揽着我。我想这姿势对她来说一定非常不舒服，我睡了一小会儿，而艾薇则是整夜都没有合眼，不过我们俩对即将抵达旅程的终点都感到欣喜不已。第二天，一队红十字会的志愿者推来了一辆装满热汤和毛毯的手推车，我们每个人都领到了一条毯子，可以将身体包裹起来御寒。现在的天气远不如我们刚开始旅途的那段期间好了，天阴沉沉的，偶尔还会下着雨，但至少我们现在还有遮蔽的屋顶，而且我们马上就要到家了。

我们想象着当天也许就可以过桥，但后来很快意识到英国人不会为行人开放桥梁，军事部署正席卷而来，他们接到命令要全面地接管汉堡。

我们步行时，至少还有四周的风景可以欣赏，而现在，无尽头的等待让我感到十分无聊。好在这里有很多小孩子可以和我一起作伴，这样我才不会那么难过。不过我始终都只在艾薇的附近玩耍，不会走得太远，她担心一旦突然接到桥梁开放的消息而我却不在身边，我们很可能就会错失过桥的机会。在遭遇了那些无赖汉的袭击后，我也变得比较腼腆和依赖艾薇。不过偶尔我也会和那些在我们附近搭营的家庭中的小孩子一起玩耍，我记得他们中有一个人在水泥地上用粉笔画了一个大大的方格子，于是我们就不停地在那里玩跳格子的游戏。一位货车司机割断了那些原本用来将板箱固定到货车上的绳子，为我们做了几条跳绳。我们有几条较短的单人跳绳。此外，我们还有一条大到足够让两个人各持一端、其他人轮流跟着一起跳的长绳子。我们一边跳嘴里一边念着口诀，好保持跳绳时一定的节奏，我们的技艺在不知不觉中熟练了许多。安静下来的时候，有人递给了我一条线绳，于是艾薇和我就玩起了翻绳的游戏，就是把绳子缠绕在手指头上、拨弄线绳翻出各种花样，艾薇总是说我玩得比她好。

还有一种名为“我来侦察”的字谜游戏，我们几乎玩尽了所有我们能够想出来的、可以消磨时间的游戏。慈善救助的汤品很快就发放完了，这时除了一辆也在等待过桥的货车里的一些萝卜外，我们没有任何可以吃的东西了。好心的货车司机给我们每个人都分了一些萝卜，这些萝卜吃在嘴里既清脆又新鲜，对此我们都心怀感激。

第二天，在我们再次熬过了那极不舒服的夜晚后，英国人开始开放桥梁让行人通行了，但每次的时间都很短暂，绝对不超过半小时。

“现在我们一定可以过去了。”艾薇充满信心地说道。于是，只要士兵有任何要放行的迹象，我们就会很快地加入准备过桥的人群，但因为每次开放的时间都很短暂，所以我们一直都没能过去。那一晚，我们只得将自己再次包裹在毛毯内，在冷硬的地上多忍一晚。但就像艾薇所说的那样，但至少我们可以安心地睡下，不用担心有人会偷走我们的财物，因为我们已经身无分文了。

在这座库房里整整待了八天八夜，我们甚至可以清楚地望见桥梁另一端汉堡市的主体建筑，但我们却无法到达那里。我们觉得自己几乎已经要看到妈妈了，仿佛把手伸出去就可以摸到她一样，然而此时，却有个巨大的障碍阻挡在了我们中间。艾薇和我唱起了一首歌曲，唱的是一对住在湖岸两端的公主和王子的故事，他们深爱着对方却无法到达对方所在的彼岸，这简直一下子道尽了我们无法到达妈妈那儿的真实感受：

从前有对王子和公主
执子相恋欲要到白首
只是无奈分离难相守
幽幽深水横阻在眼前

在这整段难挨的时间里，我们只能偶尔喝到些供给的汤品或是热饮，其他的就只剩下萝卜和水了。萝卜几乎是我们当时所能接触到的唯一的一种食物。现在我已经不吃萝卜了，虽然那些摆在超市里的、细长的萝卜依旧有时会激发出我的购买欲望，但每次只要一动心，萝卜的余味就会马上在我的嘴中散开。我想它们这是在提醒我，是它们曾经一度救了我的性命。

这几天也是我们的饥饿感最强烈的时期，所有的人都在努力保存着他们那些少得可怜的配给食物，我们可以得到的食物也越来越少了，而那些士兵们也帮不上忙，他们剩下的、能分发给难民的食物也很少，而且只要他们发给了其中的一个人，马上就会有几百个人将他包围起来。我的肚子已经开始持续地疼痛了，里面仿佛有好几只动物在用力地钻洞想要从里面跑出来，艾薇唯一能做的事情就是尽量帮助我转移注意力。当红十字会的志愿者出现时，也不会有人冲上前去领取配给了，因为所有人都很疲惫，也很失望。与此同时，他们也坚决不愿再次错过突然开放桥梁的机会，也不愿意冒险失去他们在库房里最好位置。那些红十字会的妇人们耐心地在库房里四处走动，而当她们走到我们的面前时，看着我瘦弱的模样，他们总会再多打一份汤给我喝。

饥饿感在最初的时候会让我保持清醒，而渐渐的，疲劳感就会战胜这一切，我还是睡着了。库房里并没有什么盥洗的设施，只有几处那种简单搭建的厕所，我猜想那大概是在平时为码头的工人准备的。从小我就被教导说为了减少病菌的感染，不可以坐在除了自家马桶以外的任何马桶上方便，因此我习惯地蹲跨在马桶的上方。如此之多的人共同使用一个厕所，想想就让人觉得很不舒服。不过幸好我吃得非常少，这也就在很大程度上减少了我上厕所的次数。

“我实在是再也受不了了。我得想办法让我们走到队伍的前面去，等到下次开放通行的时候，我们就一定过得去了。娃娃，你看着吧！”艾薇对我说。

艾薇顺手拿起了我们的一条毯子，把它塞进了上衣里，然后走到了守桥的士兵面前。接着艾薇试着用英文说：“我快要生了。”不过她并不知道“快要生了”在英文里应该怎么说，于是她用很浓重的德国腔说了一句生硬的英语：“我要变成一个孩子了。”

听了艾薇的话，那些士兵相视而笑，他们根本就不会相信艾薇那形状奇怪的肚子，而且他们觉得她的英文十分好笑。这件事只能给他们增添一些笑料，却不足以让我们得到特殊的待遇。

库房里有时会出现一些人，他们会来问我们需不需他们的小船在黑夜中带我们渡河，不过这是要收费的，而我们所有的钱都被之前的那些无赖汉抢走了。可是艾薇说，即使我们有钱也不会去冒这个险的。英军会在晚上扫射任何在水面上移动的东西，虽然现在战争已经结束，但他们仍然担心会有反抗，因为所谓的战争结束也只不过是签订了一张投降书而已。除此之外，河水的流速极快，想要渡河需要冒着很大的风险。

从理论上讲，那些英军的士兵是不应该和他们的敌人建立起友谊的，然而我们面前的这些士兵都是很善良而且有礼貌的。虽然他们没有告诉我们桥梁开放的具体时间，但是我不觉得他们是在刻意刁难我们，因为这些命令都是来自上级的，而他们只负责执行。在这里，两方人民结下友谊的例子也随处可见，我们常常看到穿着亮丽夏装的女孩子们和那些英军的士兵嬉戏打闹，有时还会挽着他们的手散步。库房里有一些人对此表示十分唾弃，认为那些女孩儿的言行举止应该像样一点，但在我看来，他们不过是在战争中经历了许多磨难的年轻人，当战争结束时他们希望可以稍放松一下，这并没有什么不对的地方，也无可厚非。

随着相处时间越来越长，我们这个小“难民营”也逐渐发展出了一套自己的消遣、放松的方法。比如，那些特别会带孩子的妇女会自觉地组成一个小队，给小孩子们讲故事；有些人则很会用石头做抛接的杂耍，或者是变一些戏法来给我们看，给我们带来了很多的快乐；有时甚至连一些简单的表演也会惹得我们哈哈大笑。我很羡慕那些天生就拥有表演天赋的妇女和孩子。

不过桥梁开放的时间依然是没有规律，任何时候都有可能开放，但每次都不会超过半个小时，所以所有人的心都悬在半空、难以安定下来。队伍的秩序很难维持，每次桥梁开放的时候，人们都会迫不及待地向前推挤，想办法过桥。好在那些哨兵能够很好地控制住场面，所以并没有出现混乱或是暴动的情况。如果没有顺利过桥，我们就只能回到库房继续等待。这样的事情重复地发生在我们身上。在经过了一两天的混乱之后，大家都能心照不宣地走回到自己在库房里的位置，尊重着彼此的范围和领地。

直到第八天，士兵突然宣布桥梁将要开放。和往常一样，我们并没有得到事先的通知，但是我们迅速将毛毯抓进了推车里，急忙跟着其他人一起往前挤。当然，这次终于轮到了我们。

长时间的等待已经让我习惯于被阻挡在桥梁后面，因此当艾薇和我真的排到了前面，到达了我们努力了一个礼拜才到达的南边的桥梁上时，我简直不敢相信这发生的一切。当我们终于站在了这曾经阻挡了我们所有愿望的大河上方时，我们万分激动、心花怒放。我们离妈妈更近了！我们兴奋地推起了推车在桥上移动，和那些军用车队以及载运供给食物的卡车形成了一条稳定的车流。

透过桥边低矮的围栏，我们看到了那些停靠在汉堡港的大型船只。“它们简直和公寓楼一样大呀！”我不禁惊呼起来。我从来没有看到过如此庞大的船只。

前面就是位于我们和汉堡市之间的那座岛屿，艾薇深深地吸了一口气，大声地说道：“啊，娃娃，我们终于就要到家了！”

不过事情总是没有想象中的顺利，当我们到达介于南、北桥之间的那座岛屿，也就是威廉堡时，我们竟然被告知北桥是关闭的。难道我们又要再空等上八天吗？这怎么能受得了？我们绝望极了，而且这次也没有人可以向我们提供任何食物，哪怕是一点萝卜。于是我们又被领到了另一间库房，里面全都是等着要通过北桥的民众，而这里的人要比之前的还多。

“娃娃，我很抱歉。”艾薇用尽可能温柔的口气对我说，“我们今晚可能回不到妈妈那里了，不过我想如果运气好，明天我们就可以过桥了。你知道吗？我有个很棒的主意。赫曼姨父有亲人住在威廉堡这里，而且我还记得住址，我相信他们一定会给我们提供一顿晚饭和一个可以睡觉的地方的，我们可以去找他们。”

当确认我们当天无法过河时，艾薇立刻作出了决定，我们起程去往位于德拉腾街上的可尔别庄，艾薇曾到那儿拜访过赫曼姨父的家人。在向一个当地人询问了路线后，我们便出发了。

我们向着艾薇记着的地址走去，满眼望去尽是被战火摧残过的破败街道。我们也发现赫曼姨父家的房子也被炸毁了，楼顶已经不见了，屋子里也没有人。

但我们又一次受到了幸运之神的眷顾，因为他们的邻居还在，就住在那栋被炸毁的公寓楼的地下室里。从他们口中我们得知，赫曼姨父一家人已经平安地逃了出去，不过他们并不知道他们一家去了哪里。而我们也被那家邻居邀请进了屋，受到了热情的款待。德国大部分的公寓建筑下面都建有空间宽敞的地下室，按照住户的数量建造隔间并安上门锁，剩下的多余空间就用来储存剩余的家具和自行车等物品。而这对夫妇则将他们的地下室改装成了卧室，同时还有很多人也选择住在了隔间里。那对夫妇还给了我们一些食物，这让我们万分感激并大快朵颐了一番。他们还让我们躺在了他们的床上休息，我和艾薇一起睡了几个小时，直到天色逐渐昏暗时才醒过来。

他们让我们留宿在那儿的提议被我们婉言谢绝了，一方面是地下室里挤着四个人已经没有多余的空间了，而更重要的是我们想要回到北桥，因为我们需要在那里等待它的开放，我们不想冒险错过任何的机会。

回到了库房里，我的心里不禁有些绝望，难道和先前一样还要等好多天才能过桥？不过幸运的是，我们并没有遇到什么阻挠就被引领着顺利过桥了，因为我们抵达的时候恰逢英军入城接管，这一点让我们十分的惊喜。算起来这次跨桥横渡易北河，我们总共花了十天的时间。现在我们终于要回家了，马上就可以与我们亲爱的妈妈相聚了。

§

当我们推着推车到达北桥的另一端进入汉堡的时候，你无法想象我们心中所涌起的欢喜。尽管我和艾薇早已因为过度饥饿和疲惫而变得十分虚弱，但我们还是情不自禁地唱起了歌来，兴奋地大步向前走着，为了帮助艾薇节省些力气，我不再让她推着我走了。

接下来我们准备去凯特阿姨家，那是妈妈在信中告诉我们的，在达到汉堡后我们应该去那里，这样我们就可以找到她。凯特阿姨并不是我们的血亲，她是妈妈在弗若博学院就读时最好的朋友。我们跟她也十分亲密，即使妈妈现在并没有和她住在一起，凯特阿姨也会告诉我们她在哪儿的。于是我们过了桥后便向右转，朝着她在嘉士帕福街的家中走去。

我们大约花了两个半小时的时间来穿越那里的大街小巷，路面上的碎石瓦砾虽然已经被清理过了，但整条街道看起来仍然很陌生。那里没有了沿街的住宅、公司或是商店，所有街道和建筑物的边界都变得模糊不清，显著的地标也都不见了，整座城市好像被夷为了平地。许多地方搭建了临时的收容所和照护之家，而有些区域则看起来完全像一片废墟。偶尔能看到一条好像完整的街道，可是到了后面才知道那不过是建筑物的一面，它的另一面照旧被炸得面目全非，就像是电影布景一样。其他街道上的房屋也被毁了一半，人们就住在一楼和地下室里，而那些松脱的砖石和瓦片也时刻威胁着他们的安全。有些小型的建筑物甚至完全被炸翻了，到处都是被烧焦的瓦砾。路面上因为出现了许多坑洞而变得凹凸不平，我们必须绕着它们走，有些坑洞里头还填满了水。

艾薇一路上可以说出所经过的那些街道原本的样子，她甚至可以叫出每座教堂、学校和商店的名字，其中有些早已是面目全非甚至已经被夷为平地了。这些对于年纪还太小的我并不能算是一趟怀旧之旅，我的脑海中只记得我家、幼稚园以及朋友家的房子的样子，我的记忆十分有限。然而对于艾薇来说，现在她就好像是在检阅着这座拥有她所有童年记忆的城市，在我们的印象里，它永远不会受到任何破坏，会永远保持着原有的样子。

在炸弹袭击汉堡之后的两年时间里，它已经开始逐渐地显现出一些生机。随着英军取消了白天的警戒，路上有了行人，小孩子也开始在这有史以来最大的废墟堆尽情地玩耍。我们还看到了一位妈妈，她站在废弃无人的街道上大声地喊着她孩子的名字，接着三个浑身脏兮兮的小男孩从那些破碎的建筑迷宫里一个个探出头来，他们被大声的训斥后便跟着妈妈回家了。在那些热闹的街道上，我们还可以看到些装扮得很入时的妇人和小女孩，她们穿着干净的洋装，梳得整齐的头发上绑着鲜艳的头巾，这着实让我们很不好意思，我们迅速将我们破旧肮脏的上衣塞进了裤子里。一队队的男子游走在废墟之间，他们正在对汉堡进行着清理和改造的工作。抬眼望去，我们可以看到无数的晾衣绳在空中交织，白色的毛巾和尿布在春天的微风中轻轻地抖动，这不禁让我们想起了那些我们经过的投降的村镇农舍，它们把白色的布条、毛巾垂挂在窗外充当白旗。

汉堡城中的所有景象，以及它弥漫着的声音和气味一路上时刻吸引着我们的注意力，但是隐藏在我们心中的兴奋让我们无法停下脚步。在这之前我们已经遭遇了两次沉重的打击，其中包括在唯德村的一次，虽然短暂却极其的痛苦，不久之前为了过桥而苦苦地等待也让我们饱受折磨。到了现在，即使艾薇努力让我冷静下来，帮我做好可能碰到的各种突发情况的心理准备，但我们俩谁都想不出还有什么其他的理由能阻止我们和妈妈相见。

我们越来越接近凯特阿姨家的街道，心情也开始忐忑起来。艾薇握紧了我的手，仿佛是在保护我免于另一次失望的伤害。为了找到母亲，我们经过了如此漫长的旅途，吃了那么多的苦头，我们此刻需要看到她的心情更加迫切，我们祈祷着，曾经这么多次我们满怀着希望，却又深深地失望，希望这次我们能够梦想成真……

我们马上就要拐进凯特阿姨家的那条街道，艾薇拉着我的手，我感觉得到她的手有些颤抖。“来吧，娃娃。”艾薇大声地对我说了一句。那是一条并没有受到炸弹波及的街道，沿街那些小巧而整洁的平房没有受到丝毫损坏。那么哪一间才是凯特阿姨的家呢？我们慢慢地搜寻着记忆，眼前的一切开始变得熟悉起来。

当我们马上就要到达她家的时候，我瞥见了两个弯着身子的人影。那是两名正蹲在花园里锄草的妇人，我立刻就认出了她们，左边那个留着一头秀丽卷发的女人是我们的妈妈！我终于看到她了！

那一刻，我感到全身都充满了力量，我挣脱开艾薇的手，奋力向前奔跑，用尽我一双小腿所拥有的全部能量，即使我极其疲惫且虚弱无力，即使我的脚底板开始隐隐作痛，在人行道上跑得“啪啪”作响，我依然努力地向前奔跑。

“妈妈！妈妈！”我开始大声地叫喊，简直是上气不接下气，甚至可以听到心脏“扑通、扑通”地剧烈跳动。

妈妈慢慢地抬起头来向我这边看过来。她好像迟疑了一会儿，皱着眉头，仿佛无法相信眼前看到的，紧接着脸上溢满了惊喜的神情，她跳了起来，开始向我们这边疯狂地跑来，叫喊着：“芭比！我的艾薇！”

我向着花园的方向狂奔，直奔向妈妈的怀抱，沿途还踩坏了好几排芦笋。艾薇也放下了我们的推车，紧接在我的后头跑了起来。

接下来那一时刻所发生的事情实在难以用语言来形容，那感觉是我这辈子都忘不掉的，在经历了如此之多的波折后能够再度依偎在母亲的怀里，如此的亲近。妈妈亲吻着我的头和脸，笑中带着眼泪。

“亲爱的，我的小女儿们！我的宝贝，你们回来了，哦，感谢上帝！”妈妈哭了起来，她将艾薇也拥进了她的怀里。我们姐妹俩又哭又笑，紧紧抱着妈妈就是不愿意放手，直到我们意识到身旁还有凯特阿姨，于是立刻停下来拥抱她，之后又回到了妈妈颤抖的怀里。

艾薇在这天的日记里写道：

能够再次见到母亲的欣喜不可言喻。我们聊了又聊，拥抱着、亲吻着，热切地交谈、吃饭，终于全都睡着了。我不知道我们睡了多久，但那感觉实在是太幸福、太美好了。

我们总算到家了。

先前几个礼拜的痛苦对妈妈来说实在是一种煎熬，她得不到一点儿关于我们或是父亲的消息。她已经失去了露西，而此时的她不知道是否还能与家人团聚。失去一个女儿的痛苦已经让妈妈难以承受，我不知道如果真的连我们两个也失去的话，妈妈将要如何面对这一切。妈妈已经尝试着做好与我们永别的心理准备，所以当她听到我的声音时，并不能相信那就是我，当一头金发的我狂奔向花园的场景映入她眼帘的时候，妈妈的惊喜与快乐是无法衡量的。

作出离开唯德村去往汉堡的决定，简直要了妈妈的命，但是对于其他人，也就是我们的外公外婆、希达阿姨、意玛阿姨、弗克和汉宁来说却很迫切，因为他们想在英军占领汉堡前能够回到城里，他们害怕如果汉堡被英军入侵后就进不了城了。经历过这次长途的跋涉以及在易北河桥边那次漫长的等待，我可以想象作出这样的决定对于他们来说是多么得困难。在经过了痛苦与抉择的煎熬之后，妈妈终于决定趁着还有火车的时候，和他们一起离开。而这个决定也为她带来了无数个难眠的夜晚，妈妈躺在床上，内心装满了对于我们已经落入敌人之手的恐惧。

我们简略地给妈妈和凯特阿姨讲述了我们的整段经历，她们仔细地听着，不禁泪流满面，期间不断地拥抱和抚摸我们。

凯特阿姨家的房子并不大，而她自己还有两个孩子，一个是与艾薇同岁的安娜，另一个是刚回到家中的十六岁的汉希，两个人都平安地从他们战时的工作岗位上返回到了家中，只是凯特阿姨的丈夫还没有回来。于是我们一家三口住在了一个房间，妈妈和我一起睡在床上，艾薇则睡在另一张折叠床上。后来妈妈告诉我，那天她整晚都醒着，为了不把我弄醒，又能满足她想要抱着我的心愿，她只是轻轻地抱着我、看着我，只有这样她才能确认自己并不是生活在梦中。

我们睡时已经很晚了，一直到第二天的下午才肯醒来，这是我们从塔巴兹起程后最安心和舒服的一觉了。我们爬起来时，妈妈和凯特阿姨已经为我们准备好了洗澡的热水，她们将我丢进了澡盆，随着“扑通”的一声，便开始清理我的身子，她们刷了又刷，直到我能感觉到自己的皮就要快被刷掉时她们才停下来。算下来我们已经有十天没有认真地梳洗过了，所以我知道进入澡盆前的我一定是又臭又脏的，不过没有人会在难得的团圆时刻想起这些事。而那些被我踩坏的芦笋田也并没有给我带来麻烦，若是平常这可是要受大惩罚的，因为形成那样的芦笋田需要培育很久的时间。

妈妈和凯特阿姨抓起了我路上所穿的那些已经变得又脏又破

的衣服准备扔掉，我赶紧钻进了衣服堆中去寻找我的裤子，其实是想拿出口袋里的那一列小火车，它依然还是包裹在小朋友的小手帕里，这个难得的纪念品也让我感到了很大的罪恶感，于是我向艾薇承认了偷偷带上了小火车的事，艾薇笑了："你可以告诉我，那没关系的，我会让你带着它。"

我长舒了一口气，原来我此前这么小心维护的秘密都是不必要的。不过一想到如果我将火车和手帕也一起放进我的粉红色小背袋里，它们就会像我的夏洛蒂一样被那些无赖汉抢走。所以把它们放在身上还是比较好的选择！这也是我一直留到现在的、最珍贵的物品之一。

我们到达汉堡与母亲平安重逢的第一天，艾薇在她的日记里写下了这些：

从四月七日到五月十日，我们所经历的时光里有许多美丽的片段，但时时刻刻也在经历着不安与恐惧。而现在我们能够全身而退并且安然无恙，为此我们必须感谢上帝。

艾薇和我开始享受我们这一路所得来的成就感，艾薇把地图摊开在我们面前，我开始用手指沿着我们所经过的路线移动。后来我又好几次查看了那路线，尤其是因为最近准备写这本书的关系。不过即使到现在，我依然对这条路线保持着极度的惊奇以及自豪。

我们终于做到了！

汉默公园

我们就这样在凯特阿姨家里住了一个月。这么多人住在一所房子里当然会显得有些拥挤，不过我们很快就适应了。汉堡城的每户人家都必须把一份注明了里面住着多少人的文件钉在门前，由此英军便可以清楚地辨识出那些居住人数不足的家庭。而因为艾薇和我的到来使得凯特阿姨家并不存在户口数不足的问题。

这里的水电供应并不稳定，但我们的运气很好，因为凯特阿姨的房子就在两所暂时用作军用医院的中学附近（这也是我后来就读的中学），所以当局会尽一切力量首先确保那一带的水电得到持续地供应。但也会遇到停水的时候，那时我们就必须到公共水管处取水，我们提起大型的金属水桶一路蹭着走过去，取水后再将两倍重的桶子慢慢挪回去，当然，如果当时使用更为轻巧的塑料水桶就会轻松许多，只可惜在那个时候还没有出现这样的东西。我需要非常专注地提着水走路，这样才会避免水在沿途溢出太多。

不久之后，上帝再次眷顾了我们。我父亲在被征召入伍前是在铁路局服务的，而妈妈听说附近的汉默公园正在搭建一些组合屋，那是专门为铁道员工家属搭建的，而且那一带风景优美，此前曾经作为英军的营地。妈妈申请了一户，而我们很快就得到了批准，这很可能跟父亲担任的高级职务有关。妈妈拨通了电话，知道了我们新住所的地址是法仁营四十三号，而且我们可以马上搬进去，虽然那里尚未完工。

这是一种解决住房的紧急方案，公园里建了几排像这样的小房舍，而它们的原料都是在北欧的斯堪迪那维亚半岛的工厂中生产的，之后就运到这里在公园里就地组合起来。在英国的一些大城市里也有很多这样的房子，为了照顾那些在空袭中失去房产，或是那些从战争中返乡开始重建家园的人。我们所住的那间组合屋位于一排房舍的最末端，旁边只有一户邻居，因此我们获得了比其他住户更大的花园。我们搬进去的时候房屋还没有装窗子，也没有装潢和布置，地板是水泥地，当然更没有家具，然而即便如此，能够拥有一个只属于妈妈、艾薇和我的家还是让我们感到很兴奋。

我们一直都没有得到关于我父亲的消息，我们不知道他人到底在哪里，甚至也不能确定他是否还活着。大批战俘已经开始返乡，我们也看到有些邻居在欢欣地庆祝家人的归来和团聚。我们每天都会虔诚地祈祷，希望父亲也能一样平安地回到我们身边，然而随着时间慢慢地流逝，我们的希望也在渐渐破灭。我们必须面对现实，有很多人家都不会再见到他们的父亲和儿子，也不会知道他们到底经历了什么，而我们有可能就是这样的人家。我十分想念我的父亲，但这种思念肯定不及母亲和艾薇，因为父亲离开时，我还太小，而经过了这么长的时间，他的形象也开始有些模糊，我的生命里似乎只要有妈妈和艾薇就已经足够了。

没过几天，工地的工人就来帮我们安装窗户，我们又从那些免受空袭侵扰的亲戚那里拿来了一些家具。妈妈有些住在汉堡郊区的表亲和堂兄妹，他们的房子并没有遭到空袭的破坏，于是合力为我们提供了一些生活的必需品。妈妈有一位经营大规模植物培育工厂的表哥，他为我们送来了一些水果树和灌木，为此我们还举行了一个植栽仪式来庆祝我们搬入新家，我们种上了樱桃、苹果、李子和梨子等果树，另外还在花园里种满各种醋栗。

在后来的日子里，我依然经常在梦中回到德国，梦见自己在花园里照料那些果树。

那间小房子得到了所有人的钟爱，我们在里面住了好多年，它只有一层，里面有两间卧室、一间可以用餐的客厅、一个小厨房和衣帽间，屋子里没有洗漱的设施，但一段时间过后我们也就习惯了用毛巾把自己擦拭干净，有的时候我们使用亲戚和朋友家的卫浴。我们并不会因为这里没有凡贝克修斯路上的公寓那样奢华舒适而抱怨，相反我们对于此刻能拥有这样一个遮风避雨的小房子而心存感激。当时汉堡城里有很多人都住在地下室或是简陋的棚室里，我们自然也不可以因为屋子里没有卫浴而感到不满。

有人把这一排排的组合屋叫做“马厩”，因为它们看起来的确有点像。我们在屋后的花园里还盖了一个小棚子，我把我的宠物兔子翰喜养在了那里，每天它都会在篱笆内的草地上蹦来蹦去。我会在公园的附近收集蒲公英叶子，然后亲手喂给它吃，偶尔我也会给它改善一下伙食，从我们的菜地里拔一根萝卜给它吃。那时的食物供给依然十分紧张，所有食物都是配给的，所以如果想要喂饱我们、给我们提供足够的营养，妈妈的工作会非常得辛苦。有一个周末，我们的餐桌上出现了兔肉，震惊之余我突然意识到那可能是我的翰喜，我的眼泪顿时夺眶而出，转身从餐桌边跑开了，那一整个礼拜我几乎都没有吃任何东西，心情抑郁到了极点。对于食物短缺的情况我是可以理解的，但对于母亲如此结束翰喜生命的这件事是我永远都无法原谅。尽管他们后来又送了一只宠物兔子给我，但翰喜再也回不来了。

对于当时局势的艰难程度直到今天我才能完全理解，好多人流浪街头，在大城市的某个角落里勉强求生，或是避居在废墟之中。食物严重短缺，好多人甚至捕食宠物狗和野猫。而对于我们能够拥有一个如此平静而正式的地方来生活，已经是非常幸运的了。

在食物严重短缺的情况下，想得到一份食物上的奖赏或是惊喜几乎是不可能的，如果有那便会是极为珍贵的。当我们在凯特阿姨家过夜时，有一天她要我帮她一起烘焙她的生日蛋糕，那感觉就像这是我这辈子唯一一次做蛋糕的机会，虽然事实上就在六个月前，我还在砖块工厂的家里和弗克以及小汉宁一起烘烤了圣诞饼干。我很乐意帮助凯特阿姨的忙，因为她总会让我提前品尝一下那些美味的食材，不过很快就到了我该上床的时间。

第二天清晨我起床时特别兴奋，脑子里都是那个美味的大蛋糕，希望马上就能吃到我的那一份儿。然而大人们在前晚已经把它全部吃完了，这简直令我失望极了，他们一定还喝了一瓶酒，在一起谈天说地，根本就忘了我的存在。这份难过和委屈一直在我心头萦绕了很多年，想来也有些好笑，不过我十分确定他们一定不是故意的。

§

随着我们这段漫长的寻亲旅途已经结束，艾薇的任务也已经完成，如往昔般快乐的岁月又回到了我的童年。就像那个砖块工厂一样，现在的汉默公园成为了我们这些孩子游戏的乐园。汉默公园将我们与外面来往繁乱的交通隔绝开来，除了几辆偶尔开过的笨重军用卡车，我们不仅安全无虞，还拥有了一大片快乐的天地，尽情地探索孩子的乐趣。我们这些住在组合屋里的孩子一起玩耍，很快就对汉默公园和英军兵营的情况打探得一清二楚。

军营里的那些士兵对我们十分友好，有些还与我们成了很好的朋友。我的英语学习也是从和他们交流聊天开始的。高中的时候，老师们都惊讶于我一口流利的英语，也或许是因为我所说的一些句子在学校的课本里是没有的。那些士兵的心肠很好，他们从未教过我任何不雅的话，相反的，我学到了很多礼貌的问候，比如“您好”，“怎么称呼您”，还有“您饿不饿，渴不渴”之类的。如果不是因为这场可怕的战争，我想我们也许永远不会相识，更不会成为朋友。所以当他们说“很高兴能认识你”时，我们总会忍不住笑出来，他们确实很好，认识他们也确实是一件令人高兴的事。

我也尝试着教给他们一些德语作为回报，他们对此也表现出了极大的兴趣。其中还有几个人已经可以用德语与我顺利地交流了，而且他们很喜欢跟我们作对话练习。

那些士兵看到我们这些小孩子时，总会联想到自己的童年。像是我们在路上遇到的那些士兵一样，他们也会掏出相片，让我们看看那些长得跟我们很像，但名字却听起来有些奇怪的陌生小孩儿。我喜欢和我的同伴们一起玩耍，同时也很乐意和那些士兵们坐在一起聊个不停，我是他们的快乐天使，他们都很喜欢我。我总能从他们那里得到很多配给的食物，他们都很慷慨，之后我便可以把这些食物带给我的家人。那时食物的短缺情况实在令人担心，我们会将他们送给我们的茶包反复冲泡直到水都变白了。之后妈妈还会将这些茶包晒干，因为她说这样会让茶再次变浓。偶尔妈妈有了可以烘焙蛋糕的食材，就会让我拿过去一些给他们吃，他们总是表示衷心的感激，因为这与他们平常所固定配发的食物相比口味很不一样。

不过那段时间中还发生了一件让我感到愧疚和罪恶的事情，直到现在一想起来就会羞得满脸通红。那是个炎热的夏天，我们一群女孩子和一小群男孩，看到了一个正躺在草地上呼呼大睡的英国士兵，他把皮带和靴子都脱下来摆在一边。那双靴子在阳光下显得十分耀眼，这对我们来说实在很有诱惑力，尤其是在当时那种根本买不到鞋子的时局里。于是，其中的几个男孩子便悄悄偷走了靴子。这件事情发生后，我一直都在担心那名士兵：他必须走回营队并向上级报告他把靴子弄丢了，而我确定这一定会给他带来麻烦。我想向他道歉，虽然靴子并不是我偷的，但我却知道是谁偷走了它。为此我一直感到深深的愧疚甚至无地自容，即便是在事情已经过去了六十多年后的今天。如果他还在世并能够读到这本书，我希望他可以接受我的道歉。

上学在那个时候基本上是不可能的，那里没有学校，即使是那些没有被炸毁的学校后来也被征用做了军用医院。如果要开学校，至少还要花好几个月的时间来召集各科的教员，而为了清除纳粹思想，所有的课本也都需要重新编写，于是在这将近十二个月甚至更久的时光里，我们就在汉默公园附近快乐地玩耍着。当然，妈妈一定会让我上学接受教育，但我却一直以为自己属于特殊情况，所以继续享受着在公园里爬树、盖小屋与伙伴们一起玩办家家酒的美好时光。

卡拉是我那段时光里最好的玩伴，她的父亲在邮政局任职，因为他现在已经退伍返乡，所以公园里的相关单位批准他将原来的一处公共厕所改建成一处住所，并付给公园当局类似土地租赁的年费。这听起来可能有些荒诞，但几乎每座在汉堡还直立着的建筑都被改造成了民众的居所。好在卡拉的父亲有一双巧手，很快便将公厕改建成了一间舒适的房屋，那里距我家大约有五百米。

卡拉一家人才刚刚走出一个低谷，五月十日，也就是艾薇和我终于过桥来到城里的那天，卡拉出生才一个月的小弟弟突然夭折了。卡拉的父亲将宝宝的尸体放入了一个纸盒箱中准备送到欧斯村墓园，那是段遥远的路程。但不幸的是，他没能在六点宵禁开始前赶到那里。宵禁一旦开始，任何在街上逗留的人都会被英国士兵包围并领到防空处，一直待到第二天的早上。卡拉的父亲不会说英语，但他知道德语和英语的“宝宝”听起来是很像的，那是因为此前两位士兵到他家登记居住人口时，卡拉的父亲听到了他们在提到他儿子时用了“little baby”（小宝宝）这个词。于是他走近哨兵，想要努力告诉他们盒子里放的是他的宝宝，他们显然没有听懂他的意思，甚至认为他有些精神失常。就这样，卡拉的父亲抱着那个装着他死去儿子的盒子，坐在那里熬过了凄惨的一晚，虽然他的身边还有许多人，但他依旧是沉浸在极度的孤独与悲怆之中。第二天早上，他才将宝宝的尸体送到了墓园。而在家中的卡拉和她的妈妈也是整晚没合眼，一直焦急地等待着他的消息，同时为小宝宝的不幸夭折而哀悼。

那段时间我和卡拉经常在一起，在我们的花园里游戏，有时也到公园里去探险，汉默公园就像是我们所共有的一个超级大花园，而卡拉则是我最为要好的朋友。

汉堡的秋天就要来了，在夏秋之际有个叫做灯笼节的传统庆典。它看起来有些像万圣节，只不过我们不会到处去要糖果。到了日落时分，小孩子们会在手里握着点着蜡烛的纸灯笼在自家附近四处游走，并唱起灯笼之歌：

灯笼，灯笼，我的小灯笼
星星、月亮和太阳
我的灯笼最美丽
可以拿着它舞蹈去
穿越猎人打猎的青草原
燃烧吧，我的小蜡烛，燃烧吧，我的小蜡烛
但千万别把我心爱的灯笼给烧着了

即便是战后的第一个秋天，大人们依旧可以找到足够的纸灯笼和蜡烛来给我们这些小孩子，或许这些纸灯笼在战争前就已经储存好了，或者是它们的制作工艺十分简单，所以不需要花费太长的时间去准备。我很高兴自己能有一个小灯笼，虽然我并不知道它是从哪里来的，我和卡拉也加入了园区所有小朋友组成的队伍，大人们则在后面看着我们。

那些英国士兵从没见过这样的庆典，所以显得十分好奇和惊讶。

此后，我听说战俘们就在那晚也搭着火车返回到了家中，当他们看到残垣断壁的汉堡，看到游行队伍中发出的点点烛光时，都不禁潸然泪下，这也是他们小时候钟爱的传统庆典。当他们看到这些孩子很快就从战争的阴影中走出来，庆祝着灯笼节时，也顿时感受到了城市里闪烁着的希望之光。

就像我之前提到的，卡拉的父亲有双灵巧的手，他为卡拉的娃娃做了一辆推车还有一张精巧美丽的小木床，而卡拉和我总是一同分享所有的东西，于是我们可以轮流将这些东西放在自己的家中，如果小推车放在她家，那么我就可以把木床带回家。

在汉默公园的第一个圣诞节到来时，也就是我们搬到那儿的半年后，我得到了一个塑胶娃娃作为圣诞礼物，它有双能够眨动的眼睛，头上还绑着用绳线扎起的小辫，我立刻为它取了个名字——夏洛蒂，也就是那个被无赖抢走的、我最心爱的布娃娃的名字。我时时刻刻和这个夏洛蒂在一起，形影不离，而她也帮我忘记了那个与她同名的旧娃娃。

卡拉家的附近种着几棵属于公园当局的梨子树，它们看起来既可爱又新鲜，我们会捡走掉到地上的，即使它们因为撞击到地面上而呈现出了点点的淤黑。每当捡起梨子，我们的心中都会闪过一丝罪恶感，我们觉得自己有些淘气，但依旧吃得津津有味。这个公园里的土地有一大半被分配给了那些没有花园的人家使用，我们十分尊重他们的财产，从没拿过他们种植的任何东西。

公园的地底下有防空洞，但通往这些防空洞的大门是锁着的，不过我们也从没有想过要去那里玩耍。有了曾经在矿坑待过的经历后，我再也不想到地底下去了。一个室外的演奏台在炮火的袭击后幸运而完整地保存了下来，我们十分喜欢那里，甚至在那里即兴编排一些话剧，然后对着那些假想出来的观众进行表演。公园里还有个喷泉，不过只有在渡过缺水期后它才会喷出水来。到了冬天的时候，那里会形成一座奇特的冰堡。我们还会临时找来一些伙伴在运动场上玩一种类似棒球的游戏，我后来的学校就在那个位置。公园各个角落里总会看到有一小群孩子在快乐地嬉戏，与那些必须住在街道废墟堆中的孩子相比，这里真的是幸福的天堂。

就在几年前，我的表弟汉宁曾经寄给我一本讲述汉默公园历史的书籍，并附上了一个字条，上面写着：

看一百二十六页。

书中所收录的文章中有一篇的作者是卡拉，卡拉在文章中描述了战后几年汉默公园的情况。她写道：

芭比是我最好的朋友，她与妈妈和姐姐住在公园的一间房子里。她们拥有一个非常漂亮的花园，房子的后院还有一个菜圃。

于是我给那本书的出版商打了电话，他们帮我联系上了卡拉。在经历了如此长的时间之后，我们还能有机会再次交谈实在是令人惊喜万分。在那之后，我到德国时与她见过两次面，书信和电话是我们保持联系的方式。卡拉继承了她父亲精湛的手艺，就在最近她给我寄来了一辆她自己制作的迷你推车，里面还放着一个小娃娃，为了提醒我不要忘记我俩小时候一起玩过的游戏。那段时期我们所共同经历的快乐时光再次浮现在了我的眼前。

一家人终得团圆

战后刚结束的前几个月，艾薇过得并不快乐。

一九四五年八月，艾薇在汉堡的一家儿童医院工作，但因为哮喘的发作在短短的四个礼拜之后便离职了。艾薇在露西死后便出现了哮喘的问题，而此时这一直纠缠着她的病症正在急剧恶化。不过奇怪的是，在我们整段长途的旅途中，艾薇的哮喘都没有发作过，而此时它却展开了如此肆意的报复甚至逼得她停止了工作。艾薇的情绪变得相当低落，在日记里写下了这句话：

我不知道为什么这个世界不再爱我了。

艾薇在九月回到了塔巴兹，想要取回她留在那儿的一些私人物品。然而那依旧是一场冒险的旅行，因为火车的班次仍然不定时，所以有时只能搭乘运送牛奶的便车。她在那里见到了几名教员和女孩子，但是照护之家已经不再运营，而她所有的东西也都不见了。艾薇在日记里下了她的心情：

又是一次彻底的失望，那些所有我想带回汉堡的重要的、珍贵的物品都不见了。

我无法形容那是多大的失望，但我又能怎样呢？丢了就是丢了。

回汉堡的路上依旧是危机重重，因为在联军划分德国领土时，塔巴兹和整个美丽的图林几亚都被分给了苏联，如今东德就是由共产党统治。一路上艾薇都胆战心惊的，她在日记里写着：

我一旦被抓，就会惹上麻烦。而如果我遇到了那些偷走我东西的人，他们一定会认出我的身份。

艾薇终于平安回到了家，这让妈妈松了一口气。艾薇也记下了妈妈说的话：

我不在乎你的东西怎么了，我只是很庆幸你平安地回到了我身边。

在妈妈看来，没有任何物品是值得让自己冒着生命危险去取回的。妈妈只在乎我们是不是安全的，我们是否能够快乐地生活在她的身边。我想那是汉堡遭遇轰炸时，当她失去了自己舒适的住所以及里面所有的一切时，她所领悟到的。有那么一个时刻你会突然意识到，那些所谓的财富和物质生活都是如此的脆弱和不足挂齿。

后来我们还回到了在凡贝克修斯路上的公寓，那里已经成了一堆碎石瓦砾。我们甚至还看得到那挂在烟囱中段的锅子，就像是从废墟中伸出了一只谴责战争的手指。我们在废墟堆中游走，发现了妈妈珍爱的梅森餐具的碎片，那些镶着金边的白色餐具已经面目全非了。那些四处拾荒的难民早就拿走了所有他们认为值钱的东西，我们又怎么能责怪他们呢？他们必须要在这废墟之中刨出一个家来，所以他们自然就会拿走他们所能发现的、能派上用场的一切东西。妈妈并没有显露出任何的不高兴，即便我觉得妈妈会很心疼这些属于我们的记忆。我是在多年以后和她的一次谈话中才知道的，其实当时的她真的没觉得失去这一处家园有多么得痛苦，因为露西的死已经让她领悟到了什么才是真正的失去。

接下来艾薇又来到了一家牙医诊所担任柜台的接待员，但因为哮喘再度发作，这次的工作她只维持了四个星期。为了缓解她的病情，艾薇加入了一个远行的社团，这个团体里大约有二三十人，他们会定期去旅能堡荒原远足。有时我也会在得到允许后和艾薇一起去。对于我们在那里曾经所遭遇的无赖汉以及他们残酷的暴行，艾薇看起来并不十分在意，否则她也不会同意走这条路线。那段遥远的征途并没有阻挡住我俩的脚步，实际上，我还挺喜欢那段在外生活的日子，给了我们很多美好而又惊喜的回忆。而当我们停下来享用午餐或是喝茶时，我就又能再次品尝到那荒野中美妙的蜂蜜。

§

算来战争结束已有好几个月了，而我们依旧没有任何关于父亲的消息，我想他是不会回来了。一九四五年已经过去了，从苏联营队载运军人以及囚犯的火车班次也越来越少了。妈妈和艾薇刻意地减少了对父亲的谈论，因为她们希望我能渐渐适应没有父亲的生活，做好父亲可能永远不会回来的心理准备。然而当她们两人独处的时候，依旧是天天期盼着好的消息的到来，关于父亲的记忆在她们那里从未减少过。

一九四六年九月十五日，我们收到了一封信，是父亲寄来的，他还活着！——我们不禁大吃一惊，而整个屋子顿时欢欣雀跃起来，当时甚至连妈妈都有些放弃了，因为大多数的战俘都已经返家。我们的周遭既有团圆的欢笑声，也有那些失去亲人的家庭的哀悼声。父亲寄来了一封短信，上面告诉我们他正从苏联的摩尔曼斯克里战犯营被送往图林几亚地区的默尔豪森里的一个营地，他在那里接受返家前的医疗检查及隔离。非常凑巧的是，默尔豪森离塔巴兹只有几里的路而已。

妈妈听到这个消息时喜极而泣，艾薇和我也是一样，我们不禁在那个小小的客厅里跳跃舞动起来。我们祈祷父亲能够在九月二十八日回来，因为那是父亲的生日。而我则是在心里悄悄祈求父亲可以在九月二十日就回来，好一起庆祝我九岁的生日。

艾薇在日记里写道：

父亲回来时会是什么样呢？只要他能回到家，我对一切都不会太在意，即便我们需要长期地照顾他，他能回来跟我们在一起才是最重要的。只要W先生提供给我们水果、蔬菜和马铃薯，我肯定我们可以让他很快恢复健康。

这确实很让人担心，我们亲眼看到过那些从苏联的战犯营返家的人，他们看起来极度憔悴和瘦削，肤色蜡黄，两颊也是深深的凹陷下去的，被剃光的头上会冒出一撮撮形状怪异的发丝。想要他们恢复健康需要充足的营养和无微不至的照料，我们全家都做好了准备要尽一切可能来帮助父亲恢复健康，但同时我们也很怕看到他不堪的模样。

九月二十五日下午，我正在艾薇的卧室里玩耍，有个陌生的男人从窗外小心地向里面张望。我冲出了房间大叫起来："妈妈，妈妈，这里有个男人！我们的花园里有个男人！"

我真的认不出我的父亲了，当时我的年纪还很小，而且已经两年没有见到他了，而且现在的他整个人看起来也都不一样了，十分得瘦削。但是妈妈知道一定就是他。她惊讶地吸了一口气，冲出门外投到了他的怀抱中，两个人依偎在一起很久，这之后他抱住了我："你好，芭比！"他笑着望着我，又亲了亲我的脸颊，"你还记得你的爸爸吗？"

我想起来了，记起来了，眼泪不停地流，看到父亲终于能够回家跟我们在一起，我实在是太高兴了。他和妈妈与我一同坐在了客厅里，告诉我们他到底发生了什么事情。然后我们听到了艾薇回来的脚步声。艾薇进屋时，父亲站了起来，她看到他时吃了一惊，父亲一句话都没说上前一把抱住了她。当时所有人都说不出话来，只能默默地流泪，就像我现在回想起那一刻时一样。

我实在想不出能有什么会比我们全家人能够再度团聚在一起更加美好。

父亲显得非常的瘦弱，但并不像我们看到的其他幸存者的情况那样糟糕。对于他在营地里所看到和经历过的事情，父亲并没有过多地谈及，但我们都知道他一定亲眼目击了许多朋友的死亡。父亲告诉我们他最初被带到营地的时候撒了个谎，骗他们说他是炊事班的火夫，这或许救了他一命，因此他们将他分到了厨房干活。父亲的手在第一次世界大战中受过伤，那之后一位物理治疗师告诉他可以通过揉捏面团来做手的复健，所以对这个工作对于他来说并不困难。（我记得他以前在凡贝克修斯路的家时就常常给我们做好吃的李子蛋糕。）其他一些烹饪工作，包括水煮蔬菜之类的都并不太难，所以并没有人察觉到他的谎言。厨房是军营里最温暖的地方，而且能够弄到一些食物来帮助其他的战犯，所以尽管父亲自己也总是半饿着肚子，但情况还是比大多数的人要好。父亲给了我一把银色的餐刀，那是一名战犯送给他的，为了感谢父亲偷偷把食物塞给他们，这把餐刀我至今都还保留着，并且每天都在使用。父亲被囚禁的地方是位于北极圈内的摩尔曼斯克，纬度十分高，他告诉我那里几乎没有白天，整天都是黑夜，也比他想象的要寒冷得多。

我们也为父亲讲述了我们在长途旅程中所发生的点点滴滴，对此他十分惊讶，并且为我们所做到的一切感到万分的骄傲。我们常常讲起一路上发生的那些有趣的冒险经历，还有那些我们所遇到的仁慈而慷慨的百姓和士兵，对于那些阴暗和危险的部分我们都没有提及。

父亲恢复的有些慢，但很稳定。我还记得有一次妈妈搀扶着他到外头去溜达，我们去了汉默公园中心的那家餐厅，负责经营那里的老板和妈妈很熟（主人的父亲在婚前曾是教宗庇护十二世的侍从）。妈妈扶着父亲坐在餐厅里，一起喝着由啤酒和姜汁汽水调和而成的雪利酒，接着父亲走到了柜台前，说："麻烦您，二十根香烟！"

柜台后的女孩看着他，一脸的诧异。

"瓦迪，"妈妈轻声唤着他，"现在的香烟都是配给的，很贵的，你买不起二十根的！"

妈妈说的没错，事实上父亲只买得起两根，而且这些香烟的品质早已不如他们在战前所抽的那种，可是父亲对此全然不知。

父亲开始在我们的花园里种植烟草植物，直到现在我的眼前还可以浮现出烟草被制成香烟前，然后被揉成"烟丝"悬挂在棚中风干的一幕。

香烟在当时已经成了一种地下货币，英国士兵能获得的配给量要远远大于德国人，于是两方就会展开交易，比如用一只手表换二十根香烟；一台相机则可以换五十根香烟之类的。那时的肥皂也十分短缺，而英军依旧可以得到比较多的配给，而这些都是可以进行交换的。

战后的前两个冬天很不好过，不仅食物都是配给的，而且没有燃油可以用，我们只能捡拾公园树木下的枝干来作为燃料。那些看管公园的人砍下一棵树后，一般不会费心去处理剩下的树根，于是父亲和其他的男人就会把它挖出来，这份工作很费力而且很可能会把人的腰给累断，可一旦他们真的挖出树根用作燃料，那么一切就显得值得了。我依旧享受着作为小孩子的幸福，从来不知道哪些物品是严重匮乏的，因为我的盘子里总是放满了食物，而这些很可能是家人为了让我能让我保持健康，忍受着饥饿为我省出来的。因为妈妈精湛的厨艺，我们总能在配给少得可怜的情况下，还能吃到美味可口的食物。

当我们在汉默公园的这间小屋里安顿下来的时候，我们其他的亲人也在汉堡四处寻找落脚的地点，外公、外婆的年纪都很大了，不过幸好他们很快就就在火车站附近找到了一间公寓。我们经常会去看望他们，而我也总爱跑在最前头去按门铃。我清楚地记得那间卧室里有个大型的桃花木五斗柜（大概是我们的某位亲戚赠送的），最上面的一层有个小小的抽屉，而那里放着外公留给我的甜食和巧克力，那都是他特意留给我的，专门等我们去看望他们时给我们吃。他还在里面储放着用卫生纸包裹起来的苹果，那迷人的香甜味儿不禁让我回想起唯德村的地窖。

意玛阿姨带着汉宁暂时先住在了一个亲戚家，他们是汉斯表舅和爱莉卡表舅妈，也就是我母亲和阿姨们的表兄妹。我对他们是又敬又畏，汉斯表舅和爱莉卡表舅妈属于社会金字塔上层的人士，讲起话来就喜欢咬文嚼字。汉斯表舅在一间大型的海运公司担任主管，他们的房子位于郊区，所以豪华的住宅并没有遭到炮弹的袭击和损毁。

意玛阿姨的丈夫赫曼后来在易北河边的修斯路上找到了一间公寓，修斯路是一条沿着易北河河岸兴建的道路，政商名流都很喜欢居住在那一带。他们的公寓建筑外面还有一座向下连接着河岸的陡峭楼梯，我们这些小孩子把它叫做“天梯”。我们常在阶梯间跳上跳下的，而母亲们则总是抱怨楼梯的层数太多，爬上去需要花费很多的时间。

希达阿姨、德克拉、尤里希还有弗克当时住在哪里我记不太清了。但后来，当他们和威力姨父团圆后，就在外公送给他们的那块土地上盖了一间房子。当我母亲的瓷器被摔碎、意玛阿姨的珠宝全被抢空后，现在可以看出希达阿姨当时选择了土地是个非常明智的决定。他们用心筹划并且亲手搭建起了他们自己的房子，表姐德克拉现在还住在那儿，我想她对于自己当时也能参搭建自己的家园，一定感到非常自豪。

威力姨父有双非常灵巧的手，任何东西到了他手里都能够得到恰当的使用，他简直就是一个无所不能的巧匠。同时，他还是位业余的拳击手，他们家住得离德国重量级拳击冠军马克思·史梅林的家特别近。马克思·史梅林是威力姨父的一个好朋友，他们俩甚至在一起练习拳击。（马克思·史梅林在二〇〇五年与世长辞，享年九十九岁）。可惜威力姨父过世得太早，一九五九年，在他年仅五十七岁时便去世了。我们小时候偶尔也会获准到运动场上去看威力姨父的比赛，那感觉很过瘾。

战争让我们经历了太多的灾难，但大人们依然在努力着将生活的一切都恢复到像往常一样，而我们这些小孩子当然是他们努力的全部原因。我们家族在战争前的每个月里都会举行一次文艺之夜，由大人们轮流主持。家族中的每个成员都要进行朗诵表演，内容可以是一首诗或是书里选取的一个篇章段落。有时候我们也会唱歌，这是特别留给我们小孩的表演任务。这个传统很棒，可以让我们的家族永远保持着和睦与亲近，所以在我们所有人都安顿下来以后，这个传统便又开始进行下去了。

有时，大人们也会在晚上打牌。作为小孩子，包括我、弗克和汉宁，都一致希望威力姨父会赢，因为他总是会把赢得的钱分给我们一些，那对于我们来说可是好大的一笔钱。威力姨父的职业是海上的工程师，战后则在捕鲸船上工作。我们有他和一些船员们出海的照片，照片上他们的眉毛和胡须上都挂满了冰霜。他还让我把照片带到学校去，向班上的同学们作报告，讲述他们在海上的生活。

不过赢牌的通常都是我父亲，他的心思缜密，很容易就能推想出哪些牌已经出过了。当他的身体恢复得差不多时，就又开始替铁路局工作了。不过此时，他在汉堡已经有了固定的办公地点，完全不需要出差。他一直待在这个职位上，直到退休。

§

在父亲回到家中的四个月后，艾薇的哮喘开始有了明显的好转。她和两个朋友常去位于哈尔堡的一家临时军队医院看望病人，那是一座一层的、有着圆弧屋顶的尼森式的简易房屋。艾薇和朋友们在那里念书给受伤疗养的士兵们听，帮助那些行动不便的士兵们写信。根据艾薇在日记中的记载，在一九四七年一月十七日那天，她在那里认识了库特，一位来自德属罗马尼亚斯本伯根区的士兵，他并没有受伤，但是营养不良的情况十分严重，需要细心地照护才能康复。

库特和艾薇很快就坠入了情网，直到艾薇在一九九〇年去世，两人依旧深爱着彼此。艾薇曾经在日记里写下了那份热切的渴求、希望找到一份值得付出的爱情的愿望、找到一个可以厮守一生的男子，艾薇所有的这些愿望都实现了。她和库特两人在一起非常的快乐。为了能让库特加速康复，他被转移到了位于圣安德亚斯堡那里的照护之家，但即便如此，艾薇也常常到那儿去探望他。

没过多久，他们便明白了对彼此的感觉，艾薇的日记里写道：

我深爱着库特，我无法想象如果没有他在身边我会怎样。

她在一九四七年四月写下了日记的最后一笔：

阳光和快乐终于向我走来。

一九四七年九月二十九日，在他们相识一年后，艾薇和库特决定结婚。那对我来说简直是天大的喜事，因为我可以穿上当时我觉得是世界上最漂亮的衣服去当伴娘，而在现在看来，那件洋装可能会有些奇怪。我们收到了很多从英国和美国寄来的礼物，其中有一些会是布料。妈妈是一位技艺精湛的裁缝，她用那些布料给我做了件白色的缎料上衣，上面还有着美丽的摺饰，不过因为剩下的布料不够做裙子，所以她便用了淡蓝色的缎料。我高兴得不得了，穿着新衣服在房间里快乐地旋转，时不时的搔首弄姿，觉得自己像是站在伸展台上的模特儿。艾薇有一件传统的白色婚纱礼服，那是母亲一位表亲的女儿曾经穿过的，稍微做一下修改便完全合身了。

艾薇和库特举行婚礼的时候正值美丽的十一月天，那天的气温有些偏凉但却是明亮而晴朗的，我们整个家族的人都前来祝贺艾薇的婚礼。他们先到公证处举办婚礼，接着再到教堂接受教父的祝福。之后我们一行人便穿越汉默公园来到餐厅，去享用美味而可口的婚宴。我们举杯喝了一种德国香槟来祝贺这对幸福的新人，那天甚至连我都获准喝了一小杯。那是一个充满欢乐的日子，因为我们和艾薇一样喜爱库特，对于这个新的家庭成员的加入我们都感到万分高兴。

汉默公园对街的一间地下室，是艾薇和库特所拥有的第一间房子，地下室上面的房屋已经被炸弹夷为了平地，通往地下室的门还在，也还有楼梯可以走，四周的墙壁和天花板看来也都安然无恙，然而父亲总是担心上头的废墟随时会崩塌下来砸到他们。只是碰到下雨的时候，他们就得到处摆放水桶和大碗来接住漏下来的雨水。虽然那里没有窗户，但他们还是把那里装饰成了一处温馨的住处，我总爱往那里跑，里面还有一间专属于我的小房间，为此我得意了很久。有一晚我在半睡半醒间向着厕所走去，可是艾薇却发现我正试着爬上五斗柜，她赶紧抱住我，我记得她轻轻地摇着我说：“娃娃，醒来了，亲爱的。”当我们在长途的旅程中听到防空警报时，艾薇总会这样把我叫醒。

艾薇怀孕时，他们在弗洛特贝克租了一间公寓，因为她和库特都认为地下室不是养育宝宝的好地方。那是一处大型别墅的一间，里面还有一个美丽的大花园。库特在欧特玛宣一间非常高档的商店里工作，欧特玛宣是一家位于汉堡富人区的商店，里面出售陶器、锅碗瓢盆以及其他形形色色的商品。库特几乎什么都会，可以当水电工，也是个能干的工匠，擅长修理各种物品。

后来，在库特老板的帮助下，艾薇和库特在那个地区买了栋大房子，库特的老板是一对好心的夫妇，他们在这次战争中失去了所有的儿子，所以他们把库特当做干儿子看待。这栋房子实在是太大了，他们还剩下很多空房间。

库特和艾薇简直就是天造地设的一对儿，小时候的我一直希望自己也能找到一个像库特那样的好丈夫，那我就可以像艾薇一样幸福。尤其是库特可以不看乐谱，全凭感觉弹奏手风琴的样子给那个年纪的我留下了深刻的印象。一九四八年，他们的第一个女儿在艾薇怀孕仅仅七个月后便出生了，宝宝名叫安洁莉卡，出生时只有两磅重，她的身子瘦小到可以穿着我的洋娃娃身上的衣服。三年后，他们的第二个女儿葛温达也出世了。

母亲有一双灵巧的手，任何碎布或旧衣服都可以被她改成合身而漂亮的衣服，但即便是这样，我们鞋子的问题却很难解决。那时，别说是没有钱，就是有钱也买不到鞋子。幸亏库特买来了一大张的压缩橡胶，这才为我们解决了难题。他用我们的旧鞋作为模子，比照着尺寸剪下相应大小的橡胶片，他甚至在脚跟的地方做了加高处理，然后在四边打出洞，将从旧外套上剪下的一条条皮带从这些洞里穿过去。之后我们将脚板穿进这些皮带里，再用另一条皮带环绕过我们的脚踝，将脚和鞋子固定在一起。这种特别的凉鞋穿起来既美观又舒适，所以总是有许多亲戚和朋友央求着库特帮他们做鞋子，库特的手指也因为总是去缝合生硬的鞋料而发麻和起泡。我至今保留着一张一九四八年照的相片，当时我坐在校门外，而脚上穿的正是这种鞋子，那时的我总是这样坐在外头的墙上，等着我的朋友们一起去上课。几年前在加纳瑞群岛度假时，我碰到了一对曾经住在汉堡那间中学对面的德国夫妇，聊天时才知道他们也认识住在那附近的凯特阿姨，而且还记得一个坐在墙上、穿着那种特制凉鞋的金色卷发的小姑娘。正像我观察到的那样，我们生活的这个世界，确实很小。

因为妈妈很会缝制衣服，所以每个月她都会抽出一天到她的表亲，也就是那个有一家植物育苗厂的表亲那里，为他们家里的三个小男孩修改衣服。妈妈可以让磨损的衬衫瞬间就焕然一新，她会将衣领拆开来再反过来重新缝上。他们家的生活还算富裕，只是那时即便有钱也买不到衣服，因为根本没有卖衣服的商店。他们并不会付钱给妈妈，但我跟着去时总会得到许多可口的食物。他们家里有土地可以耕种，而且附近还有农场，就像之前提到过的，那些住在乡下的人其实过得比在城市中的人好。有时我们会把那些装着珍贵食物的袋子带回家。

我们知道时局异常艰难，但依旧乐观地生活。妈妈保持着和艾薇一样坚定的信念和积极的态度，她总是跟我们说我们有多么幸运，因为一个崭新的汉堡即将从废墟中重新站立起来，一个崭新的现代化城市正在崛起。妈妈告诉我们，虽然我们失去了财产，但这些都不重要，因为我们的家还在而且大家都平安无事，所以我们要一直坚强地生活。

长　大

那看似漫长的假期因为学校的重新开办终于结束了。汉堡公园在丹麦所捐赠的一处临时建筑里开设了一个幼稚园，但我的年纪已经超过了可以就读的年龄。小学距离公园要相对远些，不过在当时，小孩子自己走路上学是很安全的。我们总是三个人一起穿越残破的街道，走路去上学，包括我、卡拉，还有一名与我住在同一排房子里的朋友贺佳。沿途中，我们总是可以看到墙上留下一些斑驳褪色的字迹，他们在那里向家人传递着他们的下落和去向。我不知在这些信息中有多少是徒劳白写的，而又有多少丈夫和小孩子可以就此找到他们的家人。在一些破败的石墙上还写着抢夺偷窃他人财物的人会被起诉，只要你环顾四周，你就会发现这里已经没有剩下什么值得去偷抢的东西了，甚至连房子的建筑材料也已经被拿去充分地利用了，或是作为柴火取暖、或是作为铺在地上的木板。

我们怀着好奇的心情钻进了一些小屋子里，如果当时我们能够找到任何有用的东西，我敢说我们一定会毫不犹豫地拿走，可惜我们什么也没找到。妈妈警告我们那里很危险，不要再进到废墟中。但那种想要进去一探究竟的欲望却十分强烈。我们把这当成是一次冒险活动，在我们看来里面那些坍塌的墙面，还有流窜其中的老鼠、野猫，都不是人类生命遭受创伤之后的伤痕，反而是一座充满乐趣和吸引力的游乐场。

学校里是每天早上八点开始上课，而且十点时会有一次餐点提供，所以每天我们都会自己背着金属的碗盆和汤匙。每个班级会选出两名营养状况不太好的小孩子，给他们多一些的食物。起初我就是其中之一，但是我讨厌跟班上的同学们不一样，所以一段时间以后，当我终于可以卸下这份“荣耀”的时候，我感到十分高兴。放学时间大约是下午一点钟，这样我们还可以回家去吃午餐，这也意味着我们每天算下来可以多吃一顿，我们的身体也因此而更加健壮，下午的时候我们可以去上一些音乐、舞蹈或是体育课，但这都是需要付费的。

九岁时，我不幸染上了小儿麻痹症，回想起来，应该是在易北河游泳的时候感染上的。那次我们到河岸边的一个亲戚家作客，我到河中去游泳，结果不到一天的时间我便开始出现了不适的状况，一直吐个不停，全身也无法动弹。我立刻被送到了当地的医院，然后转诊到了一家大型的儿童医院，在那里我被诊断出了小儿麻痹症。我住了两个月的医院，但有一点是极为幸运的，我成为了德国第一批接受用血清制剂治疗小儿麻痹的患者，这种制剂是美国最新的研发成果。虽然为此我的妈妈和爸爸必须签下一份同意书，但我很高兴他们能够答应这么做，因为我真的完全康复了，并且没有产生任何的副作用。经过了一段时间的调养，我才完全康复。为了能够尽快恢复我原来的体形，我一直强迫自己去参加一些体育社团和芭蕾舞社团，而这也是另一个我必须感谢美国人的原因。

因为这个病，我的同学也都很感激我，因为这个病是会传染的，为了确保不会有其他的人被我传染，他们也都获得了两个礼拜假期。

四年之后，我因为脑脊膜炎而再次病危，这次我真的以为自己会死去。只记得自己当时头痛欲裂、两眼漆黑，并且不停地呕吐，我根本就抬不起头来，只觉得眼前有明亮的光点在移动。我再次被紧急地送到了医院，当妈妈和爸爸带着一只精美的手表来看望我时，我对于死亡的恐惧简直达到了顶点，因为我总是说希望生日或圣诞的时候可以得到一只手表或是一辆脚踏车作为礼物，但他们总是说我太小而且很顽皮，如果骑脚踏车会很容易跌倒受伤，也很容易把手表弄丢或是摔坏。所以当他们带着手表出现在我面前时，我心里在想这也许是他们在满足我最后的愿望，而我也应该离死期不远了。于是我开始失声痛哭起来，但并没有告诉他们我为什么哭。

这次我的病情真的很重，而这次哭泣则让我脑子里发炎的组织受到了更多的刺激。我的心情开始变得更加沉重，好在不久之后一位年轻英俊的医师来到了我的床边，他坐下来，握住了我的手，对我说："我是新到这里的医生，虽然才刚刚开始医生的工作，但我想证明自己的能力。我是真心希望能够使你的病情好转，但光凭我自己是做不到的，所以我需要你的配合，我相信，有了我们俩的努力，你一定会好起来的。”

他的话让我渐渐平静了下来，之后便睡着了，那也是我生病后第一次睡得如此安稳和惬意。当我睁开眼时，他再次坐到了我的床边，起初我还以为他整夜都坐在那儿没有离开。那是我病情开始好转的一个转折点。此后，为了移除我脊髓周边的那些流质，我必须经过多次的腰部穿刺治疗，那真是一个痛苦的过程，让一根细细的、大约有三十多厘米长的针刺穿进我的身体。那时我还常常想：“万一他们要是有个不小心，把这支针从我前面的肚脐眼里穿出来，我该怎么办？”手术完成之后我平躺在没有枕头的床上长达二十四小时，这是为了避免我的头部再次疼痛起来。这一次，我又被迫在医院里待了好几个星期。

我的病情终于好转了许多，一天，护士小姐们给我穿上了她们的制服。妈妈和爸爸来看我时，发现病床上空无一人，而当他们转身要出门寻找我时，我悄悄从他们的身后冒了出来。“能为您二位效劳吗？”我调皮地问他们，他们感到十分惊讶，我竟然已经康复到能和他们搞恶作剧了。

因为我的缘故班上的同学都放了两周的假期，所以当我回到学校时，他们居然抢着问我：“你下次要生什么病呢？我们都期待着能再放两个星期的长假呢！”

“我的任务已经完成了，要是再放假也该换我休息休息啦！”我笑着回答他们。

不过这样的事情没有再发生过。

§

我在十岁时顺利地通过了一个考试，那代表着我可以在一所相当于英国文法中学[①]的学校里读书。而这所新中学就在我们公园里的那间小屋子的附近，不用去很远的地方上学真的很棒，在家时我甚至还能听到学校的晨钟。我们那栋建筑的上面几层给男孩子们使用，因为他们的中学仍然被当做军用医院使用。不过校方还是想尽一切办法尽量避免男孩和女孩们的接触，所以我们可能接触到男孩子的几乎就只有在放学后的舞蹈课上了。

我放学后的所有时间几乎都被各种活动排满了，包括体育课、国标舞课，我甚至还要上“音乐律动”课，这个课就像是芭蕾课，只是我们不用顶着脚尖旋转舞蹈。这门课的授课老师也很有意思，尤其是他的名字——宝刀，提到这个名字的时候我们总会“咯咯”的笑起来，他是男老师，但有些女性化，不过我总是因为被他选出来一起做示范而感到自豪。

在我的高中时代里，保留着非常美好的记忆，其中最重要的部分就是结交了伊瑟、安缇耶和嘉玲三位好朋友。我们的感情非常好，当时甚至还组成了一个四人的小团体，叫做“CDS”，我们

① 英国文法中学（grammar school）源自中古世纪，是大学入学前的一个准备，十分强调拉丁文文法的教学。发展至今过，已经逐渐拓展成为包括所有一般科目的中学学科。

从来没有告诉过别人这个缩写的意义，即使是现在，即使安缇耶和嘉玲都已经离开了人世，我依然会保守着这个秘密（我和伊瑟依然保持着紧密的联系，每次回到汉堡我都会和她见面）。三个女孩的情况不一样：伊瑟的母亲因为战争而成为了寡妇，靠着苦心经营的一家糕点店才将三个孩子拉扯长大，在上学的路上我们经常会经过这家糕点店。而安缇耶和嘉玲都来自相对富裕的家庭，住在城外的别墅里，不过我并没有因为自己的家在战争中失去一切而感到任何的自卑。安缇耶擅长跑步，但在一次一百米的短跑比赛中，安缇耶在抵达终点线的时候被绊倒了，脚部因此而严重受伤，为了能离学校近一些，她便和我们住在了一起。离开了美丽的别墅，与我们同住在这间又小又简陋，而且没有洗浴设施的简朴房舍里，安缇耶却显得非常开心。她在我们家住得很舒心，这些都要归功于妈妈，因为她是个非常称职的家庭主妇，能把一切都打理得井井有条，能够让每个人都找到回家的感觉。

那段时间里，学校请来了一位来自英国的实习老师专门教我们的英文，她名叫戴芙妮·亚斯皮琳。校方征寻一些可以接待她的家庭，希望有家庭能够为她提供一个月的住宿。虽然我们的房子并不大，而学校还有很多其他女孩子的家里能够为她提供更加舒适的住宿，但她却对我们家情有独钟，在我们家待了近两个月。直到现在，我和戴芙妮依然保持着联络。她最后并没有成为老师，而是到了伦敦的外交事务部工作，因为她发现自己对班上的某些孩子会特别偏心。

我的英文成绩在班级里总是名列前茅，为此我必须要感谢我们所遇到的那些英国士兵。也有可能是因为这个原因，我对那些可以去英国的机会表现得都很积极，我的学校和在兰开郡艾瑟顿的勒伊中学有一些学生交流的计划。

一九五四年八月，我们在勒伊中学度过了两个星期的生活，那里始终下着蒙蒙的细雨。我们每个人都有一套合身的网球套装，可老天爷偏偏一直没有给我们机会让我们穿到外面展示一下。当时我觉得那里的男生看起来都很奇怪，因为他们在夹克里都穿着后面开衩的西装外套，这样看起来总觉他们的臀部高高地翘起。我甚至在回国后告诉妈妈："无论我的生命中发生了什么事，我都绝不会嫁给一个英国人。"而当日后我不仅嫁了一个英国人，而且是两个英国人后，妈妈常常提起这句话来取笑我。

那趟旅行总体上说还是很完满的，尽管天气不是很好，我们却和那些英国的女孩们相处得都很好，这一点并没有让我感到失望。我的名字甚至出现在了当地的报纸上，那是在我们举办的一次欢迎会上，一位记者采访了我们，让我们谈谈对于英国的印象。我们这个交流团一共由三十个人组成，其中有四个女孩和四个男孩在访谈时所说的话被刊登在了报纸上。女孩子们总是会关注一些细节，比如两个国家在生活上的一些不同：炉火、室内铺设的厚地毯，甚至是在等公车时排列整齐的队伍；而男孩子们谈论的则是有关两国关系的严肃话题。

我寄宿的那家人亲切而大方，他们家有四口人，除了其中一位与我同年的女孩，名叫玛莉安·亚屈，还有她的妈妈、爸爸和妹妹。在那里我第一次接触到了板球这项运动，刚开始接触时简直被它难倒了（后来我逐渐开始喜欢这种比赛，而且成为了英国队的忠实粉丝）。

我在学校里还有个绰号——“针线娃娃”，我很高兴能够继承妈妈和外婆所有编织和缝纫的手艺，我能够自己编织许多件衣服，因为在那里，我们并不必像英国的女学生一样穿着制服。我为自己织了一件旋转时裙底会高飞到腰际的公主裙。裙子是绿色的，我还在沿着摺边的地方织上了成排的棕色圆球，在圆球上还绣上了耳朵，于是，它们看起来就像一只只可爱的小兔子。当我长大些可以参加一些社交活动时，我的朋友吴尔希常常会到我家来，我们会一起用一个晚上的时间做一些自己喜欢的新衣服。

我在十八岁时顺利通过了德国中学的入学考试，这相当于英国中学的高级水平考试（A-levels)，后来我就到了英国学习英语。父亲总是极力地保护着我，这或许是因为我们在战争中分离得太久。他总是称我为“小芭比”，可是他定了很早的门禁时间，这让少女时代的我感到很无奈。记得有一晚他因为觉得我还没有回家，一个人整夜睡在客厅的扶手椅上等着我，早上又忧心忡忡地跑去告诉妈妈，结果妈妈告诉他，其实我早就上床睡觉了。尽管他如此用心地保护我，但他仍然非常希望我可以离开家去国外读书，因为伊瑟会和我一起去。我去的是伦敦牛津街上的一所语言学校，在那里学习英文和法文，不久便通过了剑桥大学的“初级”和“高级”的英语能力测试。戴芙妮·亚斯皮琳帮我在那里安排了住宿的地方，是和圣约翰伍德的洛森的夫妇住在一起，他们俩位都很亲切和蔼，现在的年纪也都相当大了，而我和他们也依然保持着联络。

大部分的英国人对我们都表示欢迎，但还是有些人因为我和伊瑟是德国人而有所顾忌。一次我和伊瑟在双层巴士的最后一排用德语聊天，结果一名男子转身向我们投来了一只番茄。人们对于战争留下创伤和愤怒我是可以理解的，但我依然挺身站了起来，用已经相当流利的英语向他说明了战争爆发时我才两岁，而结束时也只有七岁，所以战争的罪行我无法承担。有时候我们会被说成是纳粹分子，他们并不理会我们的抗议，因为在他们看来，所有的德国人都是纳粹。在这种情况下，我通常都只是表明我们对战争中所发生的一切深表遗憾。

在伦敦学习了一年后，我转到日内瓦就读大学，这次同行的是一名叫做乌苏拉的朋友，我在那里修读英国文学和法国文学。国际学生的宿舍位于山丘顶端一间到处有回廊和拱门的古老建筑里，那是一间公益机构，经营者是穆勒夫人。我们和她相处得很融洽，在用完早餐后我们会自己收拾好餐具和桌面，同时会给她带一些小礼物表示感谢。但是在第一个学期结束时，我们被叫去了她那里。于是我们不禁忐忑起来：是因为我们的房间没有收拾好吗？还是因为我们晚归而没有提前告诉她？

实际上我们并没有惹上什么麻烦，穆勒夫人向我们解释说，有一名新学生是和父亲刚从以色列来的，叫做米莉安。他们一家都是犹太人，父母亲都是牙医，战争爆发时举家逃离了德国，所以米莉安虽然出生在德国，但却是在以色列长大的。因为她知道德国人对犹太人所做的事情，所以她拒绝学习德语或是修读德国文学，但他们的母语毕竟是德语，所以父母对此很失望，他们希望米莉安会学讲德语。同时他们也知道其实对犹太人进行残害的只是极小部分的德国人，大部分的德国人还是诚实和高尚的，而那些用德语写成的文学作品和诗集更是世界上最美丽的语言。

所以，穆勒夫人向我们征求意见：“米莉安的父亲想让她知道德国人也有好的，所以你们会同意在你们的房间里再多摆上一张床吗？”

我们同意了，而米莉安很快就与我们变成了非常要好的朋友，我们三个简直情同姐妹。我们每天会给她上课，教她学习德语，这样她就能用自己的语言和父母交谈了。我对于犹太人所遭遇的大屠杀并不十分了解，但我想对于我们的国家来说，要承认这个事实简直太痛苦了，即便是偶尔提到，也从来都不会公开讨论。米莉安现在任职于耶路撒冷希伯来大学的“语言及伊斯兰法律”专业，是那里的一位教授，她编写了许多博学而精深的书籍，并且总会记得给我寄来一本，然后在书的扉页上写上“我的小妹妹芭比”。

后来，乌苏拉嫁给了一名犹太人，在他去世之后，他将自己收藏的硬币全部赠送给了耶路撒冷的一家博物馆。在参加完他的葬礼之后，我们待在米莉安的家中，一起参加了那个硬币收藏展的开幕式。

毕业后的我本打算成为一名教师，妈妈很支持我的这个想法，因为当我有了自己的小孩时，就可以拥有育婴假期了。不过这个决定在我从日内瓦飞回汉堡的飞机上发生了转变，我在飞机上和德国汉莎航空的空中乘务员聊了起来，对于她们这种可以在世界各地飞来飞去的工作方式产生了兴趣。从她们那里，我还知道了如何去应征航空公司的工作，于是，我找到了我的新职业，我的事业就此即将展开。

英　国

去日内瓦之前，我们住在离汉默公园不远的旧虹恩区，我们在那里有一间宽敞的两室公寓，那附近的风景十分优美，建筑风格也符合园林艺术的造景原理。妈妈曾经预言过，一个崭新的汉堡将会从废墟堆中重建起来，而这也是建立新汉堡的一个重要区域。我的卧室里有个阳台，从那可以看见被人悉心照料过的花园。这是我们自一九五四年以来，在所有临时组合房屋被拆掉前一年拥有的第二个家。在此之前我们曾经搬到过提若勒街，不过妈妈并不喜欢那一区，幸好我们在那里也待得不久，很快就搬回了这个离她的姐姐很近、离我们喜爱的汉默公园也很近的地方。

也是在这个时候，我失去了亲爱的外公和外婆。这两位老人直到去世都依然保持着清醒的意识。我们一直保持着密切的联系，也经常去看望他们。外公比外婆早三年去世，外婆去世的时候我十六岁，而她是七十四岁，外婆的离开好像瞬间挖空了我的生活，直到现在我依然十分想念她。他们被一起葬在了欧斯村的家族墓园里，也就是一开始为露西买的那块墓地。现在，这里也安葬着我们其他的家人，包括我父母、艾薇、意玛阿姨、希达阿姨、赫曼姨父以及威力姨父，而我的表姐德克拉和表弟汉宁则负责照护这个墓园。

从日内瓦的大学毕业回到家中，我对那份新的职业充满了热情，穿上我最好的服装之后立刻赶往了汉莎航空公司的办公室，想要看看能否得到一次面试的机会。我并没有事先预约，不过他们答应见我，这让我觉得自己很幸运。首先我必须进行一组心理测验，第二天他们便打电话帮我安排了第二次面试。熟练地使用德语、英语以及法语让我顺利地得到了一个职位，我被安排到一个设立在汉堡的服务部工作，主要是负责处理客户的投诉。

那时我正在与我第一个，也是唯一的一个德国男友交往，他叫做隐各，比我小两岁。因为对于年轻的我们来说，两岁算是一个很大的差距，所以我总担心他会因为遇到其他同龄的女孩子而抛下我。我们在日内瓦时就一直保持着密切的联系，但直到我们深陷情网也从未发生过任何亲密的关系。因为在那个时代，女生都会把自己的贞洁一直守到结婚。而隐各也从未试图让我妥协，在我看来这一点他十分绅士。当时的我过于纯真，在一次观看长跑比赛的时候，我看到跑在最前头的男生的短裤处出现了勃起的生理现象，但那时我什么都不知道，只是想着他一定出了什么严重的问题，此后还为他担心了好多天。在我跟艾薇说起这件事的时候，惹得她哈哈大笑起来，她向我解释说那是因为兴奋所引起的，很快便会消退。而当她告诉我勃起的目的时，我惊讶不已，因为直到那时我还一直以为亲吻就会让人怀孕。

那时的隐各正在接受成为工程师的培训，而我也愿意追随他到天涯海角。他长得十分俊俏，总会让我想起那名在我滚下山丘时救起我的士兵。隐各还有张能言善辩的嘴巴，不管是科技、机械，或是哲学问题在他那里，都可以被讲解得头头是道。至今我还保留着他写给我的所有信件以及他送给我的礼物，包括一个红色皮制的档案夹，一只棕色的梳妆盒，还有他送给我的书本。我们会和双方的家人一起度假，艾薇和她的家人也会加入，而他也会带上守寡的母亲以及姐姐海蒂，在以家庭为重这一点上，隐各和我是一样的。

过了一段时间之后，隐各和我都觉得应该试着分开一段时间，再考虑是否要作出厮守终生的决定。结果是我们分开了两年，而他遇到了别的人。这一点让我伤心不已，不过对于我们当时的决定，我依然不觉得后悔。那时我决定离开汉堡，给自己一个新的开始。

因为我的工作性质让我的这个想法很容易实现。我先被调任到了法兰克福，接着旧金山那边又有一个工作机会。我的表哥乌里希当时正住在美国，所以他帮我申请了美国的签证。而我同时也被暂时派到了伦敦，在那里，我得到了一个可以长期留在那里任职的机会。我必须在美国和英国之间作出选择，这对我来说并不简单，因为我对这两个国家都有自己的期盼。妈妈总是开玩笑说我生错了地方，我真应该生在英国或是美国。我最后选择了伦敦，这纯粹是因为那里比较方便回家探望父母，更何况当时我父亲的身体状况不是很好。

妈妈在我离开德国前送给了我一本精美的笔记本，我也开始像艾薇一样，记下那些诗句、名言以及我从书里读到的段落，同时还在里面夹上了许多押花，甚至还有一株四叶的车轴草。我在本子的开头摘抄了一位十七世纪作家约翰·阿莫·科门尼思所写的句子，我选择这段话是因为那场战争在我内心留下了难以磨灭的印记：

我们为何要歧视其他种族？我们皆是生而为人，血脉相连地共存于同一个世界之上。若只因一个人生于他乡、语言不同、想法不同而因此仇视他实在是毫无道理的，我们应当摒除这样的思想。你我皆为人类的同胞，人没有完美无缺的，你我也都需要他人的帮扶。

我当时相信，如今依然坚信这段话，只要我们每个人都将其铭记于心，世界就会变得祥和安定。而那时我对隐各的爱也依然留存在心中，我甚至写了一首关于我们分手的悲情诗歌。德文听起来还算流畅，在这里附上译文版，只是表达我当时的心情：

我对你的真情永远不变

它将淹没你所有的惶恐与不安

永远关心保护着你

它的强韧没有边际

挣开你的忧愁向它奔去

我的思念与你同在

你的心将有所依归

爱你，请让我也走进你的心

到了伦敦，我终于下定决心放下隐各，展开一个全新的生活。为此我写下了这句话：

请在入眠前将你的烦恼交给上帝，反正他整晚都醒着。

我在伦敦和两个女孩一起住在依顿广场的一间公寓里，从那里步行就可以抵达汉莎航空位于旧庞德街上的办公室，我为汉莎航空做过许多工作。不久之后，我遇到了在北欧航空（SAS）工作的麦克，我们俩很快就坠入了情网，并且在七个月后订婚，之后顺利地举行了婚礼。麦克是个典型的英国人，常穿着一件驼色的外套，喜欢在周末的时候打板球，并且跟他在板球俱乐部的会员们一起交流。我们在当地的公证处办理了结婚登记，接着回到了汉堡的汉默教堂举行了婚礼，接受了亲朋好友们的祝福。因为我原本受洗为基督徒的教堂已经在空袭中被炸毁了，所以这几年我们一直都去一间木造的临时教堂，这也是我受施坚信礼以及艾薇举行婚礼的地方，我在那儿的合唱团里待了好几年。直到一九六三年三月十六日，也就是我二十五岁举行这次婚礼的时候，这里重新盖起了一座壮丽的新教堂。

我拥有了第一个属于自己的家，我满心欢喜地布置着一切，原本任何地方都可能会成为我的第一个家，不过相比起来，英国更让我有归属感，更何况这里离德国也够近，也很方便我回家看望家人。虽然我住在另一个国家，但我和家人的联系还是很密切的，尤其是妈妈和艾薇，我们经常通信、打电话聊天，甚至相互登门拜访。

我的第一个孩子麦可也在婚后一年出生了，那是一九八四年的三月二十一日。不过要是和现在的女孩比起来，即便是婚后的我也依然十分天真。妈妈在结婚前送给了我一个小玩意儿，它看起来像个鸡蛋。我问她那是什么，妈妈说我应该将我的月经日期输入进去，然后它就会告诉我什么时候是安全期，也就不会因为房事而怀孕。可是这个东西根本就不好用，计算得一点也不准确。不过我并不介意这么快就怀孕，因为我一直就想有个孩子，建立起一个属于自己的家庭，从此过着幸福快乐的生活，就像艾薇战时在日记里记录的那些女孩儿们热烈渴求的事情一样。

我在怀孕时到医院进行检查，那里的医生询问我是否得过德国麻疹。

“是这样的，我是得过麻疹，而且那时我人在德国，这是不是就叫德国麻疹？”我的问题让那位医生不禁大笑起来。

麦可长得很漂亮，我相信天底下所有的母亲都会这样说自己的小孩，但是麦可他真的长得很好看。为了带麦可，我辞掉了工作，妈妈和爸爸每年的暑假都会亲自过来，爸爸通常会待三个月，直到妈妈再返回这里把他接回去。父亲的身体状况很不好，七次中风使他的身体局部瘫痪，于是我把他接来一起照顾，希望可以让妈妈休息一下。父亲很喜欢来英国，虽然他并不会说英语，但这丝毫也没有影响到他和麦可的关系，他们相处得非常好，有时甚至喜欢小赌一下赛马，在这方面他们倒是沟通无碍。

麦可（我总是喜欢叫他“小麦基”）甚至还帮我从我父亲那

里“敲诈”了一大笔钱。那时麦可才三个月大，有一次我正在给他换尿布，在给换上干净的尿布之前我先把他抱到了儿童便盆上。父亲开玩笑说如果麦可能排出点东西，那我应该感到庆幸，然后他接着说如果小麦基大小便都排，那他就会给我十英镑。结果小麦基真的当场就做到了。几年后我告诉麦可他在三个月大时就开始赚钱了，而且还是很大的一笔，那时的十英镑就相当于现在的一百英镑。第二天我问父亲要不要再赌一次，父亲回答不，而且相当坚决。

一九六六年七月一日，我的女儿贝比缇也出生了，为了不让她在六月里出生，在那之前我非常努力地将她留在子宫里，不然她生日的后三位数字将会是三个“六”，有人告诉过我这是恶魔撒旦的代号。在那千钧一发的时刻我终于做到了，她在凌晨出生了。她的体重比麦可整整轻了一磅，看起来就像一只没有毛的小兔子，瘦瘦小小。麦克看到她时，有些吃惊：“这不可能会是我的宝宝。”我告诉他这确实是他的女儿。希达阿姨立刻对我们说：“贝比缇看起来就像是位东方的公主”。 而长大后的贝比缇确实令人刮目相看，虽然不是同一年，但她的生日和戴安娜王妃是同一天，而且之后大家也总说她长得很像戴安娜。

孩子出生后，我有好几年都没有出去工作，和他们一起度过了一段快乐的时光。我们先是住在伦敦，之后在泰晤士河附近的华顿买了间房子，而我们也惊喜地发现我家花园恰好对着布莱恩和莫琳两位好友的后院，在伦敦生活时他们就住在我们隔壁。于是我们很快地在篱笆上挖出了个洞，这样我们就可以轻易地穿梭于两家房子的花园（他们有两个女儿，普莉西亚和亚莉山卓，也是我的教女）。接着到了一九六八年，我们两家又一起在东默希那里买了新的房子。我们也再次住到了公园里，两家隔着一条宁静的小巷，那是个理想的地方，而对于孩子们来说，更是一处安全的乐园。

在英国居住的那段时间里，我们住得很舒服，并没有感觉到任何反德的情绪。但我的记忆中仍留着几个片段：一次小麦基和一个小伙伴在花园里踢足球，两个人一直将足球踢进了我费心建立起来的新花床上，里面都还是些软嫩的植物幼苗。我打开卧室的窗户冲着小麦基喊了起来，让他们玩球的时候小心一点，我用的是德语，小麦基从小就能流利地使用德语，只是贝比缇则少差一点，她听得懂但不太会说。小麦基的朋友可是一个字也没听懂，瞪着大大的眼睛瞅着我，小麦基告诉他："没关系的，我妈妈是德国人，但是她人很好。"

还有一次走进房间时正碰到小麦基在玩一些玩具士兵，嘴里喃喃自语地说要把所有的德国人都杀光。当他看到我进来时，则赶忙改口成了"日本人"。

麦可和贝比缇都到了上学的年龄，我应征到了骑士桥区的德国食品中心工作，并且得到了一个很棒的职位——家政服务人员，这样我就可以自由安排工作时间，在不需要照顾孩子们的时候来上班。老板也很信任我，知道只要交代给我的事情一定会办好。我还有一位要好的朋友伊蒂斯，她是我先生一位同事的太太，也是小麦基和贝比缇的教母，她住的地方离我们很近，所以如果我整晚都不在家，她总是很乐意来帮我带孩子，现在她依旧是我们很要好的朋友，每个礼拜都会到我们这里来拜访。

这段时间里，我还认识了一位叫做玛莉亚的朋友，她来自奥地利，我们的关系很好，简直情同姐妹。还有一点与我十分相像，玛莉亚也嫁给了一个英国人。到现在算起来我们已经是三十五年的密友了，她住的地方也离我们很近。或许是因为我和艾薇在漫长的旅行中结识了很多亲密的朋友，但因为战争的缘故就此失去了彼此的消息，所以一直以来我都很珍惜身边的朋友和我们那份坚定而长期的友谊。

我在德国食品中心一直工作到一九八八年它关闭，那是一段令人留恋的时光。我的工作主要是负责筹划大型的宣传活动，我和其他女孩们穿着德国的民族服饰，在大型商店设立的熟食区进行食品的展示，并且向顾客介绍德国的食品和饮料。在这里工作时，我遇到了很多名人。在一次参加肯尼沃斯的皇家展览时，我遇到了查尔斯王子，那时他正环场巡视摊位，我作为督导需要向他展示德国的摊位。来到我们的摊位时，他解释说自己已经不能再试喝任何啤酒或是葡萄酒了，因为刚才他已经喝过了太多的烈酒了。不过德国正是以葡萄酒和啤酒而闻名的，所以我应该让他品尝以下的，于是我对他说："那么您一定要尝一下我们德国天然的果汁，因为它能让海尼根无法到达的地方也神清气爽起来。"

说到这儿就要提及一下当时一支非常有名的海尼根啤酒的广告，广告语就是："它能够让其他啤酒无法到达的地方也神清气爽起来"，所以查尔斯王子听到这儿便不觉笑了出来，还说会把这个小玩笑告诉给他的妻子戴安娜王妃。在此后的两三天里，我一直被记者们追着到处跑，他们向我询问我对查尔斯王子说了什么逗得他哈哈笑，不过我从来都没有向任何人透露过实情。

我的第一段婚姻在结婚十六年后画上了一个句号，我和我的第一任丈夫离了婚，他后来又再婚，不过我们依旧努力维持着良好的关系。他在一九九七年十一月去世，听到这个消息的时候我很难过。

离婚五年之后，一个叫做雷的男子成了我的第二任丈夫，也正是他给了我勇气去结束第一段并不愉快的婚姻。我认识雷时，他已经结婚了，还有四个孩子：大卫、史蒂芬、安德鲁和马修，因此对我们来说这都是一段压抑而难熬的日子，好在一切在最终都得到了顺利地解决。

我比雷大十七个月（我把他称做我的小情人），他出生在狄恩森林，家里一共有九个孩子，守寡的母亲在一间只有两个屋子的村舍里独自将他们养大。他们全家人都对音乐有着很高的热情，他所有的兄弟姐妹都很会唱歌，其中几个还会演奏乐器。他的两个哥哥以前常常在当地的演唱会以及大型的家庭聚会上进行演出，而雷也总会被他们当做幸运星一起带过去。雷说他第一次在众人面前唱歌时只有五六岁，那时他坚持背对着观众，因为他不想看着他们的眼睛。

后来的雷加入了当地的一个铜管乐团，学会了吹短号和喇叭。毕业后分派到一间锯木厂工作，但是他并不喜欢这份工作，在接受培训后成为了一名消费合作社的经理。再后来，像其他的青年男子一样，雷也被征召去服了两年的兵役，起初被分配到军队里的炊事班，当他成为正规士兵之后，因为发现了他的音乐才华而将他转派到了“皇家军队服务团”，也就是后来的“皇家运输补给乐团”。在那之后，他加入“威尔斯警卫队乐团”。虽然喇叭和短号是他的特长，但他的歌声才是最美妙的，后来他成为了乐团的正式歌手，我们至今还保留着许多他们乐团的唱片。

我们认识的时候，雷已入伍在军中。我除了在德国食品中心任职外，我还从事一些私人的服务工作，因而有机会在一些社交宴会中结识一些演出的乐队，他们有时会需要整理乐谱和提供食物的工作人员。那时的雷趁着闲暇之余和一群军中的乐团伙伴，在一个名为“新俱乐部会员”的乐团里演唱（在他们之前有一个叫“俱乐部会员”的团体），他是主唱兼主持人。而那时的我正在替德国食品中心筹办一场宴会，需要一个德国乐团来演唱，因此我向雷和他的朋友询问是否能够演出，他们不仅答应了而且表现得非常好。也正是从那时起，我们展开了合作：接连替宝马汽车、重型机车、奔驰车、荷士登淡啤酒、洛芬酿造啤酒等厂商成功地举办了多次宣传活动。

我建议雷可以自组乐团，而他的确也这样做了，于是有了一个叫做“鲁帕特啤酒乐团”的乐团，这个名字来自于小说《曾达的囚徒》里主角的名字。他们也并不只是演奏德国乐曲，同时也会表演一些备受欢迎的英文歌曲，比如《翻滚木桶》、《在老牛与灌木丛那儿》等，只要愿意，他们每个人都可以在台上高歌一曲。

就这样，我们对彼此的感觉开始逐渐升温，直到我们俩都觉得我们离不开对方。于是经历了双方家庭分裂以及重组的痛苦过程，在交往五年后，我们终于结婚了，那是一九八四年，雷不喜欢住在我之前的房子里，所以我们在欣其里伍德又买了一间美丽的乡村别舍。我的前夫和雷也相处得很好，他来接孩子时，总会和雷一起与孩子们在花园里玩桌球。而麦可和雷的儿子都在雷的一个朋友那里学习打鼓，这个朋友是“威尔斯警卫队乐团”的成员。

我和雷都非常努力地工作，他在军队服役时，晚上和周末都要和他的乐团一起练习，而我通常也在同样的时间里做我的工作和私人的业务，这样一来，星期天就成了我们唯一可以空闲下来相处的时间，我总会高兴地对雷说：“我喜欢星期天。”

他的回答非常浪漫：“跟你在一起，天天都是星期天。”

接下来的事情就更浪漫，雷走到了钢琴那儿，谱了一首名为“天天都是星期天”的曲子，在我们结婚周年的那天，他将这首曲子当做礼物送给了我。他常常弹奏这首曲子给我听。雷喜欢坐在钢琴边，一边弹奏一边唱歌，而我喜欢看他唱歌的样子。

雷在一九八一年离开了军队，在此之前他参加了查尔斯王子从白金汉宫去圣保罗大教堂迎娶戴安娜王妃的仪式。雷对于他们能在典礼之前就进行演奏感到十分庆幸，因为有很多乐团要等到典礼结束之后才能进行演奏。

雷在军中一共服役了二十三年半，在这之后他变成了皮卡狄力一间办公大楼里的管理人员，这让我们在伦敦的市中心拥有了一间公寓。虽然我们都很拼命工作，但至少还能抽出一些时间待在那间公寓里享受休闲的时光。这时孩子们都已经长成了少年，他们很喜欢住在伦敦的市中心。那段日子虽然忙碌，但却很快乐。

而接下来必须进入到我的故事中最悲伤，也是最难忘记的一个部分。我美丽而可爱的儿子麦可，我的小麦基，而朋友们都亲切地称他为小麦，因为癌症的缘故在一九九八年去世了。当时他年仅三十四岁，那时的他住在美国新罕布夏郡一处美丽的地方，刚刚新婚不久，前方原本有一片美好的未来等待着他。

麦可毕业后跟随了我的脚步，进入了航空业，在希斯洛机场为北欧航空工作。不久后他便开始和一位来自美国新英格兰州的女同事交往，那个女孩儿叫做琼妮，他们频繁地通过电子邮件和电话联系。很快他们便交换了相片，大约在十二个月后，琼妮主动向小麦提出邀请，希望他可以陪自己参加她最好的朋友黛比在鳕鱼角举办的婚礼。

麦可飞去了美国，两个星期后，琼妮便飞过来与我们见了面，看得出两个人都深爱着对方。接下来的日子里，他们每月就这样两个城市飞来飞去，最终决定要厮守终身。琼妮和小麦基用了一年的时间去环游世界，顺道拜访了他们的亲人，最后决定回到美国后安顿下来。

小麦基离开英国就像是从我的心头割下了一块肉，但是看到他和琼妮在一起生活得如此开心，我心里觉得放心了很多。而且小麦基说得对，想他的时候搭个飞机过去，还是很方便的。

他们的新家在新罕布夏郡，那是个美丽宜人的地方。房子建在一片广阔的土地上，是由一间旧的消防站改建成的，周围环绕着许多树木和几间附属的建筑。

在一九八九年的那个平安夜，小麦基向琼妮进行了一次非常浪漫的求婚，而琼妮也立刻就答应了。两人高兴地计算着结婚的日子，并且决定在第二年的五月完婚。在他们举杯庆祝的时候，琼妮接到了她双胞胎哥哥道格打来的电话，这通电话一是为了祝福他们圣诞快乐，同时也要和他们分享一个令人兴奋的好消息：道格也在刚刚向他的女朋友求了婚，并且两人也打算在五月结婚。这真是令人惊喜的消息，不过小麦基和琼妮并没有向任何人提及他们的结婚计划，因为他们不想让道格的好消息因此而变得黯然失色。

道格计划在德州举办一个大型的结婚典礼，而小麦基和琼妮觉得没有必要在同样的时间再另外举办一次盛大的婚礼，所以他们决定几天后在琼妮的父母家里举行一个小型的婚宴，只邀请家人参加。事实上他们的确实处理得很低调，因为麦可是在婚礼举行一周前才打电话通知我的，而且主要是为了祝贺我母亲节快乐。（在美国和德国是一样的，母亲节都是在五月的第二个星期天。）

放下电话后，我由衷地替他们感到高兴，而且迫不及待地想赶到他们身边。我先告诉了雷，然后给贝比缇打了电话："你哥哥下星期就要结婚了，而且并不是因为琼妮怀孕哦！"

时间太紧张了，所以我们决定由我和贝比缇先飞过去，家里的其他人可能都赶不上参加，而小麦基也已经说明了他要举办一个小型而温馨的家庭婚礼。我们甚至还赶上了道格在达拉斯的婚礼，小麦基的母亲和妹妹出现在婚礼现场确实引起了几位宾客的注意，当婚宴即将结束的时候，琼妮和小麦基也跟大家分享了他们要举行婚礼的喜讯，道格的婚礼也因为琼妮和小麦基的喜讯而增添了更多的喜气，我们向这两对新人都表达了真挚的祝福。

第二天我们开车到达琼妮父母在德州乔治城的家，沿途四小时的行程里我们穿越了美丽而空旷的乡村小路，路旁明亮而鲜艳的花朵在微风中摇曳。我们还经历了一场沙尘暴，这是我们第二次经历极度恶劣的天气，第一次是在我们去参观南伏克的时候，那时我们在达拉斯，也就是拍摄著名的电视剧《达拉斯》的取景地，我们亲眼目睹了龙卷风横扫片厂的景象，当时现场所有的灯光全都熄灭了。

到了琼妮父母家后，我惊奇地发现那里的格局，跟我们在瓦尔特纳区的砖块工厂旁边的房子特别的相似。他们的房子总共有四个侧翼，每端都有一间双人卧室和一间卫浴，这样一来，即便他们所有的孩子都回来了，每个人也都能拥有属于自己的房间。那真是个美丽的地方，十分适合作为小麦基和琼妮举办婚礼的场所。

三天后，一位担任法官的亲友为他们主持了这场宁静而低调的婚礼。我和贝比缇花了好几个小时布置婚礼现场，在走廊的栏杆上包上了白色的网纱，并且悬挂上用白色皱纹纸做成的铃铛。在小麦基和贝比缇还是小宝宝的时候，就各自拥有一只被我们叫做“舒宝”玩具兔子，两个小家伙和他们的玩具兔总是形影不离，它的全名实际上叫做“东闻西嗅的兔子”。我没有告诉小麦基便把他的舒宝兔带到了美国，并且悬挂在了众多的装饰品中间，小麦基在典礼进行中瞄到了它，高兴得把脸扬得高高的。一九九〇年五月，我永远都不会忘记那个美好的一天，我的小麦基拥有了自己的小家庭。

小麦基和琼妮在一起的日子非常快乐，两个人都很喜欢动物，而他们的屋子里也到处都养满了小动物。琼妮养了一只年纪稍大的猫咪，小麦基则把他自己的猫也带去了美国。他们还收养了一只名为爱胥利的西班牙猎犬，不过因为它老是撞到东西，所以后来被改名“笨虚力”，之后他们又养了许多只猫咪。琼妮也和小麦基一样热爱重型机车，不过小麦基的那股狂热劲儿可是别人很难超越的，自从他可以跨坐在机车上那天起，这份痴迷便深深地刻在了他的心中。小麦基喜欢修理和改装各种汽车和机车，在把各种机械装置拆开之后他总能很快地再组装回去。

小麦基尝试过很多不同的工作，包括在枪炮工厂当彩绘师和装饰师，在体育馆当园丁整理草皮，在车厂当汽车销售员等，他同时也是位义务的消防员（相当名副其实，因为他住在一间旧的消防站），同时还是位受过训练的医务辅助人员，因此他很快便成为了社区里最受欢迎的人。他还是一位才华洋溢的漫画家，我们几乎全都拥有他在圣诞节、生日或是其他节日里画给我们的祝福卡片。

在担任义务消防员和救护人员的过程中，小麦基结识了很多人。有个朋友问他是否愿意加入警察学院，小麦基表示愿意，但此前他必须拿到美国公民的身份，当他拿到身份的时候，他便立刻在一所警察学院受训成为了一名警官。

但眼前的美景很快就被一个噩耗打碎了，小麦基被诊断出得了癌症，对此我们全都震惊不已。

小麦基所患的睾丸癌本来是可以治愈的，但是麦可忽视了早期的治疗。比如他曾出现过背痛的情况，并且持续了很长一段时间，那时他正和琼妮一起忙着扩建房子，他们想要修建一间有顶棚的车库，因此小麦基一直以为他是在做工时，甚至是在出勤开救护车帮忙时拉伤了肌肉。

一九九六年十一月，我清楚地记得那是诊断结果出来的前几个月，我们到美国去看望他时我就一直很担心，因为晚餐后的小麦基不会像平常一样与我们聊天或者打牌，而是在一旁像是快要睡着了。我担心地问他："小麦基，你的睡眠充足吗？你会不会是工作压力太大而太过劳累啊？”小麦基身兼消防队员和医疗救护人员两份义工，所以不论白天或晚上，只要呼叫器一响，他便会立刻跳下床去。

“妈，没有啦，我很好，真的。只是有点累了而已。”他对着我微笑，我也就没再多问。除此之外，小麦基看起来非常的快乐和幸福。

现在回想起来，真希望当时就带他去看医生，而事实上是，小麦基一直等到了第二年的三月才去看医生，当诊断出来时，他的癌细胞已经扩散到脊髓和肺部。

这之后我们经历了一段追悔莫及而又心碎不已的日子，但是我们从来也没有放弃过希望。我们下定决心要尽一切的可能去帮助小麦基，而他也下定决心要与病魔对抗。小麦基和琼妮结婚还不到八年，而他也想要和琼妮一起度过更多的快乐时光，所以他们愿意接受任何一种可能的疗程。但那笔医药费实在是高得令人瞠目，虽然医疗保险会负责承担大部分的费用，但我们仍然需要筹集更多的钱，所有的人都在努力。雷在皮卡狄力工作的大楼里有一家公司运行着一项急难救助基金，他们慷慨地捐助了一大笔钱。贝比缇则跟我从皮卡狄力一路走到了汉普顿宫，沿途接受所有亲人和朋友的捐助，那一路走来有二十多里路，尽管我因一九八八年的背伤而成为了伤残人士，但我还是坚持到了最后。尽管接下来的几天里我只能躺在床上，几乎动弹不得，但我一点也不介意，因为哪怕能分担一点点小麦基的苦痛，我都会义无反顾。

每当回忆过去的时候，我们总是希望事情会按照其他的方式发展下去。假如我们早点知道小麦基的病情并不会得到改善，我们就会让他那剩下的十四个月的生命拥有更加璀璨和纯粹的快乐，让他做他想做的一切事情，他也就不必去忍受那几个月痛苦的治疗。那些治疗耗尽了他全部的体力，将他折磨得不成人形。但我也明白，我们必须去尝试，如果没有尝试，我们也会因此而抱憾终生。但尝试却意味着小麦基必须要去忍受一段痛苦的治疗过程，放射线治疗和化疗使他根本无法进食，他几乎整天都是浑身无力并且冷得发抖。

小麦基生病的十四个月对于我来说是最艰难的时期，我在美国和英国的家往返就达十二次。尤其当雷在这个时候也需要做心脏搭桥手术时，他和小麦基一样，都需要我的照顾，而我更是迫切地希望能够守在他们两个人的身边。

小麦基接受治疗的地方在黎巴农镇的西区卡克医疗中心，那里有一间叫“风向标”的海鲜餐厅。小麦基的身体还没有出现状况时，我们曾在那里用过好几次餐。那里摆放的全都是原木桌，而且鱼肉的分量也给得很足。小麦基病重的时候，在我们做完化疗准备要离开医院的时候，他对我和琼妮说：“我们去风向标好吗？”

小麦基已经有好几个月没有好好进食了，我们对他的提议感到有些惊讶。在风向标里，小麦基点了一份蛤蛎浓汤，还叫了一份龙虾，他套上了餐巾，防止那些奶油顺着他的下巴流下来，之后他甚至还吃了一些点心，一杯冰水果切片，那天他真的吃了好多。我们坐在靠窗边的位子上，看着小麦基狼吞虎咽的样子，窗外的阳光洒在我们身上，就像是上帝在赐福给我们。小麦基的食量看起来比他健康时还要大。这一幕让我和琼妮感到又惊又喜，一直就这样聚精会神地看着小麦基，以至于我们忘记了要吃掉自己的那份食物。

但当我们开车回到家，也就是大约四十五分钟之后，悲伤的一幕上演了，小麦基记不得自己吃过饭，他记忆消失的速度实在是太快了，而这也是他最后一次吃得这么好，那真是一个奇迹，那一餐并没有让他呕吐或者不舒服。

在他去世前几个星期，小麦基对我说："妈妈，我不想再像这样病得那么重了。"

对此我又该如何回应呢？我只能将他紧紧地抱在怀里，我从心底里希望自己有办法能够让他痊愈。当你的孩子还小时，你可以用一只创可贴或是一个拥抱就让事情好起来。可现在的我觉得好无助，如果能够代替小麦基承受这份痛苦，我愿意付出任何代价，那时他才只有三十四岁，还有那么多的事情等着他去体验。

而当小麦基走时，我却不在他的身边，这也是我最为悔恨的事情，我排不到飞机的班次，到达他身边的时候已经是第二天了。小麦基去世时身边有琼妮和他最好的朋友史蒂夫·马修，他也是一名警官，他能够明白我对小麦基的爱，我们之前一向无话不谈。

对于失去自己孩子的痛苦我要如何表达？白发人送黑发人，你又如何亲手去埋葬你自己的孩子呢？自己的父母、伴侣或是手足的死亡固然会令人伤心，但我们至少知道那是我们终要面对的事情，可是没有哪个母亲会为自己孩子的死亡事先做好心理准备，即便是在她知道孩子确实将不久于人世的时候。

如果能让我和小麦基再次度过他生命中的最后一天，我愿意付出这世界上的任何东西，我愿意徒步穿越战场，哪怕耳边响彻着枪炮的怒号，我愿意躲避在黑暗的坑矿里，或是再次与那些无赖和那个巫婆交手，我愿经历任何事情，只要能让我再次看见、听到、触摸到我挚爱的儿子小麦基。虽然小麦基已经离开我很多年了，但那份彻骨的悲痛依然没有丝毫减弱。

在这一刻，我想起了英国女王的一句话：“悲恸并不能让事情好转，但面对它，会使你的情况有所好转。”这实在是一句睿智的话。

我知道我正在经历的事情其他人也都会经历。除了对我自己而言，我的失去并不是唯一。我的悲恸一直延续着，只要在不经意间突然想起，眼泪便会立刻落下。这是我生命中最残酷和猛烈的打击，小麦基，我那原本已成为警官的儿子，他英俊、勇敢、仁慈又慷慨，可是他就这样走了，就这样离开了我，让我无法再看到一眼。

大家为小麦基举行了隆重的丧礼，在教堂宽广的阶梯上，站满了一排排的救护人员、消防队员以及警察，他们全部身着制服。躺在棺材里的小麦基也穿着制服。教堂对面的山丘上就是消防站，旁边摆满了连着两边长凳的木桌，上头摆着各种食物和饮料。我们接收了一枝玫瑰和两面旗子，一面是美国的国旗，而一面则是新罕布夏郡的州旗，我把那面美国国旗交给了贝比缇。当地所有的报纸都对这场丧礼进行了报道并且给予了小麦基高度地赞扬。虽然他并没有完成所有的警官受训课程，但小麦基在去世前却获得了警徽，成为了新罕布夏郡有史以来第一名荣誉警官，这对他来说是意义重大的。

小麦基最要好的朋友史蒂夫·马修在致词时讲了一段感人肺腑的话，从史蒂夫的言语中，我知道了大家眼中的小麦基。作为他的母亲，我爱他至深，但当我听到史蒂夫的致词时，我明白了我的儿子远比我想象的还要优秀，他赢得了很多人的尊敬和喜爱。

史蒂夫告诉我们，当他向其他人询问他们会用什么词来形容小麦时，“友善”、“悲天悯人”、“热情”以及“风趣”是四个出现最频繁的词语。前两个评价，在小麦基以义务消防员的身份去帮助史蒂夫解救一只被缆线缠住的小狗时，显得最为贴切。如果说他们俩的缘分是因为动物而结下的那一点儿也不过分，因为小麦基对自己的宠物也是呵护有加。

以下是史蒂夫叙述他与小麦基第一次接触时的情景：

我才开始在这个管区工作不久，正在处理一件紧急呼叫的案件——有一只狗被电缆线缠住了。我请消防队前来协助，而第一个到的人正是小麦。刚从一个大城市转任过来的我，可能还带着一点儿城市人的傲慢。小麦来了，我并不认识眼前这位开着我后来知道的叫做“野兽”的卡车的人。那时的我只知道他的那辆卡车过重、轮胎过宽而且车的噪音也很大，接着从卡车里走出了一位理着小平头、戴着耳环、穿着黑皮衣的男子。我以为他是来自布鲁克林的某个帮派分子，不用说，我并不希望这号人物出现在我的视线内。然而当他开口对我说话时，那个第一印象马上就被证实是错误的。他说道：“要帮忙吗，朋友？”那时我就知道这个人不是一个平凡人。小麦走到了被缠住的小狗那里，却被狗咬住，但他并没有慌张，而是想法子让那只狗慢慢平静下来，然后慢慢剪断缠在它身上的缆线，当那只狗在顺利脱离困境之后则表现得十分乖巧。

听着史蒂夫讲述着他所知道的小麦基，我心中充满了感动。

小麦对社区里其他人的关照是众所周知的。不论天气如何他都会坚持出勤，不分日夜，也不问任何原因，他唯一要知道的就是有人需要帮助。几个星期前，当小麦的健康情况相对还算好时，我请他在我下班时来教我换我妻子凯伦的厢型车的煞车。而等我回到家时，小麦已经把轮胎拆下来，拿出煞车并且清理好了一切。而这件事情就发生在他做化疗和胸部插管的那周。

他对妻子琼妮的热情会让我们其他许多人艳羡。他们的生活中充满了很多浪漫的情节：给彼此写小纸条、送些简单但却意义重大的礼物、突发奇想的旅行计划或是举办一些即兴的活动。他们总是找机会亲吻、相拥，当然，他们会说那些听起来有些肉麻的、撒娇的话语，然而那才是真正的小麦，而在小麦生病后，他们在一起的每时每刻都依然是如此的真诚和爱恋，而并非是悲剧发生后所激发出的同情和怜悯。琼妮是小麦的妻子，而小麦也是属于琼妮的。

我敢说小麦对警务工作的热情比我见过的任何其他人都要多。他对这份职业保持着高度的热忱，这也使得他工作勤奋而不懈，同时也可以从管区的其他警员身上学到最好的经验。

小麦一直对生命保持着热情，直到生命的最后一秒。我们在夜间巡逻时无所不谈，如同莫逆之交，我们谈论人生，也谈论生死。小麦只告诉过我一次，他觉得自己没有办法打败这个癌症的病魔，那也是我唯一一次见到他哭。他总是避开在琼妮跟前掉眼泪以免让她受到伤害，即使琼妮对此早就知情。小麦对死亡唯一的恐惧来自于害怕琼妮变得孤身一人，或者说，没有了琼妮的小麦会感到孤独。但更让他感到害怕的是，他怕活着的自己反而变成了完全依赖于琼妮、妈妈、我以及其他人的负担。他不希望因为他要活下去而改变许多人的人生。他是一个大家在需要帮助或照顾时会主动出现的人，但要让他反过来也变成一个需要被照顾的人，这恐怕很难。

直到生命的最后几个小时，小麦对生命的热情依旧不减。他的情况开始恶化时，他明白死神即将到来。我知道他的生命就要结束了，但当我和琼妮握住了他的手时，他的双眼直视着我，那种眼神就像是在说着："我不要优雅地走，我不要两脚一伸就让死神将我带走。"他在做着最后的斗争，他在告诉死神："你要带走我，就必须先打赢我。"当他的意识陷入昏迷时，小麦仍然拒绝离开人世。最后琼妮给了他一个吻，祝福他、愿他一路走好。急救器具关闭时，小麦轻轻抬起他的头转向了琼妮，他终于到了一处没有痛苦的地方。

小麦是我的好搭档，也是我最棒的朋友。他是警察中的警察，朋友中的挚友，一位令人引以为傲的公仆，一位令人敬佩的丈夫、儿子和兄弟，一位理想的邻居，一位值得竞争的对手。小麦，我爱你，也会一直想念你。

史蒂夫的致词久久在我心中回荡，回忆中的许多不经意的时刻跳进了我的思绪。母亲总是记得自己孩子小的时候，而对于长大成人后的他们并不是很注意。史蒂夫的话却让我着实感动了，那个已经长大成人的、住在离我很远的美国的小麦基和那个把足球踢到我悉心培育的花床里的小男孩，或是那个骑着重型机车呼啸而过，热爱飙车追风而让我捏把冷汗的年轻人，都一样的与我亲近。

小麦基去美国之前曾有位交往多年的女朋友，叫做安琪，他们在一起住过一段时间，可是在小麦基认识琼妮之前就分手了。不过他们后来依旧是好朋友，我也早就将安琪当做是家中的一分子。安琪为他的丧礼写了一首诗，下面就是这首诗中的一部分：

十七年前，你开车下山去兜风
我还记得，那是我们第一次相遇
你会重重地踩下排挡，拉下安全帽的面罩
我们所有人都爱追着你跑
每晚、整个周末都留在安迪家的后院
因为总会有问题要去解决或是有机车要去修理
或者只是想要留下喝个咖啡或茶
一群年轻的朋友，待在一起快乐又自在
我们决心独立自主，虽然口袋里没有多少钱
但还足以支付两辆车骑上路、六辆停在车库里
你一心要拥有这些车，但可能得要割舍一些
你不能让它们离开你，就是于心不忍
虽然我们俩分开旅行，并不代表着一切就到了尽头
你缠绕在我的生命中，依旧是我最好的朋友
你找到了新的事业、新的视野还有新的伙伴
当你去了美国后，一切都发生了改变

很难做到不自私，我并不想让你走
你是我的知己、密友，我十分想念你
可是你心意已决，因为找到了一件稀世珍宝
琼妮是如此独特，你决定和她厮守在一起
如果上帝毫不怜悯地带走了你的生命
我们必须感恩他赐予你如此美好的妻子
你找到我们多数人不会获得的快乐
在美丽的国度有人爱你如此之深
然而当你得病时，人漂泊在海角天涯
我们什么也做不了，只能默默祝愿
但愿你知道我们念着你，每天每天
希望我们可以有办法去那儿帮助你
你仍然热爱骑车，一路奔驰
尽情去感觉与道路合为一体，紧握把手至每一处转弯
骑出车库，所有的事情都放到两旁
只有你和你的机车，感觉那份要骑乘而去的急切
你如此坚决要康复
不是“是否”而是“何时”的问题
用尽全力对抗病魔
这就是你的个性：永不言弃
不明白为何你必须离去
我们想念你时，不知如何是好
我们必须将你记留在脑海里
相信你一定会过得更好

相信我们会再见，在某处不知名的地方
那里我们所有人都能聚合，没有人会孤单
但即使如此，我很难想出个理由解释
为何我们今天全在此，来悼念说再见
给一位特别的朋友
你改变了我所有的生活，我永远不会忘记你
小麦，我想念你

举行丧礼后的几个星期，我们在伊舍替小麦基举办了一场追思会。琼妮和他的一些同事，包括史蒂夫和小麦基的警部上司吉姆·班奈特都来参加了。去年夏天，我们回到了小麦基享用他最后一餐的风向标餐厅，我们仍然坐在同一张桌子上，点了同样的食物，吃的时候两行清泪沿着我们的脸庞不住地向下流。

尽管悲痛冲刷着我的内心，但并非一切都只剩下哀伤，而琼妮，就是小麦基留给我最美好的礼物，她对我而言弥足珍贵。还有黛比，是她的婚礼将小麦基和琼妮联结在了一起，而我们也将她的家庭看作是自己家庭的一部分，我们非常喜欢她们。

我们在伊舍的一处池塘边捐赠了一条长凳，用来纪念我们的小麦基，每当他生日或是忌日的时候，我都会到那里坐一会儿，和我的小麦基坐在一起。那对我来说并不是一个伤心地，我们时常带着我的孙子，也就是贝比缇的儿子艾乔和女儿艾蜜露，一起到那里去喂鸭子。

我坚信小麦基依然在我的身边，有几次的经验让我对此更加确信不疑。一次我走去商店时，在路上看到了一枚硬币，我将它捡起来，那是一枚旧的一分钱。我把它翻过面看到了它的铸造日期：一九六四年，那正是小麦基出生的那一年。那样的一分钱好久以前就不在市面上流通了，然而它却在那儿，好像就是在等着我把它捡起来。

§

我用了如此之大的篇幅来写我的儿子小麦基，而没有写太多关于我的女儿贝比缇的事，这并不说明我对她的爱比较少，我对贝比缇的爱和对小麦基的爱是一样多的。只是她还健在，而且住在离我很近的地方，我们每天都会在一起聊天，一同分享着我们的生命，而这是我和小麦基再也无法做到的。我没有必要写下对贝比缇的话语，因为我们正在一起经历生命。她是个令人赞赏、非常孝顺的女儿，同时也是一位称职的母亲。

贝儿是贝比缇的昵称，她在第一段婚姻中生了三个儿子：史都华、查理和莱恩，他们住得都很近，全都在半里的范围之内，会定期地相互拜访彼此。贝比缇和葛雷汉结婚后拥有了两名子女：艾爵（艾伦·乔瑟夫）和艾蜜露（艾蜜·露易丝·蜜雪儿）。“乔瑟夫”和“露易丝”是我父母的名字，贝比缇对此并不知晓，但却把它加到了她孩子的名字中。艾乔是个很棒的孙子，跟小麦基很像，我们都以他为豪。他是柯普汉的足球队员，我喜欢去帮他和他的队员加油。他喜欢过来和我们待在一起，和雷一起做所谓“男人”的活动，像是打撞球或是玩纸牌等。

艾蜜露七岁，但其实要比她的实际年龄成熟许多。她五岁前就喜欢上了画画和写故事，我们觉得她有个成熟的灵魂，如果真有轮回这种东西，艾蜜露一定曾经来过这里。她的口中经常冒出一些对于她这个年纪来说不可思议的话语。有一次当雷试着用一个手握式的小型吸尘器吸起一些碎层，却因为操作不顺而感到有些挫折时，艾蜜露说："外公，如果连你自己都不能或是不想做这件事，那就不要责怪是工具做得不好了。"那时的她其实还不满五岁。

贝比缇和葛雷汉生活十分忙碌：她从事公关业，而葛雷汉是仓库经理。他们对我们来说极为珍贵，我也十分疼爱我的孙子。我和雷的四个孩子以及他们的妻儿也十分亲近。

我和雷现在住在伊舍市中心一间宽敞的公寓里，因为我们不想再费心照料花园了。雷除了做过心脏搭桥手术外还有糖尿病，我自己也有健康的问题，我患上了乳腺癌，目前还处在治疗中，我希望通过手术和放射线治疗后能够完全康复，成为政府统计数据中一例多活超过五年的成功案例。而风湿性多肌痛（PMR）也在日益消耗着我的体力，我必须靠吃类固醇才能得到改善，但类固醇又会衍生出其他许多的问题。但是生命终究不会歇下脚步，我们无力改变任何事情——我们只能逆来顺受，命运只能自己掌控。

§

偶尔我会怀疑我和艾薇在那次横跨德国的漫长旅程中是不是已经耗尽了我们全部的好运，因为在那之后，我们俩的身体健康状况是每况愈下。但我马上又会想起外公说过的话，外公告诉我，我继承了他的好运，我相信他说得没错，因为我所得到的运气几乎无人能比：我不但得到了许多的幸福和快乐，还得到了一个宝贵的机会，也就是这本记录了我和艾薇那次令人难以置信的旅程的书籍，而就此我们也能够更加体会到自己侥幸活下来的极大幸运。

而我更希望的是，我可以将我的这些运气与那些需要帮助的人一起分享，不论是帮上点忙或者只是花一点时间去倾听他们的心声，抑或是通过关怀、同情，甚至只是一个简单的微笑和拥抱。

妈妈以前常常用来教导我们的一句话是："你的生活是由你自己所建立形成的！"我对这点深信不疑，同时也相信我已经在尽己所能建构我的生活了。当然，生命中总会碰到不幸和痛苦，但我通常不去想这些，因为我不想任何人为我而感到难过，我所拥有的生活已经足够好并且充满了乐趣，所以我总是会开心地面对一切。

就在刚才，我还和丈夫说我感觉现在的自己简直比英国人还英国。我整天都用英语思考问题，连做的梦都是英文的。每当回到德国时，我总要花费好几个小时去适应周围的环境，尽管他们的交谈使用的都是我的母语。我还是会为我的客人烹调一些传统的德国食物，包括德国的圣诞面包、罂粟籽蛋糕，还有每个人都很喜欢的苹果派，因此我猜想虽然现在英国是我的家，但我依旧在我的家居生活中保留着点德国味儿。

虽然我的年纪正在一天天的增长，但我却能够感觉到自己仿佛在一步步地接近童年的时光。没错，我们的身体抵挡不住慢慢的衰老，但在内心深处，我们依然是我们自己，孩童时期造就了我们的性格并且留下了值得我们永久铭刻在心间的回忆。艾薇与我的那段旅程早已深深嵌刻到我的记忆和生命中，并将永远与我同在。那虽然只是短短的一个多月，但那三十三天的时间里，我所有看到和经历到的一切都交织成了一部惊悚与恐怖的影片，沿途中我看到了死亡和毁灭，经历了恐惧、饥饿以及困惑。当然，这并不是全部，如果这些是纺织中的经纱，那么同情、幽默以及伟大的爱便是纬纱，一切的一切都在我们的旅程中扮演着它们应有的角色。此时此刻，我不可避免地正向着生命的尽头一步步走去，但我的生命中却拥有如此多的难忘经历，我可以非常肯定地说：爱是我生命中最强韧的一根织线。姐姐艾薇在那段旅程中所给予我的一切，她无私的爱、她的牺牲和奉行，以及拼尽全力保护我的行为，都时时刻刻地陪伴着我，她的爱一直影响着我，也让我学着以这样的方式和他人相处。艾薇所给予我的爱使得我们所遭遇的那些可怕的经验都变得微不足道。而我也希望，我们能一起祈祷所有的人都可以将爱给予我的小麦基，让他更轻易地承受病痛和死亡。

现在对于我来说，支持我继续生活下去的力量是来自于我对丈夫雷、女儿贝比缇和她的家人，以及我所有的亲人和朋友的爱。是这份爱让我一直坚持着努力生活。

爱是我生命中的主旋律。

后　记

我的故事结束了，不过故事里牵涉了这么多人，尤其是我的家人，我想你们或许想要知道他们后来的动向。

我的父母亲

我的父亲身体状况一直不好，连续中风使他身体部分瘫痪，在一九六六年过世。母亲最后离开了她所喜爱的旧虹恩区的公寓，搬进了弗罗贝特克的一家养老院，这里离姐姐艾薇家很近，只隔着一条街道。母亲在一九九〇年去世，享年八十六岁。

艾　薇

她和库特生了两个女儿——安洁丽卡和葛文达。艾薇的身体状况一直不好，当她的孩子们都大了一些的时候，她在和库特所住的大房子里开设了一间育婴中心。当地的报纸曾经还刊登过一篇有关她的报道。这间育婴中心布置得十分雅致，我也很喜欢去那抱抱那些小婴儿。

一直到艾薇去世之前，我们每周至少会通上三次电话，也会定期互访。我们甚至还有一个“姐妹日”，一整天我们都待在一起。在我们聊天的时候，难免会回忆起我们那段长途的旅程，有时我们会开怀大笑，有时则会悲伤哭泣。我们会谈及那些曾经给予了我们无限关怀的陌生人，那些接待我们、为我们提供栖身之所的家庭，那些善良的士兵，不管他们的国籍是什么。

艾薇的健康状况一直不好，她总是说：“希望我能活得比妈妈久一点。”她的确比妈妈活得久，但也只是四个月，一九九一年一月，六十五岁的艾薇离开了我。

库特现在仍在世，目前生活在汉堡的一家养老院。安洁丽卡育有四个子女，现在住在汉堡。葛文达跟随我和汉宁的脚步进入汉莎航空工作，现在转到了马来西亚航空公司，现居住在澳大利亚的佩斯。

威力姨父和希达阿姨

他们两人往返于德国与美国之间，在每个国家各住上半年，因为德克拉一直居住在汉堡，而乌里希和弗克则在美国建立了自己的家庭。威力姨父在一九五六年去世，年仅五十四岁，希达阿姨在一九八九年去世，享年八十六岁。

德克拉

威力姨父和希达阿姨最大的孩子，结婚之后有了女儿奥莉维。德克拉现在是一名寡妇，和她的女儿、女婿一起居住在汉堡。

乌里希

在战后不久，他就到了美国，二〇〇四年去世。因为他的父亲，也就是威力姨父是在美国出生的，所以他一直都有双重国籍，因而乌里希也继承了他的国籍。乌里希拥有过两段婚姻，在第一段婚姻中生了两个孩子，而他第一任的妻子也是我很要好的朋友。

弗　克

现在住在美国，我们至今仍保持密切的联系，我和雷经常待在他家。弗克小的时候对读书没有什么兴趣，十四岁的时候他就去美国了，在那里读到高中毕业。之后发现他很有经商的头脑，于是就开始自己做生意。他开始从事汽车行业，主要销售在美国较有市场的德国和英国车款，像是奔驰、宝马、大众，甚至还有劳斯莱斯和MG。弗克现在已经把公司的经营全部交给了他的妻子蜜雪儿来主持，只是偶尔参加一下在奥兰多和棕榈滩的汽车拍卖会。他和蜜雪儿育有两个儿子——布兰特和汉斯，他们两个都很乖巧。他和第一任妻子麦琪育有两个孩子——凯斯和艾伦，艾伦给他添了三个可爱的小外孙——特里斯坦、小麦琪和还是小宝宝的马克纳。

有空闲的时候，我们总会聚在一起，就像亲兄妹一样。

意玛阿姨和赫曼姨父

他们两人在汉堡买了一间公寓，他们的儿子汉宁现在还住在那里。意玛阿姨于一九七四年去世，赫曼姨父在一九七九年离开人世。

汉 宁

我们还是习惯叫他“小汉宁”，他跟着我进入汉莎航空工作，主要负责服务那些搭乘汉莎航空的名人，因此他见过很多有名的政治人物、演员、电影明星和音乐家。他现在退休了，但是他至今都还没有结婚。他的社交生活丰富多彩，往他的家里打电话基本上是找不到他，如果哪天你做到了，那真是一件了不起的事情。

艾尔丝姑姑

我父亲的姐姐，二战结束后，他们全家人住在东德。亚瑟姑父在战后不久就去世了，他的儿子葛云特在参战之后就再也没有回来。另外的两个儿子是已经过世的荷思特和仍健在的翰思。她最小的孩子露西和我同岁。她和艾尔丝姑姑经常来西德拜访我们，但是由于政府管制很严，她们无法带钱离境，所以总是由父亲来承担她们的交通费和其他费用。虽然露西只比我大三个礼拜，但是看起来却比我成熟很多，而且她们的打扮在我看来非常得土气。露西很早就结婚了，在十八九岁的时候，就嫁给了一个比她大十二岁的男人，生了两个孩子。现在露西和她的丈夫还住在五十年前的老地方，我和他们经常通电话，一直保持着联系。

致谢

多年以来，我一直在说，我要出一本书，把我的童年经历全部给记录下来，可是总也没有找到合适的机会。后来我的先生雷听到第四频道的《理查与朱蒂》节目，在征集最好的真实的故事来出版，他便对我说：“现在你可找不到借口了，你应该把它写出来。”于是，我照做了，而这本书就是最终的成果。

我要感谢雷在第一时间对我的鼓励，以及在我忙于写这本书的几个月的时间里对我的包容和支持。

我得感谢理查·马德利和朱蒂·芬尼根能想出如此绝妙的点子，并在我第一次出现在他们节目中时对我的关照。我也要感谢成千上万位投票给我的观众朋友们，让这本书有机会出现在大家面前。我还要感谢凯特·艾尔顿、艾玛·萝丝和长弓出版公司的每一位工作人员。同时我还要感谢佐依·罗素史崔坦为我和姐姐艾薇制作了一部小型的纪录片。

由衷地感谢简·里奇，我们的合作非常愉快。简，这是我们的书。

我还要感谢那些曾经帮助过我的人们，虽然我不知道他们的名字，而他们中有许多都是军人，感谢他们在我们最需要帮助的时候，向我们伸出了援手。

最后，我要向我的家人和朋友致谢，感谢他们给了我这一生满满的关爱。